文春文庫

迷える空港

あぽやん3

新野剛志

JN211763

文藝春秋

迷える空港

あぽやん3

目次

迷える空港

あぽやん3

空港こわい

僕が人生の真理に初めて触れたのは保育園に通っていたときだ。

年長のある時期、僕は下ばかり向いて歩いていた。近所の神社の秋祭りで百円玉を拾い、それに味を占めて、お金が落ちていないか、いつも探していたのだ。

「慶太《けいた》君、危ないから、ちゃんと前を向いて歩きなさい」と大好きなかすみ先生に注意されても聞かなかった。母親に言われても、当然無視。

ある日近所に住む髭のおじいさん、通称まさきんさんになんで下ばかり見ているのか訊かれ、僕は落ちているお金を探しているのだと正直に伝えた。するとまさきんさんは言った。

「下を向いていたら小銭しかたまらない。大金を手にしたければ、真っ直ぐ前を見ろ。遠くを見据えるんだ。ときどき後ろを振り返るのはいい。視線が下に、足下に近くになるにつれて、得るものは少なくなる」

上を向いても夢しか見られないしな、とも言った。

野心に溢れる園児だった僕は、下を見るのをやめた。真っ直ぐ遠くを見るようになった。もちろん、それで大金を得ることはなかったけれど。

うつむくな。今に囚われるな。まっすぐ未来に目を向ければ道は開ける。まさきんさんが言いたかったのはそういうことだったのではないかと気づいたのは、中学生のとき。まさきんさんの葬式でだった。

別にその言葉を嚙みしめて生きてきたわけではない。すっかり記憶の片隅に追いやられていた言葉を、それから十五年ほどたったいま、僕は思いだしている。

ここのところ僕の視線は下を向いていた。どんどん足下に近づいてきて、とうとうすっかりうつむいてしまった。

顔を上げようと思っても、上げることができない。いや、なんとか視線をもち上げても、真っ暗で遠くなど見えはしなかった。

こうなったらどうすればいいのか教えてほしいが、まさきんさんはもういない。

視線を上げる努力だけは続けた。暗い闇を見続けた僕の目に、ある日、柔い光が映った。

あれはなんだろう。暗い地平の際にぽつんと見えるのは――、空港の灯だろうか。

1

「おっはよー。みんな楽しく仕事してるー」

オフィスにいた早番のスタッフたちが、いっせいにこちらを向いた。仕事の手を止め、しーんとなった。

すぐに手は動きだした。しかし静まり返ったまま、返事もない。

「遠藤《えんどう》さんのそのキャラ、なかなかなじめません」

僕が入っていくと、ドアの近くに座っていた、堀之内《ほりのうち》の班の及川《おいかわ》が言った。

「キャラとか言うなよ。別に作ってるわけじゃないぞー」

及川は、えーっと疑わしそうな横目で見上げる。僕はそのリアクションに満足し、スーパーバイザーデスクに足を向けた。

「おっはようございまーす」

僕は早番のスーパーバイザー、堀之内に挨拶した。

「お前のその明るさ、時々、無性に腹が立つ」

堀之内は僕を一瞥《いちべつ》し、サブデスクに移った。

「ひどいな。僕の沈んだ顔が見たいんですか」

スーパーバイザーデスクに腰を下ろしながら言った。今日は僕が遅番のスーパーバイザーだ。

「突き抜けた明るさならいいけどよ、お前のはただの空元気。苛つくし、見ていて痛々しいし、なんもいいことない」

空元気のどこが悪い。僕はにっこり微笑み、赤ん坊をあやすように、両手の指をピロピロピロと動かして見せた。

ぎりぎりと音がしそうなほど、堀之内は顔面に力を入れ、さらに怖い顔をする。怒る元気がでたことに僕は満足し、窓のほうに視線を移した。ビルの吹き抜けに面した大きな窓。吹き抜けの向こう側で、忙しく立ち働く大日本航空のスタッフが見えた。

僕が働く大航ツーリスト成田空港所は、もともと第二ターミナル内にオフィスを構えていた。しかし親会社である大航の業績不振にともなう大リストラの一環で、より賃料の安い大航のオペレーションセンター内に移転した。昨年の十二月の初めに越してきて、もう、ひと月がたつ。ターミナルのオフィスには窓がなかったので、自然光が入り込むこの窓を、僕は必要以上にありがたく感じていた。

しかしそんな窓とも、あと三ヶ月もしないうちに、お別れだ。やはりリストラの一環で、三月末で大航ツーリスト成田空港所の閉鎖が決まっている。

昨年の八月の時点で空港所の閉鎖は決まっていたが、まだ一年くらい先の話だろうと、当初、僕は考えていた。銀行役員の娘と僕の縁談話で閉鎖を回避、なんて期待が集まったこともあったけれど、そんなものはさっさとこの手で葬り去った。その後は急加速で話が進み、十一月にはうちのツアーのチェックインを行うセンディング業務の委託先が決まった。今年の四月一日からの委託で、予想よりずいぶん早まった。委託先は、成田空港でいわゆるグランドホステスの業務を大航から委託されている、大航エアポートサービスだった。

「おはよう」

オフィスに入ってきた田波《たなみ》が、僕の脇を通りすぎながら言った。

私服姿の田波は、今日は休日だった。デスクのひとつに新聞が広げてあったから、きているのだろうとは思っていた。

「珍しいですね、日曜日にオフィスに遊びにくるなんて」

現在田波はシフトを外れて、月曜から金曜の日勤でシフト表を作ったり、庶務的な仕事をしていた。土日が休みで、そのうち日曜は元空港所スタッフの馬場《ばば》英恵《はなえ》と休みが重なるため、まず空港にやってくることはない。

痛っ。デスクの下——横から足を蹴られた。堀之内だ。

目を向けると、顔をしかめた堀之内が、さかんに首を横に振っている。

「えっ、——まさか馬場さんと？」

堀之内は無言で頷いた。

デスクについた田波は、こちらに意識を向ける気配もなく、新聞をめくった。

「田波さん、あと三ヶ月弱、突っ走っていきましょうよ。やなことを思い出す暇もないくらい、がんがんに働きましょう」

僕は田波の心に届くよう、声を張り上げた。

「おい田波、お前からも遠藤に言ってやれ。お前の空元気は癇に障るって」

堀之内が言うと、田波がこちらを向いた。顔に浮かぶ表情を見て、僕は思わず体をひいた。

口を横いっぱいに引き、はっきりとした笑みが浮かんでいた。カウンターで接客するとき以外、田波はほとんど無表情でクールだった。空港所の閉鎖が決まろうと、外見上はなんの変化もなかったのに、たとえ笑顔だろうと、はっきりとした表情を見せるのは異常事態。よくない兆候のような気がした。

「おはようございまーす」

田波のほうに向かいかけたとき、頭の頂点から抜けるような甲高い声が聞こえた。

ドアを開けて入ってきたのは、スーパーのレジ袋を提げた買い物途中の主婦――であるわけはない。が、飛田佐和子《ひださわこ》は厚い化粧をしていても、制服を着ていても主婦の印象が強かった。とくにいまは大根が突きでたレジ袋を提げているものだから、本当に誰か間違えて入ってきたのではと、一瞬思ってしまった。

「飛田さん、なんでまた今日はレジ袋を？」

「あら、遠藤さん、女子ロッカーに忍び込んだことないんですか。女子のロッカーって、ほんとに幅が狭くって、全然入らないのよ」

「忍び込むわけないでしょっ！」とわかりきったことを、お約束のように反論してみた。飛田は気持ちよさそうにころころと笑った。

飛田は大航エアポートサービスの社員で、四月から大航ツーリストのツアーをセンディングするチームに配属されることが決まっている。シフトの責任者であるスーパーバイザー的な役割をしながら、搭乗手続や旅客への案内を行うセンダーとしての仕事もする予定で、他のふたりの社員と三班にわかれて現在うちのオフィスで研修中だった。年末年始の繁忙期明けから始めて、そろそろ十日がたつ。

主婦っぽいのは飛田だけではなかった。三人とも年齢は堀之内と同じくらいの四十半ば過ぎ。全員結婚していて子供がいる。実際に主婦の顔ももっているひとたちばかりだ。大航エアポートサービスは、細やかで温かみのある主婦感覚をサービスに取り入れ、旅客の満足度を引き上げることができると、メリットを語った。しかし、三人とも十年以上接客業務を離れ、総務などの仕事をしていたひとたちで、よく言えば落ち着いている、悪く言えば緊張感がなく、業務委託後のリーダーとしてどうなのだろうと、最近ちょっと不安を感じ始めていた。

ただ、いまのところ、旅行業全般についてやうちのツアーの特色などを座学で教えることが中心で、本格的な現場での研修――ＯＪＴはこれからだった。なんにしても、空港所が培《つちか》ってきたものを彼女たちに引き継がなければならない。残された時間は二ヶ月とちょっとだけ。

「あれ、そういえば、鶴丸《つるまる》さんは？」

僕はふと気づいて、堀之内に訊ねた。

鶴丸香織《かおり》は堀之内の班でＯＪＴを受ける未来のリーダー。姿が見えなかった。

「ああ、彼女は娘のお受験が近いからって、今日は休みだ」

ＯＪＴ中に休みやがってという批判は微塵も見せずに、堀之内は言った。

「香織ちゃん、この一年、娘ちゃんと二人三脚でほんとがんばってきたから」飛田が近くの椅子を引き寄せ、スーパーバイザーデスクを囲むように座った。

「うちなんて、小学校受験に失敗して、ずっと公立なのよ。来年の高校受験に向けて、塾通いの他に家庭教師もつけててほんと大変。なのにうちの子ったら――」

それからたっぷり五分も、飛田はいかに息子がテニスに夢中かを語った。半分ぼやきで、半分自慢。「いい息子さんじゃないですか」と、僕と堀之内は最後に言わせられた。

彼女たちはオフィスでも頻繁に主婦の顔を覗かせる。それがサービス向上に繋がる主婦感覚、とは別ものであることは、考えてみるまでもない。

2

「ねえ、これ仕分けしたの誰」

遅番のシフトが始まり、ブリーフィングを終えてすぐ、険のある声が飛んだ。オフィスのなかがしんと静まり返った。

「ああ、それ私です。何かありましたか」

うちの班でいちばん若い篠田《しのだ》が立ち上がる。チケットを掲げて睨みをきかす森尾《もりお》のところに飛んでいった。

「チケット渡しの分が、ツアーの航空券にまざってた。しっかり確認しないとだめでしょ」

「すみません、気をつけます」

篠田はかしこまって頭を下げる。

「旅行で大切なものは何？」

斬りつけるような早口の質問に、篠田は一瞬固まったように見えた。

「パスポートと航空券です」

「そのとおり。気をつけて」

篠田が再び頭を下げると、森尾はオフィスをでていった。今日の森尾は夕飯前の早い便を担当している。

「篠田さん、気をつけようねー」

オフィスにざわめきが戻ってくると、僕は明るい声で言った。

デスクに戻る途中の篠田が手を後ろに組んで僕の横に立った。

「失敗してしまいました」

「失敗は誰でもするよ」

篠田がしたのはその程度のミスだ。

「私、厳しい森尾さんにまだ慣れません」

「奇遇だなー。僕もだよ」

へらへら笑う僕に、篠田は咎《とが》めるような視線を向けた。

森尾はうちの班ではいちばんのベテランで、班長の僕をサポートする立場だった。

僕自身は森尾に厳しくされるのは慣れている。けれど、森尾が後輩たちに厳しく接するようになったのは最近のことだ。

大航エアポートサービスは委託にともない、うちの空港所スタッフの半分、十二人の受け入れを確約した。当初エアポートサービス側は、十二人を新人待遇で受け入れるつもりだったが、所長の荒木《あらき》が交渉し、年次に応じた給料が支払われることになった。

エアポートサービスに移る者を選別するのは僕の役目となった。辞める者、残る者、その運命が僕の手に委ねられた。やりたくはなかったが、他の者にやらせたくないとも思えた。昨年末に移籍組の発表を行ったが、その選別には思いのほか苦労はなかった。それは年次に応じた給料を勝ちとったことが関係している。エアポートサービスも、できるだけ人件費は抑えたい。だから、若い者から順に、と条件をつけてきたのだ。

空港に残る者はほとんど自動的に決まった。ただ、いちばん年齢が上のボーダーのところだけは選別が必要だった。二十六歳のスタッフは五人いるが、十二人に入れるのは二人だけ。誕生日が早い者順に、などと逃げるわけにもいかず、僕は五人の美点を探し、何日も悩み抜いてどうにか二人を選んだ。けっして三人をふるい落としたわけではない。

空港所の女子スタッフはみな契約社員で、エアポートサービスに移れない者は空港所閉鎖とともに職を失う。十二人が決まった時点で、選に漏れた者のなかから、すぐに辞めてやると、怨嗟《えんさ》の声も上がっていた。しかし、いまのところ誰も辞める動きがないのにはほっとしている。空港所の仕事は契約社員としては待遇が悪くなかった。いまの時代それ以上の職を見つけるのは難しく、それなら最後まで給料をもらって、ということなのだろう。それぞれ、職探しはしているようだ。

スーパーバイザーも、僕と田波は本社採用の社員で、空港所がなくなれば他の部署に異動になるだけだが、もともとグアム支店採用の現地スタッフで、成田空港所に移ってきた堀之内と枝元《えだもと》はそうはいかない。グアム支店が再び堀之内の受け入れを表明しているが、単身赴任を避けたい堀之内は、ぎりぎりまで条件の合う仕事を探すつもりだ。しかし、表情は暗い。昨年、空港所にやってきた枝元は先のことは何も考えていないように見える。スーパーバイザーになってまだ三ヶ月。最後まで全力で働くつもりでいるようだ。

残る者、辞める者、別の部署に異動する者。同じ職場で同じ仕事をしていても、空港所閉鎖にともなう影響は大きく違う。それによりスタッフ間で目立ったトラブルが起きないのは、そんな元気もわかないからかもしれない。みんなばらばらの方向を向き、粛々と仕事を進めているだけだった。

僕はそんな空港所をどうにかしたいと思った。みんなで同じ方向へ突っ走り、三月三十一日を迎えたいと願っていた。しかし、そう仕向けるのは難しい。エアポートサービスに移る者はともかく、辞めていく者の気持ちを盛り上げる妙案はなかなか浮かばなかった。空元気と言われながらも、せめて明るく振る舞うぐらいしか僕にはできない。

「飛田さん、先にカウンターにいってます。準備ができたら、すぐにきてくださいね」

よっこらしょっと声を張り上げ、僕は立ち上がった。

おじさん臭いと誰かがつっこんでくれるのを期待したものの不発。おまけに飛田の返事は予想外だった。

「すぐにはいきませんから」

えっと僕は小さく聞き返した。

「おじゃまはしません。遠藤さん、森尾さん狙いなんでしょ」

飛田が、ロックオンするような鋭い上目遣いで僕を見る。

いやいや、と言うのが精いっぱいで、僕は飛田の視線から逃走をはかる。ばれましたか、ぐらい言えばよかったんだと詮無いことを考えながら、オフィスをでた。

つき合い始めて四ヶ月。僕と森尾の仲は、まだ誰にも気づかれていなかった。

「どんな調子？」

カウンターオープン準備が整った森尾に僕は訊ねた。

「調子はどうでもいいと思います。ツアーにはなんの問題もありません」

森尾は親密だからこそできるしかめ面を向けた。

「そう、カリカリしなさんな。さっきのだって、怒るほどのことじゃないでしょ。ただのうっかりミスだよ。誰にでもある」

「わかってます。ただ航空券の大切さを思いだしてもらおうと思ったんです。基本的すぎて忘れがちですから」

森尾は聡明で仕事をきっちりとこなす。けれど、ひととの関係には不器用なところがあった。自分でも言い過ぎたと思っているに違いない。

「なんで笑ってるんですか」

「僕のデフォルトの表情が笑顔なだけだよ。最近はね」

「遠藤さんの明るさ、いらっとくるときがあります」

あーあ、森尾にまで言われてしまった。

「とにかく、航空券に関して言えば、そろそろ国際線もデジタルデータだけのｅチケットに移行する。紙の航空券はなくなると思うよ」

「なんでもなくなっていっちゃうんですね。そのうちセンダーもいらなくなるのかもしれない」

僕は森尾の寂しげな声音にも笑みを浮かべ続けた。それは空港を――僕らを取り巻く現状へのせめてもの抵抗の印だった。

「だとしても、私、残るみんなにこれまで培ったものを引き継ぎますから。それを無駄だと思いませんから」

森尾はボードに北米線と力強い字で書き、カウンターに張りつけた。

「カウンターオープンしまーす」

森尾は二十八歳。もちろん大航エアポートサービスの受け入れ対象者から漏れた。それでも森尾はやる気に満ちている。センダーとして残る者たちに、自分の知識や経験を伝えようと必死になっていた。

まだ誰が残るか決まっていないとき、僕は、空港所が培ってきたものを若いセンダーに引き継ぐ手伝いをしてほしいと森尾に頼んでいた。きっと、それがなくても森尾は取り組んでいただろうが、いまになってみると、酷なことを頼んだのかもしれないと思えてくる。

森尾は三月末までに、どれだけのことが伝えられるかということしか頭にない。途中で辞めることはもちろん、就職活動をする気すらないようだった。

そんなことだから、プライベートで会っているときも、僕らが未来を語ることはなかった。四月以降、僕たちのつき合いはいったいどういうものになるのだろう。

この四ヶ月、森尾との関係は意外なほど進展していなかった。

3

「しょせん人間の考えていることはばらばらだ。たとえ業績を上げるというひとつの目標にみんなが向かっていたとしても、ある社員は自分の出世のことしか考えていないかもしれないし、ある社員は上司に怒られるのを恐れているだけかもしれない。あるいは社員はとにかく仕事が好きで好きでしょうがないのかもしれない。そんなばらばらな気持ちの橋渡しをしながら、うまくひとつの方向に引っぱっていくのがリーダーの役目なんだ」

「さすが星名《ほしな》さん、いいこと言うな」枝元は鍋焼きうどんをすする合間に言った。

星名は枝元のほうにちらっと目をやっただけで何も口にしない。

「ぐいぐい引っぱっていければいいんですけどね……。僕はみんなの気分を盛り上げようと、ただ囃《はや》したてるだけ。しかも、それで盛り上がればいいんですけど、最近は鬱陶しがられたりしてます」

僕はそう言ってジントニックに口をつけた。おいしそうだなと、枝元の鍋焼きうどんにちらっと目をやる。

「まずできることをやればいい。空港で働く子たちは、あまり自分の利益とか出世とかは考えていない。だから、遠藤君の空港に対する強い思いが伝われば動くはずだ。諦めず、囃したて続けたらいいよ」

「そうですよね」

僕は星名の言葉に心を明るくした。なるほど、リーダーというのは、こういう言葉を部下に言えるひとのことなのだと理解した。

気をよくした僕は、カウンターのなかのマスターに「やっぱり、僕も」と鍋焼きうどんを注文した。つまみはいらないという星名に遠慮し、僕も食べるものは頼まなかったのだけれど、あんな心にしみる言葉を言える星名なら気にしないだろう。

「遠藤君、深夜の炭水化物は胃や肝臓に負担をかけるよ」

星名はウェーブのかかった長めの髪をかき上げ、忠告した。

やはりできるビジネスマンは、体に気をつかう。自己摂生できる者だけが、真のリーダーになれる。

「マスター、やっぱりやめとく」

僕が成田でいちばんお気に入りのバー、パブ・スナック東洋のマスターは、苦笑して頷いた。

遅番上がりで休日の枝元と飲む約束をした。帰りがけ、空港のエントランスで星名とばったり出会い、飲みにいきませんかと誘って東洋のカウンターに三人並んでいた。

星名亮介《りょうすけ》は、うちのツアーのセンディングを受託した大航エアポートサービス、カスタマー事業部の部長だった。

カスタマー事業部は、中小の外国キャリアから成田空港でのチェックインなど旅客のハンドリングを請け負う部署だった。そこの部長の星名はまだ三十七歳。もちろん大航本体からの出向者だが、子会社の部長とはいえ、異例に早い昇進だった。

昨年の十二月、うちとの仮契約が終わったあとに星名は赴任してきた。受け入れ社員の選別や飛田たちの研修についての打ち合わせで僕はたびたび顔を合わせた。年齢からくるものだろうが、部長としてはとてもフランクなひとで話しやすかった。酒も飲みにいこうと気軽に誘い、仕事の話のみならず、プライベートな話やばか話などにも積極的に応じる。もちろん仕事もできる。空港勤務は初めてでも、空港の仕事をよくわかっていた。具体的な事例を挙げながら、なぜこの修正が必要なのか納得させてくれる。何より、これをすれば将来どういう結果を生むのか、確信をもって語った。未来を提示できる者こそが真のリーダーだと身をもって教えてくれた。

まだ独身で、六歳しか違わない星名は、取引先の部長ではあるが、僕のなかでは久しぶりに出会った尊敬できる先輩という位置づけだった。

「僕なんて、班長になったときから、ずっと囃したてている。ってことは、みんな僕についてきてくれる、ってことですかね」

枝元が箸を置いて言った。

「さあ、どうかね」と星名は言葉を濁した。

「そんなわけないでしょ」僕は確信をもって言った。「思いがなければ何も影響を与えられない。枝元さんが囃したてるのはただの性分でしょ」

「ひどいな。僕だってみんなを元気づけたいって思いはありますよ。それに遠藤さん、空港では僕の先輩なんだから、僕の気持ちを盛り上げてくれてもいいんじゃないですか」

確かにと思いはしたが、とくに行動には移さない。

「遠藤君、うちのエンジェルの様子はどうだい。よくやってるかい」

星名が会話に割り込むように言った。

「本格的なOJTはまだこれからですけど、なかなかよくやってます。昔の勘を取り戻せば、すぐにひとり立ちできるでしょう」

エンジェルとは、研修にきている主婦三人組のことだ。

星名はなぜか三人のことをエンジェルと呼ぶ。エンジェル、天使、天の使い。あの三人を思い浮かべても、なんらぴんとくるものはない。エリートのジョークはまだま だ僕には難しい。

主婦感覚のサービスを取り入れ、旅客の満足度を向上させようと発案したのは星名だった。主婦ばかりを支配人に登用したビジネスホテルグループの成功事例も挙げながら周りを納得させ、総務に眠っていた三人の起用を決めたのだ。

うちのツアーは高額商品だからなと、ビジネスホテルとの違いがちょっと気になったものの、星名の考えたことだからと概《おおむ》ね僕も納得している。実際の彼女たちの主婦っぽさを目の当たりにして、戸惑ってもいるけれど、カウンターで接客するうちにきっと――、と期待もあった。

「彼女たちもいい年だから、プライドもあると思うし、旅客から見てもきっと変な感じに映ると思うから、カウンターで接客するとき、びっちり後ろから監視しないほうがいいと思うんだけどな」星名が言った。

OJT中は担当教官が後ろに立ち、案内に間違いがないか聞き耳をたて、パスポートもダブルチェックすることになっていた。

「わかりました。三人はかつての経験もあるし、しばらくやって問題なければ、ひとりでやらせましょう」

僕は気軽にオーケーをだした。枝元に、いいよねと訊ねると、枝元もあまり考えた風もなく了解と答えた。

「ありがとう、助かるよ」

何が助かるのか僕にはわからない。深くも考えなかった。

4

「なんで四時半にいくの。それじゃあ、間に合わないのは最初からわかってるでしょ」

森尾の険のある声が飛んだ。

オフィスのなかは静まり返り、とたんに空気が冷えた。

「私はお客様に言われたとおりにいっただけです」

言われた柳沢《やなぎさわ》も感情的な声で反論した。

「お客様の言葉を信用しないのは、お客様を無事出発させるための鉄則です」

僕は思わずにやりとした。その言葉は僕の持論だった。

お客様が航空券を落としたと言っても信用してはいけない。荷物のなかを探せばでてくるケースがほとんどだ。柳沢の場合、十六時四十五分発のロサンゼルス線の旅客が十六時半到着の電車に乗ったと聞き、それを信じてその時間に空港第2ビル駅に迎えにいった。しかし、早く着いた旅客とすれ違いになり出発便に乗せることができなかった。

「でも、お客様は電車に乗る直前に電話してきたんです。それを信じるのは当たり前です」

「お客様は慌ててるしプロではないんです。空港のことはよくわからない。今回は多分、一タミの到着時刻を見て伝えたんだと思う」

柳沢ははっとしたように口を開けた。

「とにかく、お客様が伝えたとおりの時間に現れても間に合わなかった。出発できない時間に迎えにいっても意味がないってこと。奇跡が起こると信じて、出発に間に合う時間から待たないとだめ。私はいつもそうしてます」

「わかりました。これからはそうします」

柳沢はふてくされた感じではあったが、きっと納得はしている。彼女は二十五歳。エアポートサービスに移る十二人のひとりだ。

「それじゃあ、みんなで夕飯にいきましょうか」僕は立ち上がって声を張り上げた。

「えっ」と驚いた声をだしたのは篠田だった。

「あたし、まだ一便残ってるんです」

篠田はバインダーを抱え、まさにカウンターに向かうところだった。

「冗談だよ。わかってる。——柳沢さん、篠田さんのヘルプに入ってくれるかな。終わったら、ふたりでゆっくり食事にいっていいよ」

はいっと元気を取り戻した声で言うと、篠田とともにドアのほうに向かう。

「ちょっと、柳沢さん、待って」

飛田が声をかけた。立ち止まった柳沢のもとに小走りで向かった。

「スカーフが曲がってる。美人さんがだいなしよ」

「もう、美人じゃないですよ」と言いながら、柳沢は飛田がスカーフを直す間、照れくさそうな顔をしていた。

「さあ、できた。いってらっしゃい」

子供を送りだすように飛田は言った。

なるほど、これが主婦感覚か。

いってきまーすと声を上げる柳沢を見ながら、悪くないかもと僕は思った。

「それでは、いってらっしゃいませ。よい旅をー」

飛田は頭から抜けるような声で、旅客を見送った。

「遠藤スーパーバイザー、全員集合《ショウアップ》です」

飛田はひっつめの髪をなでつけながら、満足そうな顔をした。

一月のなかば、成人の日も終わり、スローなシフトだった。飛田が担当したハワイは四十名。センダーにとっていちばんここちのいい、適度なボリュームだろう。

「問題はありませんでしたか」

「ノー問題です。完璧じゃないかしら。——あら、ごめんなさい」

飛田は、はっと気づいたように振り返り、背後に立つ森尾を見上げた。

「問題ありませんでした」森尾は苦笑しながら答えた。

飛田はちょっとおなかの調子が悪いと、トイレにいった。また気をきかせたつもりだろうか。カウンターには僕と森尾だけが残った。

「どうでした」

飛田の姿が見えなくなると僕は訊ねた。

「ほんとに、問題ないですよ。無駄なことを言うのは枝元さんに似ていますけど、自然な感じだし、他の手際がいいから、時間がかかることもないですし」

「はたから見てても、てきぱきやっているのはわかったよ。十年以上もブランクがあるとは思えなかった」

「パスポートチェックなんて私たちより速いかも。本当に見てるのかちょっと心配になりましたけど」

森尾は顔を曇らせた。僕は問題あるのか問いかける意味で、ひょっとこのような顔をしてみた。

「別に問題はなかったです。私も見てましたから」

森尾は咎めるように、眉間に皺《しわ》を寄せて答えた。

「じゃあ、カウンターにひとりで入れても大丈夫かな。昨日、星名さんに言われたんだ。彼女たちもいい年だから、後ろに立たれるのはいやだろうし、端から見てもちょっとおかしいからね」

「今日の感じなら、かまわないと思います。必要に応じて、パスポートチェックのポイントをカウンターに入る前に確認しますけど」

「もちろんそれは必要だよ」

残存有効期限の要件がある国、旅客が外国人である場合などだ。

「遠藤さん、星名さんの言うことは、素直に聞くんですね」

「とくに問題ないことだからだよ。別になんでも聞くってわけじゃない」

口にはださないが、森尾は、OJT中にカウンターにひとりで入れるのは反対なのかもしれない。

「昨日、星名さんと飲んだんだ。そのとき、言われた。がんがん囃したて続ければいいって。そのうちみんながついてきてくれるかもしれないってね。森尾さんにとっては迷惑だろうけど」

　僕は例によって明るすぎる声で言ったのだけれど、森尾からはなんの返答も——嫌味すらもなく、気まずく思った。横目で森尾を窺う。

「遠藤さん、星名さんって、本当にいいひとなんですかね」

「……なんで急にそんなことを」

「なんとなくそう思っただけです」

「なんとなくで、そんなさ——」

「私、エリートに偏見をもっています」

　森尾は遮るように、宣言するように言った。

「森尾さんらしくないな。偏見でそんなことを言うなんて。もういいよ、その話は」

　尊敬する先輩を悪く言われるのはおもしろくなかった。

「遠藤さん、大航エアポートサービスは、何人体制でうちのセンディングを行うんですか。前に入社対象者向けの説明会で、私も話をきいたとき、また今度はっきりしたら話すと星名さんは言いましたけど、そのあと音沙汰ないです」

「えーと、何人だったかな。僕も聞いてない」

　うちのスタッフたちの待遇ばかり気にしていて、エアポートサービス側から何人投入するのか、基本的なことを聞いていなかった。

「聞いてないんですか」森尾は嫌味な溜息を響かせた。

「十二人だけってことはないですよね」

「それはないよ。いまの半分の人数でできるはずはないんだから」

ありえない。僕は当然のように思った。

5

翌日、遅番の出社前に、オペセンの社食で昼ご飯を食べた。バランスのとれた食事を、と思ってきたのに、券売機の前に立ったら、ラーメンを選んでいた。

シフト違いで知り合いはおらず、ひとりでめんをすすっていたら、声をかけられた。

「よお、遠藤ちゃん。ここ、いいかい」

「どうぞ、どうぞ」

大航の浅野《あさの》マネージャーだった。

「どうしたんですか。こんなに早く」

浅野は僕と同じシフトだから、今日は遅番。まだ制服に着替えていなかった。

「今日は健康診断で早くきていたんだよ」

「なんか、引っかかったものがあったんですか。浮かない顔してますよ」

四十半ばの年齢だから、何かしら悪い数値はでるだろう。

「結果はすぐにはわからないよ」

浅野は蕎麦をすすり、飲み込んでからまた口を開いた。

「さっき、今日の早番のスタッフと話をしてね、カウンターでお客様から、この税金泥棒って罵倒されたと聞いたんだ。うちの班でも、何件かそういうことがあってね。言われた子はあとで泣いていたよ。出発するお客様のために一生懸命やってはいるんだけどね。こういう状況じゃ、しょうがないのかな」

テレビのニュースや新聞で、連日大航の経営危機問題が大きく報じられている。追加融資に政府が債務保証するのか。そのために大航は年金や賃金をカットできるのか。なかなか債務保証のための条件をクリアーできない大航に批判の目が向けられている。

グループ社員の僕もそんな目から逃れられない。逃げようとも思わない。ただ、批判に応えて何かしようと思っても、末端にいる自分にできることなどないのがもどかしい。

「遠藤ちゃんのところでは、そういうことない？」

「いまのところはないです」

「まだいまはいいんだろうね。今後、もっと状況は悪くなっていく」

最近は倒産のXデイが囁かれるようになってきた。大航ツーリストにしても、電鉄系の旅行会社に身売りか、などという憶測が週刊誌に書かれたりする。

先が見えない。僕に見えているのは、せいぜい三月末まで。

バランスのとれた食事ができなかったばかりか、なんだかしんみりして社食をでた。

エレベーターで三階に上がり、オフィスに向かっていたら、前から星名が歩いてきた。

「よお。いま所長と話してきたところだった」

「この間はごちそうさまでした。例のOJTの件、オーケーです。飛田さんのスキルに問題がないので、ひとりでカウンターに入ってもらうことにしました。他の班も同様です」

「そうか、よかった。まあ、どうでもいいことなんだが、女性っていうのは難しいからね」

できるビジネスマンは、女性社員に気をつかうもの。そういう意味では、僕もできるビジネスマンと肩を並べている。

「そうだ、ちょうどよかったです。星名さんに教えていただきたいことがあったので――。四月の委託後、何人体制でうちのツアーのセンディングにあたるのか知りたかったんです。ひと班は何人になるのか」

星名は眉を上げて目を丸くした。驚いた表情には違いないが、ひどく視線が冷たかった。

「何言ってるんだ、遠藤君。きみのところの十二人にセンディングをやってもらうって、最初から話してるじゃないか」

「いえ、ですから、エアポートサービスのほうからは何人投入するのかなと思いまして」

星名にしては珍しく飲み込みが悪い。

「おいおい遠藤君、なんのために研修してると思ってるんだ。あの三人以外、誰も研修をしてないだろ。うちからはあの三人だけだよ」

「――三人だけ？」

僕は頓狂な声を廊下に響かせた。

「じゃあ、センディングするのはうちからの十二人で、エアポートサービスからはスーパーバイザーの三人だけなんですか」

「最初からそう言ってるんだけどね」

星名は嫌味っぽく言った。

僕は顔から血の気が引くのを感じた。

「ひと班は四人。いまの半分です。そんな人数でうちのセンディングを行うのは無理だと――」

「うちからの三人は、スーパーバイザー兼センダーだから、ひと班五人だよ」

「それでも同じです。普段はどうにかなるかもしれないですけど、繁忙期は確実に手が足りなくなります」

「無理とか前例がないとか、僕はそういう言葉が嫌いだ。まずは与えられた条件でどうにかできる方法を考えてみるべきだと思う」

「どうにかって……」

そんな方法があるだろうか。

「これまでのやり方で考えるから無理だと思うんだ。根本的なところから変えてみないと——。とにかく、この人員配置は変えられない。君のところとの交渉の結果、決まったことだ」

裏づけとなる数字も示さず説得しようとする。星名には珍しいことだ。

「いま、うちのグループはどこもリストラによる人員削減で人手が足りていない。それでもどうにか仕事を回しているんだ。空港だってかわりはない。なんとしてでもこの人員でやる。そのためには仕事のやり方を変えるしかない。これまで旅客に行っていたサービスを削るんだ」

その言葉を聞いて僕は身がすくんだ。

「遠藤君、削れる仕事、サービスをピックアップしておいてくれるか。よろしく頼むよ」

よろしく頼むって、なんかおかしくないか。僕は急に違和感をもった。

星名は親会社から出向してきているグループ会社の部長ではあるが、本来うちの会社のほうが金を払い仕事を発注する立場で、お客様だった。少なくとも委託の件で、星名から直接何かを頼まれるいわれはない。

だったら、そう言い返してやればいいのに、僕の口からは何もでなかった。

会社の垣根を越え、部長と平社員という立場を越え、先輩後輩のような関係をこれまでに築いていたため、何も言えないのだ。よろしく頼むと言われれば、了解ですと即答したくなるのが先輩後輩というものだった。

星名はうちの所長以上に策士なのかもしれない。あとあとを考え、僕との関係を意識的にそういう方向にもっていった。

「それじゃあ、よろしく」

黙り込む僕を残して、星名は廊下を歩き始めた。

6

「所長、どこへいくんですか」

オフィスの前までできたら、所長の荒木がドアからでてきた。

「ちょっとトラベル・ジャパンの所長と打ち合わせをな——」

「他社と打ち合わせする用なんてありましたっけ。どうせそのへんをぶらぶらするだけなんじゃないですか」

荒木はむっとした顔で睨んだが、何も反論しなかった。

ターミナルにオフィスがあったときは、パーティションで仕切られた所長室があり、荒木はそこに籠もっていることが多かった。しかしオペセンに移ってからは、デスクがあるだけで、所長室のようなものはなかった。大航エアポートサービスとの交渉があらかた終わり、暇になってからは、どこかへふらふらでかけることが多くなった。

　四月一日以降も荒木は空港所長として、このオフィスに残る。エアポートサービスのセンディングチームもこのオフィスで仕事をする予定で、別会社の人間同士が狭いオフィスに同居する不思議な環境だった。

「所長、お話があります。ちょっと給湯室まできてください」

　オペセンでは会議室もなかった。ひとに聞かれたくない話をするときは給湯室。それが定番となりつつある。

「所長、星名さんから聞きました。エアポートサービスのセンディングチームは全部で十五名だそうですね。どうしてそんな条件を吞んだんですか。そんな人数でうちのツアーのボリュームをこなせないのは、所長だってわかっているはずですよ」

　荒木は流しにもたれかかり、腕を組んだ。

「向こうに押しつけられたような言い方は心外だな」

　できるビジネスマン、交渉好きの策士、荒木は、ゆっくりとかぶりを振った。

「ある意味、こちらの条件を向こうに吞んでもらったんだ。仮契約のあとで、うちの旅客サービス部の予算が削られてしまった。それで、もともと提示していた委託費用より大幅に低い額に変更してもらうよりなかった。うちはこれ以上だせませんと再提示したら、星名さんは割とすんなり吞んでくれた。決断力のあるひとだよ。うちも利益をださなければならないから、この人員になるがいいかと了解を求めてきた。委託は既定路線として固まっていたから、もうそこで決めるしかなかったんだ」

「決断力があるんじゃなくて、無謀なだけです。繁忙期、どうするつもりなんですか」

長蛇の列ができたカウンターが頭に浮かんだ。シフトのやりくりをしても、せいぜい一シフト八人か九人しか確保できない。そんな人数でどうやって、旅客をさばくのか。僕は出発時間が過ぎてもカウンターで押し合いへし合いしている旅客の姿を想像し、背筋を凍らせた。

「じゃあ、勇気と言い換えてもいい。センディングを請け負ったのは彼のほうだよ。できるかできないかは、彼が責任を負っている。なんとかやると思うよ」

「さっき星名さんから、旅客に対するサービスを削れと言ってきました。結局犠牲になるのはお客様です。もちろん、うちの会社の利益にもなりません」

「まあ、うちとしても、これ以上金をだせないわけだからね……。そういえば、星名さん、なかなかいいこと言ってたぞ。航空会社の場合、空港での失敗や、機内でのトラブルは致命的だが、旅行会社の場合、空港で何かあっても旅行中に挽回できるから、傷は浅いってな」

「所長、他の部署の人間がそう考えるならまだわかりますけど、空港の人間がそんな考え方をしたら終わりです」

僕は首を突きだし、食ってかかった。

「ひとつの考え方だよ。いまのうちのグループの状況じゃ、思うようには動けない。だからそう考えてみるのもありかなと――」

「なんで所長、そんなのんびりかまえてられるんですか」

「本格的な嵐がくるのはこれからだ。ちょっと骨休み中、といったところさ」


遅番のシフトに入り、食事前の早い便のセンディングが始まった。僕はカウンターへはいかず、オフィスでぼんやり考えごとをしていた。

削ることのできるサービス。そんなものがあるはずはないと思った。僕らにはマニュアルに書かれたようなサービスはもともと存在しない。質問されれば答えを見つけようと必死になるし、何かトラブルが起これば それに応じて空港中を駆けずり回る。僕らのサービスはそういうものがほとんどで、一律に削れるようなものではなかった。

まさか星名は、ツアーに関する質問は一切受けつけないとか言いだすつもりではないのか。それなら出発には支障はないし、センダーの負担は少なくなる。

もちろん僕からそんな提案をする気はない。他にそういうものはないかと、考える気もない。しかし、頭のなかでは無意識に、他に何か削れるサービスはないかと探している。

僕の目は、デスクでセンディングの準備をしているスタッフたちに向けられていた。

彼女たちの何人かは、四月以降もセンディングを行う。すぐにやってくるゴールデンウィークの繁忙期に、少ない人数で立ち向かわなければならないのは、僕ではなくそんな彼女たちだ。とてつもない混乱のなか、カウンターで途方に暮れる彼女たちの姿が目に浮かぶ。このままではまずい、どうにかしてやらなければとも思うのだ。

食事の時間に近くなり、僕はカウンターにいってみた。

早い時間のアメリカ線とアジア線のセンディングはあらかた終わっているようで、カウンターに旅客の姿はなかった。近づいていくと、カウンターに座っていた飛田が立ち上がり、僕のほうに向かってきた。

「申し訳ありません。ミスをしてしまいました」

いつになく神妙な顔つきで飛田は言った。

「何がありました」

僕はトラブルの予感に身がまえながらも、落ち着いた声で訊ねた。

「シンガポールに出発のお客様の残存不足を見逃してしまいました」

シンガポール入国の際、パスポートの残存有効期限が半年以上必要という規定があった。飛田はその有効期限が不足しているのを見逃してしまったということだ。

「チェックインのときに見つけたようで、大航さんから連絡があったんです」今日のOJT担当の柳沢もやってきて言った。

「ただ、ひと月くらい足りなかっただけで、そのまま出発させてますから、とくに問題はないんです」

「うちで見つけても、結局大航のチェックインカウンターで確認してもらうことになりますが、早めに見つけるに越したことはありません。うちのカウンターでは何も言われなかったとあとでクレームになることもありますから、気をつけてください」

「申し訳ありません。気をつけます」

謝るときは、きりっとして、主婦の顔ではないなと僕は思った。

「ほんとに情けないです。しっかり見ていたつもりなんですけどねー」下げた頭を上げると、飛田は急にいつもの粘りけのある声に戻った。

「まさか私に限って、老眼なんてことはないと思いますけど、最近ちょっとものが見えにくいと感じることがあるんで、明日の休みに眼科にいってみます」

「老眼は誰でもなりますよ」

「いいえ、私には無縁のはずです」

無理に作った笑顔。いつもより甲高い声が怖かった。

「あの、残存不足を見逃してクレームになることって多いんですか」

飛田は思いついたように訊ねた。なんだかわざとらしくも感じた。

「多くはないです。それでも、パスポートチェックはしっかりやらなければだめですよ」

「もちろんです」

しおらしい顔をしていたが、やはり芝居がかった感じもあった。

その後イレギュラーもなく、女の子たちと主婦ひとりはオンタイムに上がった。僕もそろそろと腰を上げたとき、デスクの電話が鳴った。内線ボタンを押し、受話器を取った。

「はい、大航ツーリスト成田空港所」

「夜分にすいません。子供がセントーサ島で迷子になりまして」

「えっ、シンガポールからおかけですか」

ゆっくりとした老人のような声だった。向こうは夜の九時半かと、素早く考えた。

「いいえ、春日部からです。息子が迷子になったと助けを求める国際電話をかけてきたものですから。服装はポケモンのイラストがはいったTシャツに——」

「こんな遅くに、いたずら電話なんてかけてくるな！」

僕は言った。

「えっ、遠藤君？」

「なんですか、もう終わりですか。今泉《いまいずみ》さん」

「……いや、遠藤君ですか。なんか怒った声が別人のような気がして」

「いやだな、怒ってませんよ。帰りがけにちょっと鬱陶しいなと、いらっとしただけです。社内回線だと気づいて、こんなことするのは今泉さんしかいないと、すぐわかりました」

今泉は現在本社手配課に勤務する元成田空港所のスーパーバイザーで、僕が空港に配属になったときのOJT担当社員だった。一見、バブル世代の能天気おやじ。実は世界遺産級の本物のあぽやん。

「ああ、そう。ものすごく怒鳴られた気がしたけど、怒ってない？」

「怒ってませんって。怒鳴りましたっけ？　で、何かご用ですか」

「残業中で暇なもんだからさ――」

「暇なら残業しないでください」

僕の突っ込みが期待どおりのものだったからか、今泉はぐふふと嬉しそうに笑った。

「未来の空港所はどんな感じかなと思ってね。もう四月からの体制は固まってるんでしょ」

「聞きたいんですか、恐ろしい未来を」

「聞いておこうか。まあ、変えられない未来はないからね」

今泉はからっとした声で言った。

僕は今日知った、ひと班五人体制の話を今泉に打ち明けた。

「ひと班五人はきついね。シフト繰りで調整しても、せいぜい一シフト八人ぐらいなもんだもんね。一タミのセンディングがあったら、もう完全にアウトだよ」

「サービスを削れと言われても、そんなものないですし」

「サービスを削ってすむ話なのかな。星名って部長、できるひとなんでしょう。本当になんの勝算もなく、十五人体制に決めたのかな。他社の遠藤君に、削れるサービスをピックアップしろと丸投げしてるし。もしそれで失敗したら、全部自分が責任を被らなければならないんだよ」

確かに、僕は他社の人間で、失敗しても部下が決めたことと星名は言い訳ができない。

「何か五人でできる秘策をもっているのかもしれない」

「たとえば？」

うーんとしばらく考えているような間を置き、「降参」と言った。

生粋のあぽやん今泉にさえ浮かばないのだから、そんなものは存在しない気がする。

「スーパーバイザーの三人も、なんだか頼りないんです。主婦に偏見があるわけじゃないですけど、実際、どうも緩い感じで」

「でも、その主婦感覚を生かすっていう考え方、僕はすきだけどね」

「まあ、オフィスは和んでいいですけど。今日、うちの飛田さん、残存不足を見逃したんですよ。きっと老眼なんでしょうけど、自分に限って老眼はないと頑《かたく》なで。なんでしょうね、女性の加齢への拒否感っていうのは」

「男もそんなにかわらない——って、エアポートサービスの研修生、飛田さんっていうの？　旧姓はなんていうんだい」

「旧姓は聞いてないですね。知り合いですか」

「……たぶん、違うな。僕が知っているひとなら、きっと主婦になっても凜としている。緩くなりそうもないから」

その言い方は、どちらかといえば、批判しているように聞こえた。

「とにかく、このままじゃまずいね。僕も旅客サービス部をつついてみるよ。現状の危うさを理解していない可能性もあるしね」

空港以外では頼りにならない今泉だけれど、いまの僕にとっては唯一の援軍。よろしくお願いしますとあらたまって言った。

「近々、成田にも遊びにいくよ。空港所閉鎖になる前に一度いっておこうと思っていたし。そのときゆっくり話をしよう」

「くるな！　空港に遊びになんてくるなっ」

「遠藤君？」

僕はでていった言葉を吸い取ろうとするように、大きく息を吸った。

「ごめん。遊びにいくなんて、悪いこと言っちゃったかな」

「いや、悪くないです」声が硬かった。

「大丈夫かい」

「大丈夫です」

自分の大声に驚いただけ。心臓の鼓動がまだ速かった。

「でも、ほんとにこないでください」

今泉がきたら泣いてしまいそうで、怖かった。いや、きっと泣くだろう。

そう考えて僕は驚いた。僕が泣くなんてことがあるのか。

大人になってから一度も泣いたことはない。泣きそうになったことはあるけれど。

今日の僕はちょっと変だ。

とにかく、今泉にきてほしくないのにはかわりない。男は涙を見せてはいけないものの。いや、僕は絶対に泣かないいんだけど。

「遠藤君、疲れてるね。帰ってよく眠るといいよ」

そうさせてもらいます。僕は電話を切った。

7

二本の滝のように、涙が途切れず、どーっと頬を伝い落ちた。自分で見えはしないのだけれど、感覚としては、涙が目から頬をこぼれ落ちるところまで、一本の線で繋がっている。

セーターの袖で拭った。すぐに涙があふれてまた拭う。毛がちくちくして痛かった。

「大丈夫ですか」

隣に座る森尾があきれ声で言った。

「大丈夫だけど、なんでこんなに泣けるんだろう」

自分の震える声に、キモッ、と僕は思った。

スクリーンではエンディングクレジットが流れるバックで、白い仔猫のぽぽろんが野原で虫と戯れている。ああ、かわいいと思って見ていたら、ぽぽろんがぱくっと虫を食べてしまった。また涙がどっとあふれた。

「でよっか」僕は言った。

「もうしばらくいましょう。そんな遠藤さんと歩くのは、ちょっと——。他にいませんよ、泣いているひと」

冷たくはないが、いたわりは感じられない。いまの僕にとってはちょうどいい接し方だ。

なんでこんな映画を観てしまったのだろう。そもそもこれを選んだ時点で、今日の僕はおかしかったのだ。

『仔猫を誘拐』というタイトルの、実写版動物映画。幼い兄弟が仔猫を拾うところから映画は始まる。しかし、それは猫にとってみたら、親猫と引き離される誘拐にほかならない。

ぽぽろんは親元に帰りたくてしかたがない。公園で食べたカルガモの味が忘れられないのに、毎日だされるのは、鰹節をまぶした猫まんま。ちびっ子ギャングたちのおもちゃになって、全身黄色く塗られるわ、無理矢理一緒の布団で寝させられて押し潰されるわ、ひどい虐待が毎日続く。

　要は猫と人間の視点のギャップを利用した、けなげな仔猫の冒険物語なのだけれど、観ているのは人間様で、どうしても人間の視点によってしまう。場内はしらけた感じで、隣の森尾は何度も欠伸《あくび》を噛み殺した。僕だって、ずっと退屈していたし、何度か眠気に襲われた。なのに最後にぽぽろんが親猫と再会したとたん、どーっと涙があふれてきたのだ。どうかしている。

　場内が明るくなって、森尾と席を立った。ちょうど涙も涸《か》れ果てたところだ。

「あー、さっぱりした」

　僕はそう言って森尾の向かいに座った。流れでた水分を補給しようと、アイスコーヒーを勢いよく吸い上げる。

　映画館をでて船橋ららぽーと内のカフェに入った。僕はトイレにいって顔を洗ってから戻ってきた。もう大丈夫。猫の親子の再会シーンを思いだしても、涙腺はぴくりともしない。

「ほんとに驚きました。横を見たら、遠藤さんが嗚咽《おえつ》してるんで」

「嗚咽って、声はだしてないだろ」

「体が震えてました」

「そうだっけ?」よく覚えていなかった。「当の僕だって驚いてるよ。あんなつまんない映画で泣けるなんて。たぶん、花粉症とか関係しているのかもしれないな」

「きっと関係ないと思います」

森尾は顔を伏せ、チーズケーキを頬張った。

「もともと、動物映画には弱いんだ」

そんな事実はなかったけれど、言ってみた。自分は老眼にはならないと言った、飛田の気持ちが少しわかった気がする。

森尾はケーキと紅茶を交互に口にした。一般的デートに照らすと、この場は映画について語らう時間となるのだろうが、僕の涙について話し終わったら、あとはとくに語ることもない映画だった。

「昨日、星名さんと話したんだ」

森尾がケーキを食べきり、ポットから紅茶をつぎ足しているとき、僕は話を切りだした。

「四月からのセンディングチームの体制は、いま決まっているひとたちだけだ。うちの十二人とエアポートサービスの三人だけ」

森尾は固まったように、目を丸くしただけで口も開かなかった。

僕は、サービスを削るように言われていることを話した。

「ひと班五人じゃ、繁忙期はかなりきついですね」森尾は意外に落ち着いた声で言った。

「やってできないことではないでしょうけど」

「えっ、できるの」

僕は驚いて口を半開きにした。

「ひとりででも、やれと言われたらやります。ただ、食事もいけないでしょうし、出発のぎりぎりまでかかるでしょうし、集合遅れ《レイト・ショウ》のケアとかもできません。大航やお客様からたくさんクレームがくるはずです。出発できないお客様もでてくる。五人でも同じです。なんとか出発時間までには終わらせるでしょうけど、問題はでてきます」

スーパーバイザーの感覚としては、カウンターにひとが押し寄せて、混乱の末、破綻。多くの旅客が出発できなくなるような状況をイメージした。しかし、実際にカウンターでセンディングしている森尾の感覚が正しいのだろう。

ひとりででもやる。その言葉に、センダーの覚悟のようなものを感じて、僕はうっすら涙をにじませた。

「とにかく、このままでいいわけはない。どうにかしないと」

「でも、サービスを削るだけですみますかね。星名さんは他に何か考えてるんでしょうか」

「今泉さんも同じようなことを言っていた。具体的な何かは思い浮かばなかったけど」

「遠藤さん、なんとかしてあげてください。残る彼女たちは、私たちの希望の星なんですから」

彼女たちがいれば、大航ツーリスト成田空港所が完全に消滅することはない。もしこのままいけば、彼女たちは嫌気がさして辞めてしまうかもしれない。

「私もがんばります。どんなに旅客が押し寄せても、もちこたえられるよう、鍛えあげますから。できるのはそれだけですから」

休日明けからますます厳しくなるのかと思ったが、気にはならなかった。

その後も僕たちが話すのは、仕事の話題。映画を観たことも、僕が泣いたことも、帰るまで思い出すことはなかった。

8

「ブリーフィングは以上です。何か質問あるひと。プライベートなこと以外ならなんでも——」

はいっと飛田の手が挙がり、僕はぎょっとした。

どうせ誰も質問などないだろうが、休日明けの早番のどんよりした空気を盛り上げようと空元気で言ってみただけだったのに——。

「はいどうぞ」と飛田を指した。

「すみません、プライベートなことかもしれないんですけど、どうして朝からそんな元気でいられるんですか」

女の子たちの間から笑いが起こった。当の飛田は真面目な顔で僕を見つめる。化粧をあまりしていないせいか、今朝の飛田は少し疲れて見えた。

「さあ、なんででしょう。この仕事がすきだからかな」

突き詰めればそんな答えになる。

飛田は、わかりました、ありがとうございますと頷いた。感嘆したように首を振る。声にださずに何か言った。口の動きから、うらやましいと言ったように見えた。

僕の空元気より、飛田の質問が早朝のオフィスを和ませた。これまで以上に厳しくなるのではないかと思われた森尾も、理由もなく噛みついたりするわけはなく、静かにセンディングの準備をしていた。

七時半を過ぎ、カウンターにいく前にトイレにいっておこうとオフィスをでた。廊下を進んでいると、向こうから飛田がやってきた。

化粧ポーチをもった飛田は、僕に気づくと照れくさそうな笑みを見せた。顔にはいつもの見事な化粧が施されている。

「そろそろ飛田さんも、エンジンがかかる時間かな」

「ええ、化粧は女の戦闘服ですから。これで、ばりばり戦えます」

ほほほとわざとらしい笑い声を響かせた。

「すみません。子供が熱をだして化粧をする時間がなかったものですから」飛田は丁寧に頭を下げた。

「大変ですよね、家事や子育てをしながらシフト勤務というのは」

総務の日勤からシフト勤務への突然の変更は、家族を巻き込みながら生活リズムを変えていかなければならないし、年齢からいっても、厳しいものがある。たぶん、突然辞令が下りたわけではなく、本人の意向を聞いているはずだが、どうして飛田たちは十数年ぶりにシフト勤務をやってみようと思ったのだろう。

「うちは主人もシフト勤務だから、シフトが重ならなければ、手分けして案外問題なくできるんですよ」

飛田のご主人は大航の整備士だった。確か、堀之内の班の鶴丸のご主人もそうだ。出会いの少ない空港で、グランドスタッフと整備士が結婚するのはよくあることだった。

「僕なんかより、飛田さんのほうがずっとパワフルですよ。どうしたらいつもそんなに元気でいられるんですかね」

「それは、家族がいるからです」

即答した飛田の顔は、ひどく真剣で怒っているようにも見えた。

早番のセンディングは八時台のアジア、グアムの路線がメインになる。今日はさほど集客がなかったから、そのほとんどを飛田にまかせてみた。飛田はやはり快調にパスポートをチェックしツアーの案内をしていた。あまりカウンターに旅客が並ぶことはない。うちのセンダーたちよりも速いかもしれない。

全員がショウアップして僕がカウンターに向かうと、またブースをでてきた飛田がかしこまって頭を下げた。

「すみません。またミスをしてしまいました。イタリア人のお客様の、帰りの航空券を確認するのを忘れました。柳沢さんに指摘をうけるまで気がつきませんでした」

外国籍の旅客で、外国人登録証かマルチプルの日本ビザをもっていないひとは、ツアーの帰りの成田での入国審査で日本から出国する航空券の提示を求められる。ツアーでは日本への帰国までが責任の範囲だから、帰りの入国のドキュメントまで確認するが、航空会社は出発の便についてしかドキュメントの確認をしないのが普通だ。

飛田は昔の癖がでたのだろう。

「カウンターに入る前に確認してありますから、たまたま見逃したんだと思います」

飛田がカウンターに戻ると、ＯＪＴ担当の柳沢が言った。「飛田さん、外国人のお客様のパスポートはじっくり見ているので、大丈夫だと思いますよ。でも、日本人のパスポートを見るときにくらべて、がくっとスピードが落ちるんですよね。普段はあんなに速いのに」

それでも全体を通してみれば、かなり速い。飛田が五人集まれば、繁忙期のセンディングもできてしまうかもしれない。

その他ミスやトラブルもなく、僕は十一時ごろ、オフィスに戻った。

「おう、遠藤」

オフィスのいちばん奥から所長が声をかけてきた。慌ただしくスーツの上着を着込み、ドアロに立つ僕のほうにやってくる。

怒ったような表情をしていた。本社にいたころを思い出させる顔つきだった。

「今日の四時、オフィスにきてくれ。大事な話があるんだ。班のみんなにも、できるだけくるように言ってくれ」

「みんなにもですか」

なんの話だろう、と僕は訝《いぶか》った。

「エアポートサービスに移る子たちはとくにだ。シフトが休みの者にも連絡はとってある。枝元もくるはずだ」

荒木は厳めしい顔つきを崩さない。

「わかりました」

僕は言った。それは文字どおり、わかったということだ。

所長の視線は少し僕からずれたところにいっていた。これ以上訊いてくれるなと語っている。そのくせ、すぐに立ち去ろうとはしない。

「四時に必ずきますので」

「ああ、そのときに話す。俺は色々回らなければならない」

じゃあ、と言って所長はドアに向かう。

とうとうそのときがきた。荒木の後ろ姿を見送りながら僕は思った。

膝が震えた。頭のなかが真っ白になった。所長の声がどんどん遠くなっていった。

それが、「会社更生法の適用を申請」と聞いたときの、僕の反応だった。

大日本航空が事実上倒産。それは、昨今の報道内容から見て、充分あり得ることと覚悟していたし、午前中に所長から話があると言われて、そういう話だろうと当たりをつけていた。それでも震えた。心のなかまで震えが伝播した。

「いまこの時間、世界中の大航グループのオフィスでこの話が伝えられている。みな衝撃を受けていることにかわりはないと思うが、それぞれの立場によってその度合いに違いはあるだろう。これを機会に整理統合され消滅する会社もでてくる。幸い、大航ツーリストも大航エアポートサービスも存続することがすでに決定している。もちろん大航本体も企業再生支援機構の支援を受け、経営の建て直しを図りながら、変わらず営業を続けていく。現場で旅客に接するみんなには、どうか心を落ち着け、冷静になってもらいたい。明日からも、――いや、このあとすぐにも始まるツアーのセンディングにも、これまでと変わらず誠心誠意、打ち込んでもらいたい。四月からの、センディングの委託についても、これまでと変わりなく進めていくことになる――」

所長の話は続いていた。

遅番、早番、休日に関係なく、ほとんどのスタッフがオフィスに集まり、所長の話に耳を傾けた。自然に班ごとにかたまって立っていた。僕は隣に立つ森尾に目をやった。思い詰めたような表情で森尾は所長を見ていた。

こちらに顔を向けた森尾と目が合った。一文字に口を引き、一瞬笑みを見せた。どういう意味の笑みなのかはわからなかった。ただそれを見て、何も世界は変わっていないのだと僕は実感できた。

明日もお客様はやってくる。たとえ数は減ろうとも、それさえ変わらなければ、僕たちがすべきことは何も変わらない。

ふいに前のほうにいた堀之内がこちらを振り返った。口をへの字に結び、眠たげに目を細めた堀之内は、退屈しきっているように見えた。辞めることが決まっている堀之内の明日は、それこそ変わりがない。とはいえ、ひとを励ますような余裕があるとも思えないのだが、柔らかな視線を繰りだす堀之内の目は、がんばれよと僕に語りかけていた。

僕の斜め前には飛田が立っている。他の研修生ふたりも一緒だ。飛田は唇を噛みしめ、何かに耐えているようにも見えた。僕の視線に気づいたのか、ふっと顔をこちらに向けた。充血した目が合ったが、語りかけてくるものはなかった。何を考えていたのだろう。家族のことではないかと僕は思った。

9

所長とスーパーバイザー四人で社員食堂にいった。特別な話があったわけではなく、組織再編や給与削減など、まだ未確定な部分も多いが、大航ツーリストが存続し続けることを、所長はいま一度強調しただけだった。

意外にも、ひとり涙を見せたのは辞めることがきまっている枝元だった。「僕はお手伝いできないけど、みなさんでがんばって再建してください」とエールを送った。

「逃げ遅れちまったな。俺も四月まではここで引き継ぎするか」と堀之内も言う。

所長が珍しく頭を下げて、ありがとうと言った。

帰りがけ、飲みにいこうと枝元に誘われたが、僕はひとりで帰ることにした。ロッカーで着替えをし、駅に向かいながら、本社の同期に電話をした。

「とくに混乱なく、平静そのもの。心のなかじゃいろいろ渦巻いているんだろうけど、会社が残るならあとはなんでもいいって、みんな開き直ってる。俺もそんな感じ」

変わらぬ声を聞いて安心した。いつも凪は、空港より本社のほうで強く吹いている。

一階ロビーをターミナル通路に向けて進んだ。向こうから早足でやってくる男に目を留めた。

「おお」

軽く手を上げ、足を止める。星名だった。

「いま、ターミナルで、うちの子たちに発表してきたところだ」

僕も星名の前で止まった。

「泣いている子もいたな。泣くほどのことでもないのに。もっと辛い人間は他にいる」

　誰のことを指しているのか、僕には想像もつかなかった。

「あれはどうなってるんだ。削れるサービスは洗いだせたか」

「いえ、まだです」

　僕は硬い声で即答した。星名はふんっと鼻で笑った。

「遠藤君、自分が会社を潰したとは考えないのか」

　えっと僕は声を上げた。星名は間を置いてから口を開いた。

「会社がだめになったのはすべて経営幹部の責任だと思ってるんだろ」

「そんなことは思っていません」

「どこに問題があったのかすら考えないのか」

　嫌味な言い方に反発を感じながらも、明確に否定はできなかった。

「もちろん幹部にも問題があったさ。しかしいちばんの原因は違う。与えられた仕事だけをこなし、危機が訪れても現状を変えようとしない、お前のようなやつが無数に集まってうちのグループをだめにしたんだ。いいか、この破綻でどれだけのひとに迷惑がかかるかわかるか。税金は投入されるし、銀行の債権はカットされるし、株は紙切れになる。そんな状況になっても、まだ過去にしがみつこうとするやつなど、いまの大航グループにはお荷物でしかないんだ」

「過去のものがすべてだめだというんですか」

なんでこんなに頭が働かないんだろう。反論しているわけでなく、本気で星名に教えてもらいたいと思った。

「過去に縛られて、いま必要なことも見極められないやつがだめだと言ってるんだ。いまはどんなことをしても、生き延びて再生を果たさなければならない。短期間にだ。サービスが売り上げに結びつくには時間がかかる。俺はサービスがいらないと言ってるんじゃない。そんなものは再建できたときに、またゆっくりやればいい」

社会への責任、銀行への責任、株主への責任。それは、旅客へのサービスより重いものなのか。軽い、と僕には断言できなかった。

「お前がいちばん現場を知っていると思ったから、頼んだだけだ。お前がやらないなら、こっちで適当にピックアップして、旅客サービス部と折衝する。俺はお前の上司じゃない。好きにしろ」

星名は早足で歩み去った。

10

「さあ、今日もあとひといき。残りの仕事を片付けて、なんとかオンタイムに上がりましょう」

昼食から戻ってきて、僕は班員に檄を飛ばした。

「よかった、遠藤さん。昨日の今日で落ち込んでるんじゃないかと心配してたんです」

スーパーバイザーデスクに座る、遅番の枝元が言った。

今日は昼食にでたのが遅めで、すでに遅番のスタッフたちが立ち働いていた。

「落ち込んでいる暇なんてあるわけないでしょ」

「昨日は間違いなく、落ち込んでたと思うんですけど」

僕はぎろっと枝元を睨みつけた。

「……いや、とにかく元気がでて何よりです」

僕だってそう思っている。昨日、アパートに帰り着いたときは、もう空元気もでない気がした。

サブデスクに腰を下ろしたとき、勢いよくドアが開いた。「遠藤いるか」と大声で呼ばれて、腰を浮かした。

大きなスーツケースを引いて入ってきたのは、東京支店の営業マン、須永《すなが》。僕の同期だ。

「なんだ、遅番で出発か」僕は訊ねた。

「違う、いま添乗から帰ってきたところだ。——で、うちの会社はあるのか。どこかに売り飛ばされたりしないのか」

須永は興奮気味に目を見開いていた。

「大丈夫だよ。俺たちは普段どおり朝から働いていたし、大航ツーリストも存続することが決定している。お前の帰るところはちゃんと残っている」

「そうか」

須永は気が抜けたように、傍らの椅子を引き寄せ、座り込んだ。

「ロンドンから帰りの便に乗るとき、会社更生法を申請したと空港スタッフに聞いたんだ。この先どうなるのかずっと不安だった。――なんか、このオフィス落ち着くな」

須永は部屋のなかをぐるっと見回した。

「四月からも、所長がいるから出張や添乗のときは寄ってくれ。ただ、お前のツアーでトラブルが起きても、これまでみたいに助けてやれなくなるかもしれない。自分でなんとかがんばれよ」

「なんでだめなんだよ」

体育会系のいかつい須永には似合わない、甘えるような口調だった。

「センダーのみんなは他社の所属になるわけだし、人数も少なくなるから手が回らない――」

「すみません、遅くなりました」

そう言ってオフィスに入ってきたのは飛田だった。

「あれ、飛田さんですよね」すっと背筋を伸ばして須永が言った。

「あらまあ、須永さん。懐かしい」

飛田は笑みを浮かべて向かってくる。

「なんで知ってるんだ」

僕は眉をひそめ、咎めるような目を向けた。

須永の女癖の悪さは、社内でも一、二を争う。この空港でも以前にトラブルを起こしている。

「おいおい、いくらなんでも……」須永は首を振った。「前にファミリーツアーで添乗をやったんだけど、飛田さんはそのときのお客さんなんだ」

ファミリーツアーはグループ社員向けの格安ツアーのことだ。

「その節はお世話になりました。こんど大航ツーリストのセンディングをすることになったんですよ」

「そうなの?」

須永は僕のほうを向いて言った。

「ああ、スーパーバイザーだよ」

須永は立ち上がって、よろしくお願いしますと丁寧に頭を下げた。飛田もそれに応じて挨拶すると、デスクに向かった。

「いやー、見違えた」

飛田がデスクにつくと、須永は顔を近づけ、小声で言った。

「そりゃあ、制服着ると二、三割増しでよく見えたりするからな」

女の子たちに聞こえないよう、僕も小声だ。

「そうじゃない、逆だ。彼女の私服見たことないのか。かなり派手でセレブっぽい。制服だと普通の主婦みたいで、最初わかんなかったよ」

そういえば、僕は飛田の私服姿を見たことがなかった。

「まあ、旦那さんは大航の整備士だから、いい生活してんだろうな。佐倉に大きな家を建てたって、そのとき写真を見せてくれた。けっこう、自慢っぽい」

佐倉に住んでいるのは知っていたが、戸建てだとは知らなかった。セレブっぽい私服も含め、どうでもいい情報ではあった。

須永は東京支店に電話し、自分の戻る場所があることを確認して帰っていった。

女の子たちは定時より二十分遅れて全員退社した。僕はそれからひと仕事した。

うちのオフィスではツアーが出発したあと、海外支店に出発情報をメールしているが、それがなくても支障はないか、各国の海外支店に問い合わせのメールを送った。トラブルが発生したときレポートを書いて本社に報告しているが、電話で報告するだけですませられないか、関連各所に問い合わせてみた。あれば役には立つだろうが、なくても特段の支障がないなら廃止にしたい手間のかかる仕事だ。

問い合わせを終え、僕は椅子に深くもたれて、ぼーっと考えごとをした。

レポートは毎日必ずあるものでもないが、出発報告は出発便ごとにあるもので、これがなければずいぶん手間は省ける。しかし、空いた時間にカウンターのヘルプに入れるとか、ひとりのセンダーがオフィスに戻らず、ずっとカウンターでセンディングしていられるとかのメリットだけで、繁忙期、カウンターに押し寄せる旅客を手早くさばくのにはそれほど効果がない。やはりカウンターでのサービスを何か削らないとだめだ。

シートに対するクレームは受けつけないというのはどうだろう。シートを選ぶのは大航なのだから、大航に直接言ってもらう。

悪くないアイデアだが、シートに対するクレームもそこまで多いわけではない。だったら、いっそ、旅客に責任があるトラブルには一切かかわらないとしたら、どうだろう。パスポート忘れ、家をでるのが遅れてのレイト・ショウなど。旅客がカウンターで夫婦喧嘩をしても仲裁しない。それでキャンセルになり利益が減ってしまうのならまずいが、キャンセル料が入るから問題はない。

これはいいかも。繁忙期にはそんなトラブルが続出する。

カウンターでのサービスを削ろう。

いまうちの会社は非常事態なのだ。お客様には申し訳ないが、これは、経営破綻により様々な利害関係者に迷惑をかけた僕たちへのペナルティーだと思えば、僕自身納得できる。

僕はデスクの電話をじっと見つめていた。よしっと決意し、受話器に手を伸ばす。

「いいですね、気をつけてくださいね」

声がして、ドアのほうに目を向けた。枝元と星名エンジェルスのひとり、羽根木《はねぎ》がカウンターから戻ってきた。

「今回、とくに問題はなかったですが、大事にいたることもある。反省してください」

枝元が注意を与えると、羽根木はかしこまって頭を下げた。

ついこの間まで自分が毎日のように叱られていたのに、ずいぶん立派になったものだ。僕は嫌味ではなく、一抹の切なさに口元を歪めながら、枝元の成長を喜んだ。

「偉くなったもんだね」

スーパーバイザーデスクにやってきた枝元に言った。これは嫌味だ。

「なんてったってスーパースターですから」

枝元は胸を張って言った。

「何かあった？」

「いや、たいしたことじゃないんです。パスポートの残存不足を見逃して、大航さんから指摘を受けたんです。ただ、ちょっと足りないだけだから、出発できました」

「羽根木さんは、パスポートチェック、速いの？」

「ええ、かなり速いですよ」

「それならまあ、いいか」

「よくはないです。ＯＪＴ中、これで二回目なんですよ、残存不足の見逃し」

「二回目？」僕は眉をひそめて言った。

飛田も、ドキュメント関係のミスを二回している。

「ああ、でも彼女、いろいろあって、今日は集中力がなくてもしかたがないかもしれない」枝元は部下を庇《かば》うように言った。

「彼女のご主人、大航グループの免税店に勤務してるんですけど、今回の破綻で、大航商事に吸収されることが決まったんです。だからいろいろリストラも予想されるわけで」

「羽根木さんのご主人も大航グループなのか」

夫婦揃ってだと不安も大きいだろう。エンジェルス三人の心中を思い嘆息した。

僕なんて独身だからまだいい。給料を減らされても、どこに飛ばされても、ひとりならなんとかやっていける。森尾と、未来を語ることはできないけれど。

やはり、早期の再建が何よりプライオリティーが高いということか。

僕は、ふっと大きく息を吐きだした。受話器に手を伸ばし、星名に電話をかけた。

11

「DJ717便はプーケットへの乗り継ぎのお客様もいますので案内を忘れずに。スリランカ航空のお客様に、大航スーペリア会員がいらっしゃいますので、いつもご利用ありがとうございます、とひとことお願いします」

僕は飛田にツアーのリストを渡した。

「今日のOJT担当は森尾さん。そろそろセンディングのOJTを終えて、スーパーバイザーのOJTに入ろうと思うので、そのへんの見極めもお願いします。では、よろしく」

飛田と森尾も向かい合って、よろしくと挨拶をした。

「遠藤さん、今日は元気がないというか、案外普通ですね」飛田が不思議そうに言った。

「たまには普通にしないと、みんなから鬱陶しがられますから」

「いまの頻度でも十分に鬱陶しいと思いますけど」と柳沢が言った。柳沢の明るい声に、僕は思わず笑みを浮かべた。

ふと気づくと、森尾が心のなかを覗き込もうとするような目で見ていた。僕がそのまま笑みを向けると、飛田とともに離れていった。

今日からツアー料金の価格帯が下がるので、平日でもけっこうな集客があった。大航の破綻が発表になってからも、それにともなう混乱はとくになかった。時折、がんばってくださいとお客様から声をかけられ、こちらが恐縮するくらいだった。がんばります、早く再建します。心で唱えれば唱えるほど、お客様に対する後ろめたさが増した。

フライトが集中する八時台の混乱が収まると、落ち着く暇もなく、バリツアーの旅客がカウンターに長い列を作った。その列が消え、レイト・ショウがひと組となったころ、飛田と森尾がカウンターにやってきた。

「とくにいまのところ問題はありません」

ヘッドカウンター前に立つ僕のところにやってきて飛田は報告した。

「目的地《デスティネーション》がたくさんありますので、パスポートチェックは慎重に」

飛田の担当ツアーは、シンガポール、バンコク、ロンドン、スリランカだった。シンガポール、タイ、スリランカには残存有効期限の規定があった。

飛田が「はい」とよく響く声で返事をしたとき、それを上回る声で、「あっ」と森尾が叫んだ。

「どうした」

森尾は背中を向け、出国審査口のほうを見ていた。森尾の腕が上がって、天井から吊り下がる出発案内板を指した。

「スリランカ航空が遅延《ディレイ》になっています」

「オフィスをでる前、確認をしたときは何もでてなかったんですよ」

飛田が溜息をついて言った。

まだ理由も新しい出発時刻も表示されていなかった。

「とにかく、カウンターにいって、状況を訊いてきてください」

　はいっと小気味のいい声で言ったが、向かう足取りはのんびりしていた。パスポートチェックは素早いのに。

「整備《メンテ》トラブルかな」

「たぶんそうですよね。深刻なものじゃなければいいですけど」

　外国の航空会社だから、機材を変更しての出発はできない。

「遠藤さん、昨日、どうして電話にでなかったんですか」森尾が咎める声で言った。

「ああごめん。ポケットのなかに入れっぱなしにしていて、気づかなかったんだ」

　本当は電話にでる気がしなかった。いや、森尾の声を聞くことができなかった。

　昨日、星名に電話して、削れるサービスについて話した。それだけ削ればだいぶ楽になると喜んでいた。さらに追加で削れるものを探せと言われる気がしていたが、星名は言わなかった。だからといって、気が楽になるものでもない。

「何か用があったの。何回かかけてくれたみたいだけれど」

「用がなければかけちゃいけないんですか」

「そんなこと言ってないだろ」

　他に誰もいないとはいえ、森尾が空港で甘えた怒りを見せるのは珍しいことだった。

「じゃあ、声が聞きたかったとか、言わせたかったんですか」

　森尾はくるりと背中を向け、カウンターに歩いていった。

「それではいってらっしゃいませ」と飛田は丁寧に頭を下げた。すぐに頭を上げて「いらっしゃいませ」と次の旅客の案内に入る。

飛田はなかなかいいペースでセンディングをしていた。トータルで四十五人と決して少ないわけではないが、各出発便の集合時間がばらばらのため、いっきに並ぶことがなく、落ち着いてやっていた。

「いつも、ご利用ありがとうございます」

普段よりもゆっくりとした口調で言った。

スリランカツアーの大航スーペリア会員のお客様だろう。

「今日は大航じゃない。スリランカ航空だ」

白髪の初老の男性はぶっきらぼうに言った。白いシャツにベージュのジャンパーを合わせていた。気難しそうだが、知的な雰囲気もあり、かつては有能なビジネスマンだったのだろうと思わせた。

「失礼いたしました、私としたことが。それでも大航ツーリストをお使いいただき、感謝しております」

飛田は少しくだけた感じで言った。

男性が笑みを見せることはなかったが、場の空気は和んだ。こういう接客は若いセンダーにはできない。人生経験を積んだ飛田ならでは。主婦感覚の接客といえるかもしれない。

パスポートチェック、ツアーの案内は相変わらず速かった。最後に遅延の案内をした。

「現在出発時刻が未定のため、三十分後にこちらのカウンターにお越しくださいますよう、お願いします」

スリランカ航空の出発便はやはりメンテトラブルだった。

気難しそうな旅客であったが、とくに文句はでなかった。そのかわり質問をした。

「シギリアロックの観光は何時間かかるのかね」

さすがにそんな細かい質問に飛田は対応できない。隣のカウンターにいる森尾に顔を向けた。その森尾は飛田を挟んで反対側のカウンターにいる僕に目を向ける。

「私どものツアーでは、頂上での休憩を含めてたっぷり三時間ほどかけて上り下りします」元アジア企画課の僕が答えた。

「軽装でも大丈夫かね」

「現地のひとはサンダルで登るくらいですから、歩きやすい靴を履いていれば大丈夫です」

「あとがつかえてるんですよ。いいかげんにして」

家族連れを挟んで三番目に並んでいるつばの広い帽子を被った初老の女性が言った。

「申し訳ありません」僕は言った。

しかし男性は振り向き、「少しくらい待てんのか」と怒鳴った。

「そんな質問、ガイドブック見ればわかりますよ。あとのひとのことも考えて」

「だから、たいした時間は——」

「まあまあ、そんな怒らないで」間に挟まれた家族のご主人が言った。「楽しい旅行の出発なんですから。同じツアーの仲間なんですし、仲良くやりましょー」

「ちょっとやめてよ。よけいなこと言わなくていいの」

そう言ったのは奥さんだった。二、三歳の男の子が不思議そうな顔で見上げた。

「でも、みんな楽しく出発したいだろ」

縮れ毛に丸顔。本当にひとのよさそうなご主人だった。

「あなた、自分の面倒も見られないくせに、ひとのことなんてかまうんじゃないの」

そう言われて、ご主人はしょげた顔をした。

夫婦の言い合いに嫌気がさしたのか、スーペリア会員の男性は「もういい」と言って歩きだした。ご質問があればこちらでと、僕は呼び止めたが、すたすた歩み去る。

「お待たせしました、どうぞ次の方」

飛田が促すと、家族連れが前に進みでた。

「プーケットに出発の、コバヤシでーす」

ご主人はもう立ち直っていた。顔からこぼれ落ちそうな笑みを浮かべて、パスポートと搭乗券引換証を差しだした。

12

「最近なぜか増えてるんです。お客様同士のトラブル。一、二年前はほとんどなかったと思うんですけど」森尾が言った。

「確かに、時々見るね」

大きなトラブルに発展したことはないが、本人も周囲の者も殺伐《さつばつ》とした気持ちになる。

「そうなのお？」飛田は目を丸くし、おおげさに頷いた。「そういえばこの間、週刊誌だったかで、コンサートホールでも客同士のトラブルが増えているって記事を見たわ。公共の空間で自分の部屋にいるような感覚で振る舞うひとが増えてるからじゃないかって」

飛田が加わると、本当に井戸端会議みたいになる。旅客は全員ショウアップし、カウンターで三人、話をしていた。

原因はともあれ、旅客同士のトラブルが急になくなることはないだろう。四月以降、言い合いが始まっても、センダーが仲裁に入ることはない。放っておいたら、どこまでエスカレートするのだろう。ひとのいいご主人がいつも都合よく現れてくれるわけはない。

「でも、よりによって、なんでふたりで並んで座っているのかしらね」飛田が言った。

うちのカウンターからいちばん近いベンチの端と端に、先ほど言い合ったふたりが座っていた。スーペリア会員の男性はオチアイ・カツヒデ。つばの広い帽子を被った女性はスギヤマ・トキコ。やはり、スリランカのツアーにひとり参加の旅客だった。

「あまり見ないほうがいいと思います」

森尾が注意すると、飛田は慌てて、顔をこちらに向けた。

「それじゃあ、スリランカ航空にまた訊いてまいります。新しい出発時刻がわかるまで、カウンターに張りついていますので」

飛田は森尾のほうにちらっと視線をやってから僕に顔を向け、ばちばちと音をたてそうなほど瞬きをした。

わざとらしい。僕たちはもう付き合ってますよと宣言したくなった。

「気を利かせたつもりなら、残念。僕はオフィスに戻ります。何かあったら連絡ください」

そう言って歩き始めた。

ふたりが座るベンチのほうに何気なく目を向けたら、あの、ひとのよさそうなご主人、コバヤシさんの姿も目に入った。子供と遊んでいるようで、ベンチの横を四つんばいになって移動する。奥さんの姿が見えなくてよかった。いたらきっと、また叱られるだろう。

何も起こらないだろうと思っていたのに、オフィスに戻って十分もたたないうちに、カウンターから電話がかかってきた。トラブル発生のしらせに、僕は急行した。

オフィスに戻らなければよかった。二タミにオフィスがあったころに比べ、オペセンからカウンターはずいぶん時間がかかる。それで手遅れになった、とはいわないもののの、かなり収拾がつかなくなっていた。

「名誉毀損で訴える。脅しで言ってるんじゃないぞ。泥棒呼ばわりされて黙ってられん」

「何よ、こっちは警察を呼ぶわよ」

「お客様」飛田がたしなめるように言った。

オチアイ・カツヒデとスギヤマ・トキコがカウンター前で睨み合っていた。

「なんの証拠もないのに、なんでそんなこと言えるんだ。頭、おかしいのか」

「なんてことを。私をばかよばわり。許しませんよ。絶対に犯人はあなたよ。私がベンチを離れていたのは、ほんの二、三分。その間にもっていくとしたら、あなたしかいない」

「俺だってその間いなかった。あんたが戻ってきたとき、俺はいなかっただろ」

「疑われないよう、とってから席を立ったんでしょ」

なにを、とオチアイはスギヤマに詰め寄る。

「お客様、そういう決めつけはいけません」

僕はふたりの間に入った。

「まずは、冷静に話をしましょう。――で、何がなくなったんですか」

「ぽぽろんちゃんの携帯ストラップよ。スーツケースの取っ手につけていたのに」

「ぽぽろんちゃんというのは、もしかして猫の？　映画でやってる」

「そうよ。あれ、映画館でしか売ってないのよ」

「そうですか。それは残念ですね。ぽぽろんちゃん、かわいいですからね」

「あら、もしかして、あなたも観たの」

「ええ、観ました。いい映画でした」

そう言うと、なぜだか目頭が熱くなってきた。

「しかし、携帯ストラップなら、あまりとっていったりしないんじゃないかと――」

「だから、さっきの恨みでやったとしか思えないのよ」

僕はオチアイに顔を向け、堪えてくださいというつもりで、ぎゅっと目をつむった。

「ストラップが切れて落ちてしまった可能性だってありますよ。歩いてきたひとに蹴られて、どこか遠くに飛ばされた。ぽぽろんちゃん、また親と離ればなれだ。かわいそうですよ。私たちで探してあげましょう」

「私も手伝いますから」

飛田はスギヤマの肩を抱き、軽く揺すった。

「そうね、まずは探してあげないとね」

　スギヤマも目をうるませた。

「何が、探してあげないとだ。ひとを泥棒って呼んだのはどうしたんだ」

「まあ、お客様、まずは探させてください。見つかればはっきりしますので。しばらく、ベンチでお待ちいただけますか」

　その間に冷静になってくれれば——。

「ばからしい。付き合ってられん。もうどうでもいい」

　オチアイは吐き捨てるように言うと、すたすたと歩きだした。

「お待ちください」

　言っても止まらない。スリランカ航空は一時間の遅れと決まっており、すでにチェックインずみだった。

「すみません。いってらっしゃいませ」

　森尾と飛田が声を揃えて言った。

13

　三十分ほどぽぽぽろん探しを続けた。ベンチの下を集中的に探したが、見つからずじまい。

「ほんとにありがとうございます。もうけっこうですので。諦めます」スギヤマ・トキコはそう言ったが、諦めがついてさっぱりした、という表情ではなかった。

僕にとってぽぽろんは、あまり印象がいいものではないけれど、スギヤマがあれを大事に思う気持ちを軽んじる気はなかった。たかが携帯ストラップ、とは思えない。まだ出発まで時間があるからと、スギヤマは四階の飲食店街に上がっていった。僕は、自分もすぐに戻るからと森尾と飛田を先に帰らせ、しばらくあたりを探してみた。お客様のために何かするのを贅沢なことだと考えたことはなかった。しかし四月からの体制を考えると、これだけの時間を使ってぽぽろん探しをするのは、まさに贅沢だった。これまで、トラブル処理を面倒に感じたことはなかっただろうか。僕は出発フロアーに這いつくばりながら、反省した。

ぽぽろんちゃんを見かけたら教えてくださいと、浅野マネージャーにお願いしにいったら、心配そうな目で見られた。

オフィスに戻ろうと、Pカウンターのほうへ引き返した。トラベル・ジャパンと隣り合ったうちのカウンターの前にひとの姿があった。誰もいないとわかったからか、引き返そうと歩きだした姿は、遠目でもがっくりきているのがわかるほど、肩が落ちていた。

ああ、あのひとは——。僕は早足で向かい、声をかけた。

「コバヤシ様」

縮れ毛の丸顔が振り返った。

「どうかされましたか」

コバヤシの顔にはひとのよさそうな笑みが浮かんでいる。しかし、落ちた肩はそのままで、無理に作ったものにも見えた。

「すみません、僕だけ出発できなくなってしまったんです。だから、それをお伝えしなきゃと思いまして」

えっと驚いた僕に、コバヤシはすまなそうな顔をして頭を下げる。

「ほんと僕はドジなんです。それで、いつもカミさんに怒られてばかり。でも、プーケットにはいきたかったなあ。子供と久しぶりに思い切り遊びたかったなあ」

またひとのよさそうな笑みを浮かべている。遠くを見つめる目には、光るものがあった。


僕はパスポートをもって出発フロアーを駆けた。まだ時間に余裕はあるものの、全力で走った。

絶対にコバヤシ様には出発してもらう。僕の努力だけでどうにかなるものではなかったが、土下座でもなんでもして、なんとか許しをもらおうと思った。

それにしても、チェックインをした大航のスタッフは、なんでコバヤシを勝手に搭乗不可《オフロード》にしたのだろう。その判断が間違いとは言わないが、ひとことうちに相談してくれてもよかっただろうに。もっとも、それを声高に批判することはできない。もとはといえば、うちのミス——飛田のミスが招いたことなのだから。

出国審査場前のセキュリティーチェックで足を止めた。セキュリティーに挨拶して、審査場に足を踏み入れた。

ずらりと並んだ出国審査ブースの端に、審査官の詰め所がある。クルーや空港スタッフの通路となる、詰め所の窓口に僕は進んだ。

「すみません、パスポートの汚損を確認して欲しいんですが」

僕が言うと、初老の審査官が大儀そうに腰を上げてやってきた。僕はコバヤシのパスポートを開いて見せた。

「なんだこれは」

審査官は驚きの声を上げてから苦笑した。

真新しいパスポートの査証欄に、ボールペンでなかなかうまい電車の絵が描かれていた。その隣のページには、いびつな線がぐしゃぐしゃに引かれている。

コバヤシは空欄になっている査証欄をメモを取るスペースと勘違いして、親子でお絵かきをしてしまったのだ。

こんなにはっきり描かれているのに、なんで飛田は見逃してしまったのだろう。腹立ちより、不信感のほうが強かった。ドキュメントトラブルの見逃しはこれで三回目だ。パスポートチェックが異常に速い飛田が——。

「あああ、やっちゃったね」

審査官はふーっと溜息をついた。

「なんとか、出国させてもらえないでしょうか」

僕は審査官の表情を窺い、ごくりと唾を飲み込んだ。

「今回は出国させてもいいですよ。ただ、現地に入国できるかは、保証できないよ」

ありがとうございますと勢いよく頭を下げたら窓枠に頭をぶつけそうになった。僕は踵《きびす》を返し、大航のカウンターに向かって駆けた。

浅野マネージャーからは、審査官の許可が下りれば出発させてもいいと確約をもらっていた。ただ、バンコクまでの出発便はキャンセルされており、今日は満席のため、予約を取り直すのは難しいとは言われていた。

コバヤシ様には絶対に出発してもらう。浅野の尻を叩いて予約を入れ直す。僕は旅客のために走り回ることに、体ごと喜びを感じていた。けれど、飛田に対する不信感は消えていなかった。いや、飛田に対するものだけではなかった。

羽根木も残存不足の見逃しを二回やっている。枝元の言葉を思いだした。

「浅野さん、審査官の許可をもらいました。予約入れてください」

ヘッドカウンターに抱きつくようにして足を止めた。

「もう始めてるよ。出発統括室《デパコン》に他の旅客のグレードアップを頼んでいる。空いたところにコバヤシさんを入れるつもりだ」

「ありがとうございます」

尻を叩くのは中止。肩でも尻でもお揉みしますからと、荒い息をつきながら思った。

予約が入るのを待つ間、僕はオフィスに電話し、飛田にひとりでカウンターにくるように言った。すぐに、走ってこいと。

それが終わるともう一本、休日の堀之内に電話をかけた。


僕の声音に何かを感じたのかもしれない。飛田は本当に走って、大航のヘッドカウンターまでやってきた。はあはあと肩で息をし、カウンターに手をついた。

「バンコク線でイレギュラーが発生です。パスポートの汚損で、チェックイン時に搭乗を拒否されたお客様がでました」

僕はトラブルの詳細を話して聞かせた。

「査証欄のいたずら書きに、ほんとに気づかなかったんですか」

「申し訳ないです。見た覚えがないんです」

呼吸が正常に戻ってきた飛田は、本当に申し訳なさそうな顔をした。

「そうでしょうね。パスポートチェックなんてまともにしていないんだから、あれを見たはずない」

飛田は驚いた顔で「いえ……」と言った。

「いいですよ、言い訳しなくて。あなたたち星名エンジェルスは、名前の確認をするぐらいで、パスポートの有効期限などまともに見ていないんだ。あとはぱらぱらとめくって見てるふりをするだけ。だから、接客がベテラン以上に速いし、ドキュメントトラブルの見逃しも多いんだ」

飛田と羽根木だけでなく、鶴丸も残存の見逃しなどをしていると、堀之内から確認が取れていた。

もともと残存不足の旅客などそう多くはない。なのに三人とも見逃しているということは、見ても気づかないふりをしているか、はなから有効期限の確認をしていないかのどちらかしか考えられなかった。星名が三人の後ろにOJT担当者を立たせないように言ったのは、そういうことだったのだ。

「少ない人数で多くの旅客をさばくための、訓練をしていたんですか」

今泉や森尾が指摘したとおり、サービスを削るだけでは、繁忙期の旅客をさばくことはできない。旅客ひとりひとりにかける時間を削るには、案内を削るかパスポートチェックの時間を削るしかなかった。星名がサービスを削れと言ったのは補助的な対策の意味合いだったのだろう。やはり、できる男は抜本的な対策をちゃんと用意していた。

「訓練ではなく、実験です」飛田はようやく口を開いた。

「私たちが確認していたのは名前だけです。それで、どれくらいトラブルが起こるか、あるいは問題なくいけるかの実験でした。これまで、大航のチェックイングループから注意は受けましたが、出発できているので、私たちはトラブルが起きていないと、認識していました。ただ、今回の件は、本当に申し訳なく思っています。正直、パスポートの汚損は想定していませんでした。問題が起きるとしたら、期限切れと残存不足と子供から大人への変更ぐらいだと思っていました。お客様には深くお詫びしたいと思います」

「謝罪する気持ちがあるのに、どうしてこんな陰謀じみたことを引き受けたんです」

「そんなに悪いことでしょうか」飛田は僕の目を見ずに言った。「四月からは、大航ツーリストのカウンターでもチェックインのカウンターでも、パスポートを確認するのは大航エアポートサービスのスタッフです。同じ会社の人間が二度もパスポートを精査するのは時間の無駄になります。ツーリストさんのカウンターでは、本人確認が必要ですから、名前だけは確認します。いってみれば、社内の分業体制です」

「うちのお客様で、勝手に実験をしないでくれ」

「申し訳ありません。星名に伝えます。たぶん、これで実験はやめると思います」

やはり僕を見ずに頭を下げた。

「飛田さん、悪くないと言っても、後ろめたいんでしょ。それなのに引き受けたのは、やはり家族のためですか」

「プライベートなことは話したくありません。それに、苦しいのはうちだけではありませんから」

エンジェルスのご主人はみな大航グループの社員だった。すでに給与が削減されているのは間違いないことだ。飛田は家のローンを抱えている。他のふたりも訊いてみれば、たぶん持ち家だろう。もし、奥さんがリストラで解雇にでもなれば、ローン返済に支障をきたすに違いない。

エンジェル、天使、天の使い。三人は星名の使い。つまり星名は自分を天のひとだと考えているのか。

「事情はどうあれ、僕はあなたたちと戦う。星名さんと戦いますよ。星名さんにサービス削減の提案をしましたが、あんなものは撤回してやる。うちの社として、なんとかまともにサービスをさせるよう交渉します」

「いいですね。家族がいないひとは気楽で」

嫌味な言葉だったが、本当にうらやましく感じているような響きもあった。

「おい、何ごちゃごちゃやってんだ。予約入ったぞ。席は家族と離れてしまうが、これでなんとか――」

浅野が搭乗券を差しだした。僕は受け取り、深く頭を下げた。

「佐和子ちゃん、久しぶりのシフト勤務は慣れたかい。もういい年だからね」

普段の仏頂面が溶け、浅野はふやけた表情で言った。

「たぶん、浅野さんよりずっと寝起きがいいと思いますけど」飛田がそう切り返した。

浅野は若いころにも空港にいたことがある。そのころからの知り合いなのだろう。

「さあ、カウンターにいきましょう」

そう促し、飛田とカウンターに向かった。

カウンター前のベンチに座っていたコバヤシに搭乗券をもっていった。

飛田は深く腰を折り、丁寧にコバヤシに謝罪した。その言葉は心から謝っているように聞こえた。コバヤシは気にしないでくださいと、顔の前で手を振った。

「元はと言えば僕が間抜けなんです。カミさんになんて言われてもしかたがない。とにかく一緒にいければ、僕は満足」

この手のケースで、入国を拒否されて強制送還になった例はあまりないが、保証の限りではないことをコバヤシに伝えた。

「そのときは諦めます。ここまでやっていただいたし、とにかく家族みんなで、外国の地は踏めますから」

丸顔に人のよさそうな笑みを浮かべていた。強制送還になっても、この顔で戻ってきそうな気がする。

その笑顔が僕の心をなごませた。それと同時に、絶対に星名を打ち負かしてやると、殺伐とした思いが胸に湧き上がる。

いってらっしゃいませと見送った。スキップを踏みそうなほど軽い足取りでセキュリティーチェックに向かったコバヤシは、すぐに足を止めて引き返してきた。

「すみません、忘れてました。ちょっと、面倒なことを頼んでもいいでしょうか」

　僕は飛田に目をやった。飛田はちらっと僕のほうを窺い、なんでしょうと明るく答えた。

「うちの息子が拾ったのか、こんなものをいつの間にかもっていまして。落とし物として届けていただけるとありがたいんですが」

　コバヤシは言いながら、ポケットから何かを取りだした。すっぽり手に隠れてしまうほど小さいもの。手を開いてこちらに差しだす。

　僕はそれを見て目を丸くした。これは——。

「わかりました。届けておきます」と普通に答えて受け取る飛田にも驚いた。

「これは、ぽぽろんちゃんだよ」

　一瞬怪訝《けげん》な顔を見せた飛田は、「ええっ」と声を上げ、自分の手のなかにある、小さいグレーの毛むくじゃらを見つめた。

「ぽぽろんちゃんが帰ってきた！」

　なぜか僕の目頭が熱くなった。

14

「ありがとうございます。もう、ほんとに嬉しいわ。ぽぽろんちゃんにまた会えるなんて」

スギヤマ・トキコをページングで呼びだすとすぐにカウンターにやってきた。ぽぽろんちゃんを渡すと、ぎゅっと手のなかで握りつぶしてから、頬ずりをした。

僕も涙がでそうなほど嬉しかった。

「あのひとに悪いことを言ってしまったわ。謝らなきゃならないわね。飛行機のなかで会えるかしら」

スギヤマはふーっと溜息を漏らした。暗い顔だった。気まずいものがあるのだろう。しかし、どうにかしなければ、ずっとふたりは気まずい思いで観光をすることになる。

「スギヤマ様、オチアイ様をなんとか見つけだして、誤解だったことを私どもから伝えておきます。スギヤマ様が申し訳なく思ってることもよくいっておきますので、機内か現地でお会いになったら、必ず謝意を伝えてください。大丈夫。楽しい旅になりますから」

スギヤマは明るい顔に戻って礼を言った。楽しんできますと出国審査場に向かった。

「遠藤さん、そこまでしなければならないものなんですか」

飛田は批判しているわけではなく、純粋に知りたいようだった。

「航空会社は移動手段を提供している。まず何より安全に配慮し、その上で快適で楽しい空の旅になるようサービスをすればいい。でも旅行会社は楽しい旅行を提供してるんです。楽しめなければ意味がない。そのためのサービスに際限なんてないんです。そんなの、ばからしいですか」

「センディンググループに異動が決まってから、私個人の意見はもたないと決めたんです」

飛田は僕の顔をじっと見つめた。

「でも私、お客様の笑顔を見るのは好きです。――ページングにいってきます」

僕は駆けだそうとした飛田を呼び止めた。

「ページングはだめだ。別にお客様にとって必要なことを伝えるわけじゃないから、呼びつけるのはまずい。とくにあのお客様は。なんとかこちらで探しださないと」

飛田はあきれたように笑い、頷いた。

「飛田さんはイミグレに入って、出発ゲートのほうまで探してください。僕は、四階と出発フロアーを探す。森尾さんも呼んで手伝ってもらいます。見つかったら連絡ください」

わかりましたと返事をしたが、動かない。

「私の上司は星名なんです」

飛田はそれだけ言うと、出国審査場のほうへ駆けていった。

四階を探し終わり、三階に戻ってきた。出国審査場前で張っている森尾が、僕に気づいて首を横に振った。僕は階下を探してみようと、そのままエスカレーターに向かった。

下りのエスカレーターに乗ろうとしたとき、上がってくるオチアイが目に入った。

「オチアイ様、ちょうどお探ししていたところでした」

フロアーに進みでてきたオチアイに言った。

「何かあったのか」オチアイは厳めしい顔で訊ねた。

僕はスギヤマがなくしたものが見つかったことと、深く反省し謝罪したがっていたことを伝えた。

「もうどうでもいいと言ったはずだ。そんなことで、呼び出しをかけていたのか」

「いえ、お呼び出しはしていません。お客様にわざわざ足をお運びいただくのは心苦しかったので、フロアーを探しておりました」

「ずっと探してたのか」

「いえ、それほどの時間ではないです。三十分ほど」

「ゲートのほうに、もういってたかもしれないんだぞ」

「そちらにも、ひとをやっております」

僕はにっこり微笑んだ。

オチアイは目を細めて僕を見た。口を開き、大きく息を吸った。

「そんなくだらないサービスするんじゃない。他にやることあるだろ」

大声で吐きだした。

「そんなことだから潰れるんだ。お前の会社の株、ずいぶんもっていたが、全部紙くずだ。それなのにお前らは、まだ無駄にひとと時間を使ってる。いい加減にしろ」

言葉が石の礫《つぶて》のように飛んできた。よける気もなくまともに浴びていたら、無感覚になった。痛みもない。悲しみも、なにもない。

オチアイは言葉をだしきると立ち去った。僕は、いってらっしゃいませすらも口にできなかった。

15

「あれ、班長、オフィスにいたんですか。カウンターにいらっしゃらないから、どうしたのかなって、みんな心配してたんですよ」

カウンターから戻ってきた篠田が言った。

「ちょっと、委託がらみの打ち合わせがあったんだ」僕は言った。

「そうだったんですか。携帯もつながらないからどうしたのかと思った。カウンターでちょっとトラブルがあったみたいです」

「そうか。じゃあ、いってみる」

僕は立ち上がり、オフィスをでた。

エレベーターに向かったが、トイレに引き返して用を足した。エレベーターで一階に下り、通りかかった社食で、コーヒーを一杯だけ飲んだ。今日は朝から何も口にしていない。

ターミナルに着いたら急に腹の調子がおかしくなって、またトイレに入った。カウンターまで、やけに遠い道程だと感じた。

トイレをでて、カウンターにいったら、もう誰もいなかった。

＊

遅番で寝坊をするなんてあり得なかった。それでもまだ、充分間に合う。僕は簡単に着替えをすませ、部屋を飛びだした。

バスに乗り、終点の成田駅西口のバス停で降りた。すぐに公衆トイレにかけこみたくなるが、がまんする。電車に乗り遅れたらたいへんだ。僕は階段を駆け上がり、JRの駅を駆け抜けた。京成成田の駅に向かって進むが、どうにもがまんできなくなってきた。

駅前のマクドナルドに駆け込み、トイレを借りた。いつもの電車には間に合わなくなったが、スーパーバイザーは早出を心がけているから、それでもまだ遅刻にはならない。いざとなったらタクシーでいけばいい。

トイレで用を足してでてきたら、ほっとしたのか、お腹が空いた。ハンバーガーとコーヒーを頼み、席に座って食べた。いよいよタクシーだな、と思った。オペセンの前に乗りつければ、全然余裕だ。

　ハンバーガーを食べ終わり、コーヒーをすすっているとき、近づいてくる足音を聞いた。

「遠藤さん、スーパーバイザーがこの時間、こんなところで、何のんびりしてるんですか」

　顔を上げて見ると森尾だった。

「やばい、時計が遅れていたみたいだ。どうもおかしいと思ったんだ。さあ、いこう」

　僕はトレイも片付けずに、外へでた。

「タクシーのほうがいいかな」

「電車で大丈夫、まだ間に合います」

「そうか。でも、オペセンまでだったらタクシーのほうが早いよ。僕はタクシーでいくから、森尾さんはゆっくり電車でくるといい」

　京成の駅とは反対方向に進もうとしたけれど、森尾に腕を摑まれた。

「一緒にいきましょ。電車でもタクシーでもいいから」

「ああ、いいよ。じゃあ、電車にしようか」

　僕は京成の駅に足を向けた。森尾は腕を摑んだままだ。

「なあ、こんなところで、腕を組むのはまずくないか」

「ねえ遠藤さん、今度一緒に病院にいこう」

「なんで病院？　急に何言うんだよ。僕はどこも悪くないよ」

「悪くないかどうか、みてもらいましょう」

「いったいどこを。なんでそんな目で見るんだい。――まさかそんなこと考えてるのか。僕がおかしいと思ってるのか」

「怒らないでください。遠藤さんのことが心配なだけで――」

「怒ってないよ。ちょっと元気がありあまってるだけだ」

　僕は腕を振り払い、駅へと早足で向かう。

「心配いらないよ。ほんとに元気なんだから」

　足が軽くなった。またトイレにいきたくなったが、全然がまんできる。

「さあ、早くいこう」

*

　目覚ましが鳴る前に目が覚めた。けれど、体が重かった。

　いかなきゃ。昨日、あんなに調子がよかったんだから、今日もいけるはずだ。

　喉の渇きがひどかった。僕は冷蔵庫からペットボトルの水を取りだし、ごくごく飲んだ。

食欲はなかったけれど、食べなきゃ元気が湧かない。ペットボトルと交互に口をつけ、流し込むようにパンを食べた。

余裕を持って部屋をでた。バスに乗り、成田駅西口で降りた。へんな磁力のようなものを感じた。反発するような磁力。前に進むと抵抗を感じて、ひどく疲れる。それでも今日はトイレに逃げ込むこともせず、前へ進んだ。

マクドナルドを過ぎたあたりから、抵抗が強くなった。強風が前から吹き付けるような感じで、前のめりにならなければ進めなかった。ああ、喉が渇く。トイレにもいきたい。それでも、足を止めなかった。

角を曲がると京成の駅が見えた。ますます抵抗は強くなり、老人みたいに腰を曲げて体を低くしなければならなかった。端から見たらへんなかっこうだろうが、そんなことは気にならない。とにかく空港にいかなければ。今日という日が大きなわかれ目になるような気がした。今日空港にいって、昨日みたいにカウンターでお客様と接することができれば、もう明日からはずっと普通に過ごせる予感があった。

改札を通り抜けたら、力尽きた。ベンチにぐったり座り込む。大量にかいた汗が冷えて、体が震えた。まずいな、風邪をひいたら、みんなにうつすから空港にはいけなくなる。成田空港行きの電車がホームに入ってきた。

僕はベンチから立ち上がった。まずいな、トイレにいきたくなってきた。とにかく、いまは電車に乗れない。ひとまず、トイレにいこう。

駅のトイレに入った。個室のほうだ。個室は小でも大でも嘔吐でもなんでもできるから安心だ。実際に吐いたことは一度もないけれど、吐きそうな予感がしてトイレに駆け込んだことが何度かあった。何も催さなくても、やはりいちばん落ち着ける。洋式でないのが残念だった。

トイレからでてきたときには三十分がたっていた。次は乗らないと。そろそろ女の子たちが出勤する時間だ。

くしゃみがひとつでた。ああ、まずいな。やはり風邪をひいてしまったようだ。うつしたら迷惑だろうな。

成田空港行きの各駅停車がやってきた。これに乗らないともう間に合わない。いや、忘れていた。タクシーがまだある。なんで気がつかなかったのだろう。最初からタクシーにすればよかったのだ。そうはいっても、せっかく改札を潜ったのだし――。そんなことを考えている間に、各駅停車はいってしまった。

まずいな。今日は必ずいかなければならないのに。

向かいのホームに上野行きの各駅停車が滑り込んできた。それをじっと見ていた僕は、ひらめいた。この駅から空港に向かおうとするからだめなんだ。佐倉あたりまで戻り、そこから空港行きに乗ればいいのだ。

体が動いた。階段を駆け下り、地下の通路を駆けた。早くしないといってしまう。ホームに上がる階段を一段飛ばしに駆け上がる。

ひどく息が切れたが、体は軽かった。頭のなかでは、レディオヘッドの『クリープ』が流れていた。もの悲しいギターリフがループする。なんてありきたりなやつなんだと自分を責めてみる。アイム・ア・クリープ。心のなかで叫びながら、ホームに立った。

間に合った。電車はようやく止まったところだ。プシューッと圧縮エアーが抜ける音が響き、ドアが開いた。

体は軽いはずなのに、なぜか足が動かない。乗ったら戻れなくなるような不安を感じた。

ベルの音が鳴った。僕はゆっくり足を踏みだす。なかに入った。後ろでドアがしまった。

電車が動きだした。空港から離れていくのを感じる。それは電車の行き先を知っているからでも、風景の移り変わりを見ているからでもなく、僕には感じることができた。

窓際に寄った。まるでそうすることがマナーであるかのように、僕はへんな確信をもって窓に額を押し当てた。トム・ヨークの歌声が、優しく僕を包んだ。

絶対に戻ろうと思った。下りの電車に乗ろうと思った。ただ、それが今日であるか、ずっと先になるかは自分でもわからない。とにかく、絶対に戻ると僕は決めた。

妹ざかり

1

洞窟が終わりに近づき、外の眩しい日差しに目を細めた。

隣に座る柳沢が手を握ってきた。

「くるわよ」

柳沢の張りつめた声に、篠田は思わず顔を向けた。柳沢の表情は強《こわ》ばっていた。

怖いのは自分だけじゃないんだ、と思ったらますます怖くなった。どうやっても恐怖から逃れられないけれど、せめて隣にいるひとには、どっしりしていてもらいたかった。とくに柳沢は先輩なのだから。篠田は体を硬くし、その瞬間に備えて目をつむった。

くるわよと言ったものの、すぐにはこない。丸太のボートはしばらく、山の頂で留まっている。篠田は様子を窺おうと目を開いてみた。目の前の視界がいやに開けていた。ボートが前に傾きだした。

きたーっ。篠田は息を大きく吸い込んだ。

絶叫が耳に響く。滝壺に向かって真っ逆さまに落ちていく。風を切る音。絶叫。水しぶきが——スプラッシュ。

一瞬、魂をもっていかれた。篠田は前のバーに摑まったまま、ぐったりした。丸太のボートは何ごともなかったかのように、ぷかぷかと出口に向かって進んでいく。

「あー、気持ちよかった」柳沢が言った。

「ほんと爽快」と後ろに座っている川崎《かわさき》の声も聞こえてきた。

あんな怯えた顔をしていたのに、どうして気持ちよかったと言えてしまうのか。やっぱり先輩はすごい。ちょっと皮肉まじりだけれど、篠田は本気でそう思った。

「さあ、次いこう。今日はがんがん乗るわよ。並ばなくていいから、いくらでもいけちゃう」

スプラッシュ・マウンテンから退場すると、柳沢は張り切った声で言った。

「やっぱりディズニーランドにくるなら、平日よね。平日休み、サイコー」

川崎が空に向かって腕を広げ、大声で叫んだ。

気持ちはわかるけれど、いくらなんでもおおげさだ、と篠田は思った。

「おまけに女の子同士もサイコー。男なんていらないよね。篠ぴーもそう思うでしょ」柳沢がそう言って、腕を組んできた。

「もちろんです。先輩たちに囲まれて、私も嬉しいです」

本当にそう思う。けれど、大声で言うのはやめて欲しい。

「やっぱそうよね。ディズニーランドは女の子同士に限る。男なんていらなーい」

何も繰り返さなくても……。

先月、クリスマス前に三年付き合った彼と別れた。フリーターの男とこれ以上付き合っても未来はないと、篠田のほうから見切りをつけた。ちょっと前までは、女同士でディズニーランドとかいっちゃうひとってかわいそう、ぐらいに思っていたけれど、いまは女同士、先輩たちときてよかったと思っている。普段は絶対に乗らない、絶叫系の乗り物に乗せられたりもするが、へんに気をつかわれるよりはよかった。

一生、男とは無縁の生活を送ろうと決めたわけではない。ただ、いまの気分としては、男なんていらなーいと、柳沢に同調して叫んでみたい、ひとのいないところで。

別れたときは、仕事に生きようと思った。ちょうど、四月から大航エアポートサービスに移ることが決まったころだったから、心機一転やる気に満ちていた。けれど、大航グループが破綻して、先行きの厳しさが身にしみだした昨今、そんなやる気も後退している。いったい何で生活を彩ればいいのだろう。

ふーっと溜息をついた。返す波で、大きく息を吸う。もてあました息の処理に困って、言葉とともに吐きだした。

「あー、楽しいー」

空に向かって声を張り上げた。恥ずかしいけれど、やってみると気持ちがいい。

ここは、夢の国。仕事のことやなんだかんだは、持ち込み禁止。篠田は気が塞ぐような考えを無理矢理吹き飛ばした。

「ほんと楽しいよう」

川崎も腕を組んできた。いちばん年下の篠田を挟んで、暖をとるようにくっつき合って歩いた。

一月の終わりで厳しい寒さ。入場者が少ないのは、平日だからという理由ばかりではないのだろう。

「それじゃあ次は、ビッグサンダー・マウンテン、いっちゃう?」柳沢がふたりの顔を覗き込むように言った。

「いこう、いこう」と川崎。

篠田は、えーっと抗議の声を上げたが、両側からがっちり腕を取られていて拒めない。引きずられるように、岩の山に向かっていく。

寒いよう、怖いよう、楽しいよう。

2

覚めない夢はない。夢の国で楽しんだ翌日は、早番シフトで、早い目覚めだった。

一日たっぷり遊んで、気力は充分。なんとか四日間の早番シフトは戦えそうだ。けれど、すっきり心が晴れているわけでもない。ここのところのうちの班の状況では、どんなにプライベートが充実しようと、仕事が始まれば、心のひっかかりを意識しないわけにはいかなかった。

篠田はふいに途切れた集中力を取り戻し、ブリーフィングをする田波の声に意識を向けた。４０１便でホイールチェアーのお客様、９４１便でサウスコリアンのお客様。ツアーの一覧表を見ながら、篠田は心に留めていった。

静かな声で話す田波は、眠気も見えないし、疲れも見えない。いつもどおりのクールな感じだった。ここのところ、シフト表作りなど、庶務的な仕事を続けながら、シフトに入ることが多い。オフィスでいちばん忙しいはずなのに、そんな素振りを表にだすことはなかった。

すごいな。男のひとって大変だなと篠田はつくづく思った。

きっと、班長も大変だったのだろう。表面上は陽気に振る舞っていても、色々なことを抱え込んでいたに違いない。今年に入って怖いくらいに明るかったのは、電気が切れる前の一瞬の閃きみたいなものだったのだろう。

遠藤がオフィスに現れなくなってから、一週間がたつ。なんの連絡もなく、突然休んだときは、みんな心配した。自宅にもいないし、何か事件にでも巻き込まれたのではないかと考えた者もいた。夕方になって、遠藤のお母さんから電話があり、遠藤は小田原にある実家に戻っていることがわかった。たぶん心を病んでいて、しばらく出社はできないだろうと、お母さんは言ったそうだ。篠田は知らなかったが、遠藤のお母さんは看護師をしているらしい。まだその時点で、遠藤は病院へはいっていなかったが、シフト勤務に穴を開けることになり、早急に今後のシフトを組み直す必要があるだろうと考え、お母さんは自分の見立てで遠藤の状況を伝えたようだった。

遠藤は現在、実家で静養をしながら通院している。まだ、復帰の目処《めど》はたっていない。四月になる前になんとか復帰して欲しかった。班長ともう一度仕事がしたいと、自分でも意外なくらい、篠田は強く願っていた。

遠藤がどうして心の病にかかったか、はっきりとした原因などわかるわけはないが、憶測では、四月以降の空港所、大航エアポートサービスのセンディングチームの体制に思い悩んでいたのではないかと言われている。

遠藤が出社しなくなって三日後、カスタマー事業部の部長、星名から、四月以降の具体的な体制の説明があった。センディングはいままでどおり三班に分かれて行う。各班にはセンダー兼任のリーダーをひとり置き、総勢五人のセンダーでひとつの班を構成する。それを聞いて、みんな唖然とした。現在の半分ほどの人数で、どうやって繁忙期の旅客をさばけというのか。驚きというより、恐怖だった。いったい、どれほど混乱したシフトになるか想像がつかないところが恐ろしい。

遠藤はこの体制をどうにかしなければと、動いていた形跡がある。星名と言い争っているのを見かけたひとがいた。それがうまくいかず、思い悩み過ぎて病気になってしまったのではないかとオフィスでは囁かれていた。

それが本当なら、すごいひとだと篠田は思う。自分がその体制のなかで働くわけでもないのに、センダーやお客様のことを考え、病んでしまうまで思い悩めるなんて。

他にはそこまで考えてくれるひとはいない。荒木所長は、大航ツーリストもこれ以上予算をつけられないから、この体制でよろしくと、お願いするばかりだった。田波はいつもどおりサイレントマンだし、堀之内は、そんなんでセンディングできるかと憤りを見せたが、何か行動する気配はなかった。いや、ひょっとしたら班長以上に考えているひとがひとりいた。体制を変えようとしているわけではない。ただ、その体制のなかでもなんとか仕事をこなせるよう、みんなを鍛え上げる鬼軍曹——森尾だ。

森尾はこれまでも厳しかったが、班長が欠け、新体制が発表になってから、ますます厳しくなった。四月からは、トラブルが起きても、スーパーバイザーに頼ることはできない。だから、ひとりひとりがスーパーバイザーになったつもりで対処できるくらいに、鍛え直すつもりだった。森尾は他の班の班長にもその考えを伝え、トラブルが起きたときはまず自分で考えるようにさせている。そのために、旅客に迷惑がかかることはあるかもしれないが、将来を見据えてしかたがないことだと、スーパーバイザーは腹を括ったようだ。しかし、迷惑をかけたら、しっかりセンダーは怒られる。急にスーパーバイザーになれと言われても無理な話だった。

篠田は、自分は妹だと思っていた。実際の家族のなかでも四歳年が離れた姉がひとりいるし、オフィスのなかでもいちばん年下。そういった立場的なものだけでなく、性格そのものが妹だと感じていた。子供のころ、いつも姉の後ろを歩いていたように、前にでるより、ひとについていくのが好きだった。仕事も自分が率先してやるものより、アシスタント的なものを好む。頼られるより頼りたい。だから、成田空港所で働きだして三年目、自分より下がいないものだから、いまだに新人のように扱われるが、篠田に不満はなかった。そんな自分に、誰にも頼らずスーパーバイザーになったつもりで――、と言われても、それは無理と条件反射のように思えてしまう。

　いや、無理でもなんでも仕事なんだから、やらなければならない、というぐらいの気がまえが、センター三年目の篠田にもある。ただうまくはできないし、しんどいなあと感じていた。これからもっとしんどくなるのか、と想像すると溜息がでる。

　ふいに視線を感じて背筋を伸ばした。斜め前に座る森尾が睨んでいた。またぼーっとしているのを見咎められてしまった。いまさらとは思ったが、篠田は顔を引き締め、きりっとすましたお姉さん顔で、ブリーフィングを続ける田波に目を向けた。

　似合わないんだよな。そんな顔も。


「篠田さん、ちょっと」と田波に呼ばれたのはカウンターに向かおうとしていたときだった。今日の篠田のツアー割り振り《アサイン》は、上海、北京、広州の中国路線。カウンターオープンがいちばん早い方面だった。

「すまない、一件引き継ぎを忘れていました」

　そう言って田波は引き継ぎメモを差しだした。受け取って見ると、北京出発のお客様に、申し込みの際の不手際を代理店にかわってお詫びして欲しいとの、支店からの依頼だった。

とくに遅く渡されても支障がないもの。篠田は了解しましたと言った。

「そういえば篠田さん、来月の日曜日に休みのリクエストをだしていたね。あれって、どんな用事なんだろう」

「その日に親戚の結婚式があるものですから」

そう答えながら篠田は、昨日、先輩ふたりから聞いた、田波の噂話を思いだしていた。

元空港所スタッフの馬場と、田波はどうも別れたらしい、と先輩たちは噂していたが、篠田はそもそもふたりが付き合っていたことも知らず驚いた。柳沢と川崎からは、情報過疎ぶりに呆れられた。

「結婚式なら、でないわけにはいかないね。その日は、ハネムーナーの集客が多くて人手が足りないんですが、わかりました、リクエストを受けつけましょう」

ありがとうございますと礼を言いながら、ふいに篠田はある事実に気づいた。

田波さんは馬場さんとセックスしてたんだ。

恋人同士なら当たり前のことだけれど、知っている人間同士がそんな関係にあったのだと改めて考えると、とてつもなく恥ずかしくなる。いや、朝からそんなことを想像している自分が恥ずかしい。

なんでだろう。欲求不満？

「どうかした？」田波が訊いてきた。

「なんでもありません。大丈夫です」と答えたものの、恥ずかしくて、田波の顔を見ることもできず、うつむいてしまった。

「中国線、全便問題ありません。カウンターにいってきます」

「本当に大丈夫かな」と田波のつぶやき声を背後に聞きながら、篠田はデスクに戻った。

「大丈夫？　カウンターオープンに間に合うの？」

飛田のOJTをしている森尾が、眉間に皺を寄せて訊いてくる。

「大丈夫です。駆け足で向かいます」

センディング道具をかき集めて、腕に抱える。まだ森尾がこちらを見ているのがわかった。

そんな怖い顔をしている森尾さんだって、きっと誰かと――。

ああ、いけない。妄想が止まらない。篠田は逃げるようにオフィスを飛びだした。

早い時間の出発フロアーはひとも疎《まば》らだった。大航ツーリストのセンディングブースはPカウンターにある。旅行業界最大手のトラベル・ジャパンと半分ずつブースを分け合っていた。どちらのカウンターにもまだひとはいないだろうと思っていたら、うちのカウンターの前にひとり佇む人影があった。

近づいていくと、大航の制服を着た、大航エアポートサービスのスタッフだった。四月から篠田は同じ制服を着る。

「おはようございます。６０３便のことでお訊きしたいことがあるんですけど」

ＤＪ６０３便は広州行き。篠田の担当だ。

「この便のツーリストさんのお客様で、予約が重複《デュープ》していると思われるかたがいらっしゃるんです」

「デュープですか」

篠田は女性スタッフが差しだした航空便の予約記録を受け取った。

うちのツアーの旅客名がずらっと並んでいる。離れたところにあるふたりの名前に黄緑のマーカーが引かれていた。

サカヅメ・ヒロキとサカヅメ・ヒロキ。

篠田は慌てて抱えていた荷物をカウンターに置き、旅客リストを取り上げた。

ふたりとも桂林・広州四日間のコースに参加だった。同一人物の可能性が高いが、これだけではなんともいえない。

早番のセンディング準備は前日の早番のスタッフが行っている。ツアーごとの旅客リストと、航空便の予約記録を突き合わせ、ひとりひとりの名前を確認するが、離れているため、同じ名前に気づかなかったのだろう。

「どうですか。デュープなんですね」

「いえ、これだけではまだ……。確認できましたら、連絡しますので」

「このまま待ちます。明日、広州でトレードショウがあるため、今日の６０３便はオーバーブックなんです。デュープだったら、早く予約を落とさなければならないので」

篠田よりいくらか年上に見えるスタッフは、怒ったような言い方をした。焦ると苛立ちが声に表れるタイプ。苦手だわ、こういうひと。篠田は溜息をついた。

ヘッドカウンターにいき、端末を叩いて、ツアーの予約記録を確認した。サカヅメ・ヒロキの予約記録はふたつ存在した。作成された日は別々だが、申し込みを受けた代理店は一緒だった。旅客の連絡先も同じ。同一人物とみてほぼ間違いないのではないか。

しかし、軽々しく旅客の予約を落とすことはできない。篠田は携帯電話を取りだし、申し込みの代理店にかけてみた。予想はしていたが、朝十一時からの営業だと音声案内が聞こえてきた。旅客の連絡先にもかけてみたが、こちらも留守番電話に繋がっただけ。

「どうですか、わかりましたか」

電話がどこにも繋がらなかったとわかっているくせに、訊いてくる。篠田は「いえ……」と小さく声を発して館内電話に手を伸ばす。

田波の指示を仰ごうと思ったのだけれど、すぐに手を引っ込めた。スーパーバイザーに頼らず、自分で判断しなさい、という森尾の声が耳に甦る。先ほど馬場とのことを想像した自分も思いだす。田波と接するのはまだ恥ずかしかった。

「どうなんですか。デュープなんですか」

扇のように綺麗にスカーフを折り込んで結んだスタッフは、強い口調で迫った。

「……たぶん、デュープだと思います。申し込みの代理店も、ホームコンタクトも一緒ですから」

「じゃあ、予約を落としても大丈夫ですね」

彼女はカウンターから一歩離れて言った。

「いや……、あの」

「ありがとうございます。助かりましたあ」

くだけた感じで言うと、早足でカウンターを離れていった。

篠田はふーっと溜息をついた。手違いで予約がダブっただけだろうから、問題はないのだけれど、なんだか負けたようで悔しかった。

田波にはいちおう報告しておいたほうがいいだろうかとも考えたが――、いけない、時間がない。もうカウンターのオープン時間だった。篠田は慌ててブースに戻り、ツアーの看板を掲げた。

すぐにカウンターの前に列ができた。今年は北京オリンピックが開かれることもあり、中国のツアーは人気だ。今日の三路線もけっして少ない集客ではないが、誰もヘルプにはきてくれない。きっと、いちばん頼りないセンダーを鍛えようと、あえてそうしているのだろう。それならそれでいい。何が起きても、自分ひとりで乗り切ってみせよう。先ほどの悔しさが、自分でも意外なほど篠田に力を与えていた。

三組のセンディングを終え、次にカウンターの前に進みでてきたのは、初老の男性ひとりだった。カウンターに置いたパスポートと搭乗券引換証を篠田は受け取り、あらためる。坂爪宏樹と搭乗券引換証に名前が記入されていた。

サカヅメ様だ。やはりというか、当然ながらひとりで集合された。篠田はほっとする。

「あっ、すみません。いま、前のお客様の受付をしておりますので」

横から初老の男が割り込んできたので、篠田は言った。

「違うよ、連れだよ。いまトイレにいっててさ。ちゃんと、手を洗ったから大丈夫だよ」

割り込んできた男は、はいっと言って、パスポートと搭乗券引換証を差しだした。

篠田は何が起きているかわからなかった。ただ、とんでもなく悪いことが起こりつつあるのだと感じて、足からすっと力が抜けていった。ひったくるようにパスポートと搭乗券引換証を受け取り、そこに書かれている名前を見た。

えっ、これは――。

「どうしたんだい、お姉さん。なんでそんなに、俺たちの顔を見るんだい。似てるだろう。兄弟だからね」

似ているのは顔ばかりではなかった。あとからやってきた男性の名前は坂爪浩。

あれはデュープではない。ただの名前の入力ミスだ。

3

「デュープかどうかが、そんな簡単に判断できると思っているんですか。お客様の大事な予約を落とすんですから、相当なチェックが必要なことはわかるはずですよ」

田波の背中が怒っている。これまで一度も声を荒らげているのを見たことがない田波を怒らせてしまった。篠田は背後で、ただ小さくなっていた。

「それを、不意打ちのように、カウンターオープン前の忙しいときにやってきて、しかも確認できるまで待っていると、プレッシャーをかけるなんて、パワハラと一緒だ。世の中、気の弱い人間だっているんですよ。もちろん、こちらに非がなかったとはいいません。ただ、旅客に直接確認すればすむ話で、それまで待とうとしなかったのは、予約を落とすことの重大さを認識していなかった証拠です」

「わかったわかった、田波さん。まずは、お客様のことを考えましょうよ。お待たせしますが、なんとか予約は入れ直しますので」

大航の浅野マネージャーがなだめるように言った。

「もちろん、お客様のことを考えています。予約、よろしくお願いします。大声をだしまして、申し訳ありません」

田波はいつもの静かな声に戻って言った。

大航のチェックインカウンターを統括するSカウンターに、サカヅメ・ヒロシの再予約をお願いしにいったら、突然田波が怒りだした。予約を入れてもらうためのフリとも思えず、本気の田波は迫力があった。おかげで、予約を入れてもらえることになり、ありがたく感じている。ただ、オープン前にデュープの確認にきたあのスタッフが、カウンターのなかでこちらに背を向け、端末操作をしていた。四月から彼女と同じ会社で働くのだと思ったら、憂鬱になった。けれど、いまはそんなことを思い煩《わずら》っているときではない。考えるのはお客様のこと。

篠田は田波の後ろからでて、浅野の前で頭を下げた。「申し訳ありませんでした。よろしくお願いします」

お客様には、お座席の調整ということで待ってもらっていた。浅野マネージャーの尽力のおかげで、どうにか出発の一時間前には、予約が入りチェックインができた。

「予約のデュープの判断は難しい。代理店に確認するか、旅客に直接訊くかしないと、なかなかはっきりしない。今回は代理店の予約記録の作り方がひどかったからね、とくに紛らわしかったと思いますよ」

オペセンに戻る途中、慰めるように田波はそう言った。

今回のトラブルはもともと単純な名前の入力ミスだった。ただ、サカヅメ兄弟のうち、ヒロシがあとから申し込み、その予約記録を作ったが、本来ならもともと申し込んでいたヒロキの予約記録に追加する形でふたりでひとつの予約記録にするべきものだった。それを代理店の担当者が、別々に作り、挙げ句に名前の入力ミスをしたため、デュープと勘違いしやすいものになってしまった。

「本社や代理店のミスをカバーするのが空港の役目です。それができないどころか、イレギュラーを大きいものにしてしまいました」

相変わらず篠田は、田波の顔をまともに見られなかった。妄想プラス、怒らせてしまったことが、心に響いていた。

「強くなりなさい、といってもなかなか難しいからね。もっと強くお客様のことを思うように努力してみたらいいんじゃないのかな。今度のようなことはなくなるかもしれない」

篠田は、はいと素直に答えてみる。すぐに、だけど、と考えてしまう。思いだけで、この先、乗り越えられるのだろうかと。

オフィスに戻って、すぐに森尾のところにいった。

「すみません、ありがとうございました」

篠田は深く頭を下げた。

サカヅメがふたりいるとわかってからは、イレギュラー処理のため、ほとんどセンディングができなかった。飛田のOJTを担当していた森尾に中国線のセンディングをかわってもらっていた。

「そのことはいいです。でも、デュープと勘違いして予約を落としてしまったことは、猛烈に反省してください。田波さんは優しいから、あまり厳しくは言わないですけど、これは完全に篠田さんのミスですからね。名前は一緒でも年齢は違った。そこだけでもデュープではないと判断できたはずです」

言われなくてもわかっていたことだけれど、篠田はしゅんとなる。あとでツアーの予約記録にある年齢がそれぞれ違うと気づいたが、最初にデュープではないかと言われたときは、まったく年齢は見ていなかった。いつもそうだ。イレギュラーが起こると頭に血が上って、あるいは血の気が引いて、普段なら気づけるようなことも見落としがちだった。

「もうひとついい？　自分ひとりで判断していいことかどうかを、判断できるようになってください」

それはできる。今回だって、自分で判断するのはまずいとわかっていた。ただ、馬場さんとのことを妄想して田波さんと接するのが恥ずかしくなって――、などと言い訳できるはずもない。

「仲間に迷惑をかけるのはかまわない。でも、お客様にだけは迷惑をかけないでください」

じゃあ、私に自分ひとりで動けるようになれなんて無理なことを望まないでください。篠田はそう心のなかで叫び、がっくり肩を落とした。

「もう、これはほとんど宗教なの。空港教。サービス教ともいえるかな。神様はもちろん出発するお客様。笑顔で出発させることが、唯一の教義」

デザートを食べ終えた柳沢が、ゆったり椅子にもたれて言った。

わらびもちを口に運んだ篠田は、注意深く意識をそらしながら話を聞いていた。

「ほんとそう。スーパーバイザーなんてみんな入信してるよね。枝元さんだって、最近は立派な信者だもの。遠藤さんが倒れてからは、ますますのめりこんでる」

川崎はそう言うと、口のまわりのきなこを舌で舐めまわした。

「センダーレベルで入信しているひとは少ないけど、森尾さんは完全に入信してる。前は在家の信者だったけど、いまは立派に出家している感じ。篠ぴーは完全に目をつけられているわよね。腹をくくったほうがいいわよ。入信するかしないか、考えておいたほうがいいかも」

柳沢は軽い感じで言ったが、篠田に向ける視線は真っ直ぐで、案外真剣だった。

「えー、どういうことですか。森尾さんが私に入信を勧めているってことですか」

篠田は驚いて訊ねた。

「森尾さん、篠ぴーを狙い撃ちしてるところあるから。あたしにも厳しいこと言うけど、目を光らせてるって感じじゃないもの。森尾さん、ひとをいじめたりするタイプじゃないから、きっと篠ぴーを空港教の信者にしようと鍛えてるんじゃないかと思ったわけよ」

　確かに狙い撃ちされていると、篠田も感じたことはあった。しかしそれは、班のなかでいちばん経験が浅く、頼りないからで、当然のことだと思っていた。

「ただ私がだめなセンダーだから厳しくしてるだけじゃないですか」

「篠ぴーはOJTとかやったことがないからわかんないのよ。あのね、だめな人間を鍛えるのって、本当に労力がかかるの。それだけの労力をかけるんだったら、ある程度できるひとをふたり鍛えたほうが、これから非常事態に入る空港所にとっては絶対に有効なはず。空港教の森尾さんならそんな無駄なことをしないで、できるひとに集中するよ。だからきっと、篠ぴーを鍛えるのは、どこか見所があると思って信者にしようとたくらんでるんじゃないかな」

「柳沢さん、私を慰めようとしてくれてるんですか」

「なんであたしがひとを慰めるのよ。だいたい、信者に勧誘されているって話が、篠ぴーの慰めになるとは思えないんですけど」

　柳沢らしいと思った。気が強く、皮肉なことも言うけれど、根は面倒見がよくて優しいひとだ。お姉さんタイプで、篠田にとっては楽に接することができる先輩だった。

「慰めになっているかはともかく、私には空港教に誘われるような見所はないです」

「確かに、見所はないかも」柳沢はそう言って笑った。「あたしたちなんて、もう、すっかりできあがっちゃってる。自分たちの考えがそれぞれ染みついている。ある程度、スキルはまだ伸びるかもしれないけど、気持ちの面で変わるのは難しいと思う。その点、篠ぴーはまだ染まっていないというか、何も考えていないというか、まだまだいっぱい吸収できる余地がありそうだもん」

「柳っちの話聞いていたら、なんか自分がお婆さんになったような気がしてきた」

川崎がふーっと溜息をつくまねをした。

柳沢もふーっと息を吐く。

「あたしだってこの仕事が好きだし、お客さんが笑顔で出発するのを見ると嬉しくなる。でも、すべてのお客さんに、全力で接するのは難しい。やっぱり、すごくいやなお客さんだと、どうしても気持ちがひいちゃう。空港教のひとはそんなこと絶対ないもんね。今泉さんなんか、人間の尊厳が危ぶまれるんじゃないかってくらい卑屈な感じで、怒ってるお客さんにすり寄ってたでしょ。あれは、別に媚びを売ってるわけじゃなく、どうにかお客さんの気持ちを盛り上げたいと必死だったんだよね。あたしには無理。でも、篠ぴーならいつかそんなこともできるようになると、森尾さんは目をつけたんじゃない。森尾さん鋭いところあるからな」

「えー、そんなの絶対私だって無理ですよ」

「そんなこと言って、四月ごろになったら、怒ったお客さんの前で、マイケル・ジャクソンのまねとかしてそう」

川崎がそう言うと、柳沢まで「やってそう、やってそう」と、肩を寄せて囃したてた。

昨日ディズニーランドで『キャプテンEO』を観たあと、無理矢理ふたりにマイケルのまねをやらされた。爆笑されて、篠田は少し得意になった。

「まじめな話、森尾さんは篠ぴーにうちの班を引っぱっていってもらいたいと思っているんじゃないかな。リーダーとは別に、サービスマインドの面で突っ走って、盛り上げて欲しいって。そういうひとがいると、全体のサービスが底上げされるから。いままでは、班長が兼任してたけど、飛田さんたちにそれを求めるのは、きついから」

「私がみんなを引っぱっていけると思いますか」

篠田は思わず大きな声で訊ねた。

柳沢も川崎も曖昧な笑みを浮かべただけで、口を開かなかった。

絶対に無理。ひとに頼らず、自分の判断で行動するだけでも難しいのに、ひとを引っぱっていくなんて、あまりにハードルが高すぎる。それ、棒高跳びでしょ、と突っ込みたくなるくらいに。

私は永遠の妹だ。あとからついていくので充分です。

4

帰り際、シンガポールに滞在中の旅客が交通事故に遭ったという連絡が入り、オフィスのなかは混乱していたが、篠田はかまわずでてきた。ロッカールームで着替えをし、ターミナルに向かった。オペセンの通路を通っていくと、第二ターミナルの二階にでる。通路を進み、エスカレーターに乗ろうとしたとき、背後から声をかけられた。

「ふーみん」と呼びかけられ、篠田は驚いた。そんな呼び方をする男は、ひとりしかいない。

振り返ると、雅弘《まさひろ》が笑みを浮かべて立っていた。

「なんで、どうしてこんなところにいるの」

篠田は責めるような声で言った。

「そろそろ姿を見せるころだと思ってたでしょ」

「思うも何も、雅弘のことなんて、すっかり頭から消えてました」

「嘘だ。そんな簡単に忘れられるはずないよ」

雅弘は笑みを絶やさなかった。それは出会ったころからかわらない。いつもにこにこ笑っている。

江面《えづら》雅弘は、先月別れた篠田の元彼だった。短大の二年のときに合コンで知り合った。雅弘は大学四年で、一緒に大学を卒業したが、一度もまともに就職はしたことがなく、バイトをしながら実家で暮らしている。

「俺は忘れられない。諦めてないし。会いに来るって、わかってたでしょ」

「勝手にひとの心を読むのはやめてください。当たってないし。——で、なんでいるの。何、そのエプロン」

雅弘は見覚えのあるセーターとジーンズの上にデニム地のエプロンをつけていた。

「昨日から空港でバイトしてるんだ。千葉マルシェって知ってる？　千葉県産野菜をプロモーションするための産直販売。あそこで売ってるんだ」

雅弘は背後を指し示した。

十メートルほど離れた通路に、看板と野菜が詰まった箱が直に並べられている。

「ねえ、ひとりで販売してるの」

篠田が訊ねると、そうだと雅弘は答えた。

「だめでしょ、売り場から離れたら。仕事に対する責任感、ゼロ」

しかたがないから、野菜が並べられているところまで移動した。

「空港で働けば、ふーみんに会えると思って、販売員に応募したんだ。相変わらず二、三週間に一回、バイトの面接を受けてるけど、だいたい採用されちゃうんだよね。俺って、すごくない？」

「自慢にならない。せめて長期のバイトを見つけてから言ってください」

いちいち言うことに腹が立った。だから別れたのだろうか。別れたから腹が立つのだろうか。別れてまだひと月あまりだけれど、もうわからなくなっている。

「またか、って思われるだろうけど、そろそろほんとにやりたいことがみつかりそうなんだ。だから、すぐ動けるように、短期のバイトに留めておくほうがいいんだ」

どんなこと、と訊いてはいけない。訊いてもおよそ荒唐無稽な夢を語りだして、腹が立つだけ。オーストラリアにある無人島の管理人になりたいとか、珍しい植物を見つけるプラントハンターになりたいだとか、一瞬で夢破れて、再びやりたいことを探すことになるのがいつものパターンだった。

「バイトはいつまでなの」

「昨日から始めて二週間なんだ」

けっこう長い。この場所だったら何度も会ってしまう、と篠田は憂鬱になった。

「その間に、ふーみんが考え直してくれるよう、俺の気持ちをアピールしようと思う」

「もう別れてるんだよ。よりを戻す気なんて全然ないから」

「いやいや、絶対に考え直すはず。ふーみんを幸せにできるのは、俺しかいないんだから」

雅弘は口先だけの男ではなかった。本気でそう思っている。ただどうしようもない前向きさで、なんの根拠もなく思い込める。

「雅弘が変わらないいんだったら、幸せになれるはずがない。私の気持ちも変わりません。さようなら」

篠田は踵を返し、エスカレーターに向かって歩きだした。

「二週間よろしく。今度、空港案内してよ」

後ろから、明るい声が追ってきた。

雅弘は落ち込むことがない。そんな性格も、ほんとに苛々する。そこがいいと思えたこともあったはずだけれど。

雅弘と知り合ったとき、篠田は短大の二年生で就活中だった。なかなか内定をもらえない篠田を、何かにつけ励ましてくれた。自分も就職が決まらず、焦っているはずなのに、他人を気遣えるなんて、心の大きなひとだと篠田は感心した。二歳年上の雅弘は兄のような頼りになる存在だった。つき合い始めても、その位置づけはしばらくかわらなかった。

篠田は短大を卒業し、いまの職場で契約社員として働きだした。雅弘は就活の途中で、サラリーマンは自分には向かないと活動停止。自分にあったものを、少し時間をかけて探すつもりなんだと語った。将来に対する不安を感じているように見えなかったし、何か見つかると確信を抱いているような態度だったので、篠田は雅弘が就職を決めないまま卒業することに、とくにネガティブな感情をもたなかった。それに、雅弘の実家は茨城でガソリンスタンドを経営しており、兄弟は姉がいるだけなので、いずれは継ぐのだろうと思っていた。

雅弘は茨城で生まれ、大学まで県内の学校に通い、現在も茨城の実家に暮らしている。篠田は千葉県の我孫子《あびこ》でずっと暮らしているが、ふた駅先はもう茨城県の取手だった。高校はその取手にある女子校に通い、短大も県内にある学校に推薦で入った。だから友人は茨城県人が多く、茨城、北関東のカルチャーが篠田のなかには染みこんでいた。

地元で彼を作るなら、実家が農家か商家、あるいは大手メーカーの工場に勤めているひとがいいとまわりの子たちはよく言っていた。地元に残っている男で一流企業に勤めている者などまずいないし、フリーターとつき合いがちな現実を自嘲しつつ、手が届きそうで安定した人物像を精いっぱい想像した結果の言葉だったのだろう。

そんな言葉が刷り込まれていたから、実家がガソリンスタンドを経営している雅弘を選んだのは、北関東的に正しい選択だと当初は思っていた。たとえフリーターであっても、未来はあると。

ところが、社会にでて一年も過ぎるころ、雅弘の実家は、経営不振でガソリンスタンドを廃業した。それで雅弘を嫌いになることはなかったが、見る目はかわった。フリーター生活を温かく見守ることはできなくなったし、お兄ちゃん的な頼りになる存在とも思えなくなった。

実家がそんな状態になっても、雅弘はマイペースでやりたいことを探し続けていた。しかも、時折、ふたりの将来を仄《ほの》めかすようになってきた。実家の後ろ盾もなくなった、ただのフリーターに未来の話をされても、真剣に耳を傾けることはできない。

篠田の父親は普通のサラリーマンだった。一流企業に勤務するわけでもなく、出世するわけでもないが、我孫子にマイホームを建て、娘ふたりを大学まで通わせた。自分も家庭をもったら、そのくらいの生活ができると思っていた。しかし、いまの雅弘と結婚したら、まず無理だろう。そう考えたら、じょじょに雅弘への気持ちは冷めていった。

そして、昨年の冬ごろから、大航の経営危機がマスコミなどで騒がれるようになった。それを知った雅弘は、篠田の職場の先行きを気にするようになった。親会社と一緒に消滅してしまうことはないのか、リストラで職を失うことはないのかと。

ある日、正直者の雅弘ははっきりと口にした。お前の仕事がなくなったら、俺たちまずいよな、今後の人生設計狂うよな、と真剣な顔で言った。

雅弘がどんな人生設計を立てていたかは知らない。家業が潰れてもとくに慌てることがなかったのに、どういう心理で、彼女の勤め先の経営危機は気になるのかもよくわからない。ただ、雅弘が人生設計をするうえで、空港所で働く篠田の給料を頼りにしていたことは、その言葉から察することができた。

雅弘は篠田が契約社員であることは知っていたが、国際空港で働いているから案外いい給料をもらっているのだろうと勘違いしている節があった。この先、結婚したとしても、自分が一生懸命働いて養おうとはせず、奥さんの給料に頼って暮らしていくつもりではないかと篠田は疑った。

雅弘は普段から、篠田からお金を借りたり、デート代をだしてもらうことがあった。

ただ、態度が堂々としているため、篠田はあまり深く考えることはなかったが、あの言葉を聞いたあと、雅弘はすでに自分に頼っているのではないかと気がついた。

いっきに雅弘への思いが冷めた。

私は永遠の妹。彼に頼られて生きるなんて絶対に無理。篠田にとっては、悩むまでもなく簡単に導きだされる結論だった。

篠田はすぐに別れ話をきりだした。クリスマス前の別れ。デート代の出費がなくてすんだのが何よりよかった。

正月の名残がまだ見える、活気のある参道を通り、総門を潜った。成田山もまだそこそこ参拝客が多い。

篠田は本堂に続く階段を上がり、左手へ進んだ。釈迦堂の前を通り過ぎると、境内の裏手にあたる広場に下りる階段があった。

三角形の広場には土産物や食べ物の屋台がでている。そして一角には占いのブースが並ぶ長屋がある。

平日だからか閉まっているブースもあった。長蛇の列を作るブースを通り過ぎ、目あてのブースの前で立ち止まる。以前にもみてもらったことがある占い師のブースは、営業していた。

ドアを開けてなかに入った。「どうも、こんちは」というラフな挨拶に戸惑う。背を向けていた男がこちらを振り返り、篠田はどきりとした。

若い男だった。イケメンだ。

「あの、ここで前にみてもらったことがあるんですけど……」

その時は、太めの中年の男性だった。何も言わないうちから、お姉さんがいるでしょ、とずばりと言い当てられ、篠田はひれ伏した。

「ああ、それ、俺の叔父さん。いま旅行にいってるんで、俺がピンチヒッター」

「アルバイト、ですか」

「臨時雇い、という意味ではアルバイトなのかな。心配なら、他のところにいってもらって全然かまわないよ」

口の周りを無精髭が覆う男は、ぶっきらぼうに言った。

高いお金を払うのだから、ちゃんとしたひとにみてもらいたい。それに、若い男のひとに自分のあれこれを話すのは気が引ける。しかも、こんな狭い部屋でふたりっきりだなんて。篠田はよからぬ妄想が湧いてきそうな予感がして、足を一歩引いた。

「でも、いま、キャンペーンをやっていて、空港勤務者は割引になっていますけど。どうしますか」

「えっ、どうして私が空港勤務だってわかったんですか」

篠田は驚いて訊ねた。

「あっ、いや、なんとなくそう思ったんだけど、あたったのかな」

「あたりです。勘が鋭いんですね」

篠田は足を一歩前に踏みだした。

「まあね。勘がいいのも、占い師としては、大切な資質でね」

「そうですよね。勘も必要ですよね。あの、お願いします。占ってください」

篠田は男の向かいの椅子に座った。

「どういったことですか、占って欲しいのは」

篠田はふっと息を吐きだしてから言った。

「仕事を辞めたいなって思って。――でもそんな真剣じゃないんです。いまの仕事は向いてないんじゃないかっていう気がして。向いてないことをやらされそうだし」

「辞めたいんじゃなくて、逃げたいんじゃないの」

「あっ――、あたってます」

すごっ。

「いや、いまのは占いじゃなくて、ただの人生相談ノリなんだけど。とにかく、仕事の相談なんですね」

「あと、できたら恋愛相談も少し」

篠田は少し照れながら、若い占い師に言った。

「欲張りすぎはよくないな。でも、今日はすべてみてあげましょう。キャンペーン中ですから」

5

「おはよう！」

二十メートルも手前から雅弘の声が飛んできた。大きく手を振っている。

篠田は足をいったん止めたが、そこを通らなければカウンターへはいけず、雅弘のほうへ向かった。

「なんでいるの、こんな時間に」

まだ八時前だった。

「あれから二日も姿を見かけないから、待ち伏せしてみた」

会わないよう、カウンターからオフィスに戻るとき、篠田は遠回りをしていた。

「まさかストーカー宣言」

「バイトを始めるときからストーカーのつもりなんだけど。心優しきストーカーは、二日も姿を見ないから心配になったんだ。この間、疲れた顔をしていたから」

「優しい言葉をかけても、無駄です。私、新しい恋に向けて動きだしたんだから。それじゃあ、お仕事がんばってください」

篠田はそういって、上りのエスカレーターに向かった。

「おい、待ってくれ。どういうことだよ」

必死な声が聞こえたが、あとを追ってくる気配はない。

三年待てば、素敵な恋人が現れる。先日の占い師に言われたのだ。だから篠田は、首を長くして待つ。それが新たな恋に向けての動きだ。

カウンターにいくと、すでに八時オープンのツアーの受付は始まっていた。篠田は、八時五十五分からのシンガポールと、そのあとのヨーロッパ線の担当で、オープンまで時間があった。集客が多いグアムのパスポートチェックのヘルプに入った。

「篠田さん、大丈夫？　問題はない？」

カウンターの旅客がひけてくると、森尾が訊いてきた。

今日の森尾はセンディングの担当をもたず、スーパーバイザーのかわりにカウンター全体を見ていた。スーパーバイザーの田波はオフィスワークのほうが忙しいようだ。

「問題ありません、シンガポールは早めにオープンさせるつもりです」

「ハリマ様の件、大航と打ち合わせは終わりました？」

「あっ、まだでした！」

森尾の眉間に皺が寄るのを見て、篠田はダッシュ。逃げるように大航のカウンターに向かった。

今日のシンガポールのセンディングは旅客数が少なく楽なものだった。ただ、ひとり特別ケアが必要なお客様がいて気が重い。

ハリマ・ソウタ、十歳。子供だけのひとり旅。先日、シンガポールで交通事故に遭ったのがソウタの父親だった。かなりの重傷で一時は意識の回復も危ぶまれたが、現在はもちなおして意識もはっきりしている。

もともと両親と兄の四人家族で旅行にいく予定だったが、出発の前日から熱をだし、ソウタだけ近所に住む祖父母に預けられていたそうだ。

五歳以上の子供ならばひとりで搭乗することはできる。出国手続きの前から大航のスタッフが付き添い、ゲートで乗務員に引き継ぐまでをしてくれる。篠田は付き添いのスタッフと引き合わせるタイミングを打ち合わせ、それをソウタの保護者に伝えるだけでとくに手間はかからなかった。ただ、事故でひどいけがを負った父親に会いにいく子供に、どんな顔を向ければいいかわからず、憂鬱だった。大人として何か元気づける言葉でもかけてやりたいが、そういうのは苦手だ。

田波は意識的にこのちびっ子旅客のケアを自分に任せたのだろうか。未熟者のセンダーに色々な経験をさせようと考えたのでは――。森尾の差し金もありうるな、と篠田は疑っていた。

空港教への勧誘が本当であるなら、それに乗ってみてもいいのではないか。

先日、相談したイケメン占い師はそう言っていた。あなたは半年ほど前から変化の時期に入っていますので、最初は辛くても、きっと自然に変化していってあなたに馴染みますよと。

自分が率先して突っ走り、周りを引っぱっていく姿など篠田には想像できなかった。生まれついての妹キャラがもう全身にくまなく染みついている。それがどう変化するというのだろう。

仕事は辞めないほうがいいですよ、いまは不景気だから、とおよそ占い師とは思えないアドバイスをするひとだから、あまりあてにはならない。最初は勘のよさを見せつけられ、すごいひとかもと期待したけれど、友人がしてくれる、当たり障りのないアドバイスとかわりのないものが多かった。

心に引っかかっているひとがいるなら手紙を書いたほうがいいよと言う。そうすれば運気が上がるのかと思ったら、ワープロじゃなくて手書きにしなさい、手書きの手紙は伝わるよと、その効用を延々と話した。喋る言葉は虚しく、書いたり、口にださずに強く思ったほうが伝わるものだとべらべら喋るものだから、聞いているほうは虚しくなる。

思って思って思えば、本当に伝わるものだと言ってしばらく黙り込んだのは、心のなかで何か念じていたのかもしれない。しかし、篠田の心には何も伝わってこなかった。

いずれにしても、思いが伝わって欲しいひとは、三年先までは現れない。理想のお兄ちゃんみたいな男性があなたの前に――。そこだけはすっかり信じていた。

大航のスタッフとお客様との待ち合わせ時間を簡単に打ち合わせて、篠田はＰカウンターに戻った。オープン時間の二十分前にはカウンターを開けた。すぐに旅客が集まってきた。

四組十一名をセンディングし終わり、列が消えた。残りは二組、ハリマ・ソウタもまだきていない。

他にバンコク線を担当する川崎がカウンターを開けている。森尾は少し離れたヘッドカウンターのなかに立っていた。目を向けるとこちらを見ていた。まだきていませんと伝えるつもりで、篠田は軽く首を振った。

品のいい白髪のおばあさんに手を引かれ、少年がやってきたのは、本来のカウンターオープン時間だった。

「ハリマ様ですね」篠田は立ち上がって声をかけた。

「はいそうです。すみません、お世話になります」

「あの、このたびの事故はほんとにお気の毒です。ご家族の皆様も、さぞかし心配されていることと思います。私どもも、ハリマ様が早く回復することをお祈りしております」

なんとか、かまずに言えた。篠田は眉をハの字にして、ゆっくりと頭を下げた。

「すみません、ご心配をおかけしまして。うちの息子の不注意だそうで、昔から慌て者のところがありましたから。最初はびっくりしましたけど、意識は戻って、けがのほうもそれほどひどくはないようですし、ほっとしました。――ソウタ、あなたも、

「お姉さんにご挨拶しなさい」

祖母に言われて、おかっぱ頭の少年は、素直そうな顔を上げた。

「よろしくお願いしまリストカット」

そう言って歯を剝きだし、にっと笑った。

「もうソウタ、ちゃんと挨拶くらいしてください」

こんちはっと明るく言って、そっぽを向いた。

やんちゃそうでも、素直そうでも、少年はたいていアホなものなんだと篠田は思いだした。照れ屋でもある。

祖母も少年も暗く沈んでいないので篠田はほっとした。下げていた眉を戻し、ソウタに言った。

「元気そうでいいね。それなら、これから八時間近く、ひとりでも大丈夫だよね」

ソウタからは無視されたものの、お姉さんっぽく言えたことに篠田は満足した。

パスポートを確認し、チェックインの案内をし、航空券を渡した。ひとり旅の子供の場合、航空券は大人料金だ。

「それでは、出発の三十分前にこのカウンターの前に再集合してください。大日本航空の係員が搭乗便までご案内しますので」

それではのちほど、またあとでねと、おおげさに手を振り、大航のチェックインカウンターに向かうふたりを見送った。

最後のひと組は集合遅れ《レイト・ショウ》だったが、出発の一時間前にはどうにか間に合った。篠田はハリマ・ソウタに再集合をかけている以外はすべて終了したことを森尾に報告した。

「問題なさそうですね。それじゃあ、私はオフィスに戻ります。何かあったら連絡ください。でもその前に、トラブルの処理方法を自分なりに考えておいてね」

森尾はそう言ってカウンターを離れていった。

トラブルさえおきなければ、何も考えなくていい。しかし、自分はイレギュラーを引きやすい、という自覚のある篠田には、森尾の言葉は不吉で、予言めいたものに感じられた。

「それじゃあ、ひとりでがんばるのだよ」

バンコク線が終わった川崎が帰っていく。泣きまねでおどけた篠田だったが、ひとりでカウンターに取り残されるのは、案外本気で寂しかった。

ハリマ・ソウタの再集合まであと三十分ほどある。オープン時間よりだいぶ早いが、ヨーロッパ線を始めようかと考えていたときだった。カウンターの前をソウタがひとり駆け抜けていった。篠田は首を振り向け、少年を目で追った。

ソウタは、出国審査場前に展示してある、どこの県だったか、関西地方のマスコットキャラクター、蛸壺仮面の前で立ち止まった。腕を前にだし、何やらポーズを決めている。空手のかまえのような感じ。左に移動してまたポーズ。くるっと一回転して、やっぱりポーズ。

少年のアホぶりを、あますところなく伝える、微笑ましい光景だと思っていたら、ソウタは暴挙にでた。蛸壺仮面の脛《すね》に蹴りを入れた。

「……何やってるの」

篠田は思わず口にし、カウンターをでた。

ソウタがもう一度ローキックを入れると、蛸壺仮面がぐらっと揺れた。ゆっくりと前に傾いていく。篠田は駆けだした。

少年より遥かに大きい蛸壺仮面がソウタにのしかかった。駆けよった篠田は、少年が押し潰されないように蛸壺仮面を抱き留める。

近くにいた男性も手伝ってくれた。大人三人がかりで、蛸壺仮面をもとのステージに立たせた。

「だめじゃない。ソウタ君まで、けがしたら、みんな悲しむよ」

篠田はお姉さんになって言った。

「びっくりした。まさか襲ってくるとは思わなかった。危なかったー」

本気で驚いたような顔をして、蛸壺仮面を見上げた。

「おばあさんはどうしたの。おトイレでもいってるのかな」

「もうだいぶ前に帰った。おじいちゃんに昼ご飯作らなきゃならないから」

「帰っちゃったの。どうして？」

これから海外ひとり旅をする少年を、どうして置いていけるのか。憤りもなく、ただ不思議でしょうがなかった。

　またトラブル発生だ。

6

「どうして帰っちゃうんです。ちゃんと、引き継ぎまで、一緒にいるよう言ったんですか」

　オフィスにしらせると、森尾からそう詰問された。

　鋭いなと篠田は思った。言ってないことを見抜いている。あるいは、ハリマへの案内が森尾のところまで聞こえていたのかもしれない。

　篠田は、三十分前に再集合するようにとしか案内しなかった。当然それまで孫と一緒にいるだろうと思い込んでいた。お客様を信用してはいけません。遠藤や森尾がいつも言っていることだ。おばあさんを責めることはできない。

　篠田は大航のスタッフに引き継ぐまで自分が面倒をみます、すみませんと謝ったが、森尾は私に謝らなくていいです、と冷たく言った。

　篠田はカウンター前のベンチに座っていた。隣でソウタが、どぎつい赤い色の人形で遊んでいた。ヒーローなのだろうけど、あばら骨が浮きでた変な人形だ。関節を折り曲げ、跳び蹴りの形にしたり、海老ぞりの形にしたりして、見えない敵と戦わせた。

それで面白いのか疑問だったけれど、自分がヒーローになって蛸壺仮面と戦うよりずっと安全で文句はなかった。

実際、なんの文句もない子だった。祖母がいなくなっても寂しげな顔を見せたりしないし、かわらずひょうひょうとしている。篠田は子供と接するのが苦手だったけれど、ソウタは扱いやすく、助かっていた。

「ふーみん」

正面から声をかけられて驚いた。目の前に雅弘が立っていた。

「仕事中です。声をかけないでください」

「おっ、霊界五勇士ドクロジャーXプリキットレッドじゃないか」

雅弘はソウタを見下ろして言った。

「かっこいいだろ」

ソウタは雅弘のほうに、真っ赤な人形を掲げて見せた。

「よくそんな舌を嚙みそうな名前を知ってるね」

「夕方の四時ごろ再放送をやっててさ、他に観るもんないから、けっこう観てた」

そんな時間にテレビを観られることが悲しい。

「食事、いけないよな」雅弘が訊いた。

「仕事中にいけるわけありません。だいたい、まだ十時前でしょ」

「今日、朝早かったから、おなか空いちゃって」

「――あれ、荷物は。野菜は？」

「あの階に床屋があるだろ。そこのおやじさんが預かってくれるっていうから、置いてきた」

人徳人徳と雅弘は言うが、確かにそういうところは以前からあった。知らないひとから助けてもらったり、知らないひとのうちにいつの間にか上がり込んでいたり。

「あっ、いてっ。やる気か、ドクロジャーXプリキットレッド。グワォー」

雅弘は赤い人形と真剣に戦い始めた。

「篠田さん」

男のひとの声がした。篠田はきょろきょろとあたりを窺って探す。

「こっち」

声がしたほう、真後ろを振り返って、田波の姿を見つけた。少し離れたところから、こっちへこいと手招きしている。

「それじゃあ、さようなら」篠田は立ち上がり雅弘に言った。

「ああ、またな」

人形に蹴られ、ガオと叫んで雅弘は離れていった。篠田は田波のところへ向かった。

「ついさっき、シンガポール支店から電話があったんだ」田波はソウタのほうを見ながら、静かにいった。

「ハリマさんの容態が急変したらしい。詳しいことはわからないんだが、万が一のことを考えて、ソウタ君の出発は保留にして欲しいと言ってきた。もしそうなったら、ごたごたして、お母さんも面倒を見られないだろうから」

「そうですか」篠田もソウタのほうに目を向けた。「それじゃあ、預けた荷物を、機内に積み込まないようにしてもらわないと」

「そうだね。それは僕のほうでやっておこう」

「もしものときは、おばあさんに、また空港に戻ってもらわなければなりませんね」

自分がしっかり案内していれば、そんなことにはならなかった。

「携帯に電話しているんだけど、電車のなかなのか、でなくてね」

篠田は手を前に組み、肩を縮こまらせて頭を下げた。

「すみません。色々迷惑かけてしまいます」

田波は首を横に振った。

「容態の変化がどれほどのものかまだわからないから、とにかく信じよう。ソウタ君は出発できるって。ハリマさんの容態はそれほど悪くないってね」

「そうですね、信じないと。ソウタ君にも、ぎりぎりまで言いません。よろしいですか」

篠田には言えなかった。どう話したらいいかわからない。

「それでいいです。じゃあ、大航に伝えてきます。篠田さんはぎりぎりまでついていてあげてください」

田波は大航のカウンターに向かった。篠田はソウタのところへ戻った。

ソウタはまだ人形で遊んでいる。篠田は無言で横に座った。

「さっきのお兄ちゃん、おもしろいね」

ソウタは笑顔をこちらに向けた。そういう表情は見ていて辛くなる。

「おもしろいでしょ。アホだからなんだよ」

そうかあ、とソウタは真顔で納得する。

篠田は思わず噴きだした。

この少年に自分のほうが助けられている。さすがにそれはまずいよな、と思ったら溜息がこぼれた。これもいけないと、慌てて大きく口を開け、溜息を吸い取る。少年の訝しげな視線が横顔に刺さった。

7

「そろそろじゃないの。大丈夫？」

ソウタが不安げな顔で言った。

いまどきの子供は腕時計なんてものをしている。篠田は八つ当たりぎみに時計を睨みつけた。

そろそろ再集合を予定していた時間が近づいている。大航には田波のほうから話してあるので、スタッフがやってくることはない。しかし、ソウタにはなんて言おう。

篠田は曖昧に返事をして、ベンチを立った。

カウンターへいき、オフィスに連絡をとった。シンガポール支店とはあれから一度話はしているそうだが、母親と連絡がとれず、新しい情報はないようだ。

「大丈夫？　俺、出発できるのかな」

篠田がベンチに戻ると、ソウタは笑みを浮かべて訊いてきた。

先ほどまで傍らに置いてあったデイパックを背中にしょっている。人形もしまったみたいだ。

「まだ大丈夫よ」

篠田は、ソウタを上回る大きな笑みを浮かべた。するとソウタはそれに対抗するように、大きく口を開き、にかっと笑う。

ああ、と篠田は気づいた。この子も無理に笑っているのだ。

「今日中に向こうに着かないとまずいんだ。今日、お父さんの誕生日だから。今日中にお祝いしないと。お父さんかわいそうだから」

ソウタはそう言ってうつむき、初めて顔を曇らせた。

篠田も無理に笑うのはやめた。

「ねえ、誕生日プレゼントは？　何にしたの」

「ええっ……」ソウタは顔を振り向けた。「買ってないよ」

「なんで誕生日にプレゼントがないのよ。誕生日っていったら、プレゼントがセットでしょ。ケーキは買った本人も食べるから、それはズル。やっぱり気持ちを示すにはプレゼント」

「そんなに、言われても――」

　ソウタは口を尖らせた。

「そんな顔しないの。ないなら買いにいけばいいでしょ」

　篠田はベンチから立ち上がった。にっと笑いかけたら、ソウタも笑った。

「ちょっと、待ってて」

　カウンターへ駆けていき、置いてあったチケットをポケットにしまい、戻った。

「さあ、いこう」

　待ちかまえていたソウタが言った。

「お父さんが好きなものって何」

　四階に向かうエスカレーターに乗って、篠田は訊ねた。

　ソウタは鶏みたいに落ち着きなく首を動かした。考えているようだったが、答えは返ってこない。

「知らないのお」

「お姉ちゃんは知ってるの？」

「あったりまえでしょ。私のお父さんは、お酒が好きだな」

薄くなった頭のてっぺんまで赤くして、日本酒を飲む姿がすぐに浮かぶ。その薄い頭を豊かにしようと、養毛剤にも凝っている。けれど、それは好きとは違うだろう。

「うちのお父さんは、ビール。ビール飲んで野球観てる。ミニバスケやめて、野球やればって俺に言うんだよ」

ビールを病院で渡すわけにもいかないし、野球というキーワードで、プレゼントというのも浮かばなかった。

「他に何かない」

「仕事が好き」

その答えに篠田は笑ってしまった。

「うちのお父さんもそう。日曜でも会社にいくことがあるから」

ソウタは同意をするように首を振った。

「一生懸命考えよう。これまで考えたことがないくらい、お父さんのこと、考えよう」

思って思って思えば伝わるものだと言った、あのうさん臭い占い師の言葉をもうひとつだけ信じてみようと思った。海を飛び越え、遥か彼方まで届くとは、あの占い師でさえ信じていないかもしれないけれど。

ソウタは一生懸命考えていた。四階のレストラン・ショッピングエリアに上がっても、ずっと黙って歩いた。

篠田も考えていた。そんなに一生懸命ではなかったけれど、ソウタにつき合い、自分の父親が好きなものを考えていた。お酒でもなく養毛剤でもなく、他に何かあるような気がして考えていたら、思い浮かんだ。

「――わかった」

ソウタのお父さんが好きなものまでわかってしまった。

「うちのお父さん、家族が好きなの」

そんな予定もなかったけれど、なんだか父が死の床に伏せっているような気になった。ベッドの上で、養毛剤を頭に振りかける父の姿が目に浮かぶ。篠田は目頭にじわっと温かいものを感じた。

「一生懸命働くお父さんが好きなものは決まってる。みんな家族が好きなの」

「さあ、ギフトショップにいってみよう。あそこならきっと素敵なのがあるよ」

篠田は早足で通路を進んだ。

「待ってよ、お姉ちゃん。なんか、ひとりで決めてる」

小走りで前にでたソウタが言った。

「写真立てを買って、家族の写真を病室に飾るの。家族好きのお父さんにいちばんのプレゼントでしょ。他に何かある?」

「ないけど、シンガポールって、デジタルカメラの写真、簡単にプリントできるの？」

篠田は足を止めた。

まずい。センダーとしてもまずい。その質問に即答できなかった。

篠田はくるりと踵《かかと》で回り、進む方向をかえた。

カメラ店に飛び込み、シンガポールのデジタルフォトプリント事情を店員に訊ねてみた。けれど、当然といえば当然、わからないという答えが返ってきた。

がっかりしていたら、ソウタが背中をつついた。

「ほらあれ」

ソウタが店の奥のほうを指さした。

デジカメが陳列された商品棚に、写真立ても置かれていた。見ていると写真がどんどん入れ替わっていく。

「ああ、そういうものがあったんだっけ」

デジタルフォトフレーム。あれなら直接カメラからデータを送り、画面に写真を映しだせる。家電などにまったく興味のない篠田は、そういうものがあることを失念していた。

「俺、あまりお金ないんだけど」

二番目に安い商品を選び、レジに向かおうとしたとき、ソウタが口のなかでもごもご言った。

「いいわよ、お姉ちゃんがだすから」

　プレゼントを買って、父親に思いが届けば出発できる。そう信じていた。お客様を出発させるためでも、センダーが自分のお金を払うのは間違っていると言われるだろうけれど、もう何と怒られようとかまわない。間違っていようと、これが私の判断です、と開き直っていた。

「百円でも、二百円でもいいから、ちょっとはだして。じゃないとプレゼントにはならないから」

　ソウタはうつむいて何も答えない。

「どうしたの」

　うつむけていた顔を上げた。眉を寄せ、困ったような、怒ったような、そんな顔をした。

「ねえ、もう時間ないよ。なんで飛行機のほうにいかないの。何かあったの。俺、出発できないんでしょ」

　ソウタは震える声で言った。

「何言ってるの」篠田は腰を屈《かが》めて言った。

「私たちは、いつもお客様を絶対に出発させるって思って、がんばって仕事してるの。うちの班長なんて、会社をくびになってもいいからお客様を出発させようとしたこともあるんだから。それを君が、出発できるのか、なんて疑ったりしないで」

「はい、わかりました。すいません」

ソウタは催眠術にでもかかったように、平板な口調で言った。

「お姉ちゃん、怒ってるわけじゃないんだよ」

「はい、わかってます。すいません」

そう言ったソウタは、篠田の顔をしげしげと見ている。

「どうしたの」

「お姉ちゃん、なんか最初のイメージと違う。もっと優しいひとかと思った」

「何言ってるの」篠田は腰を伸ばして言った。「私、優しいよ。周りからもそう言われるし」

怒ることができないだけだと自分では思っているけれど。

「そんなことといいわ。ほんとに時間がない」

疑わしそうな目で見るソウタの手を引き、レジに向かった。

代金を払い、プレゼント用の包装をしてもらっているとき、またソウタに背中をつつかれた。

「俺のこと呼んでるよ」

そう言って天井を指さした。

耳を澄ますと、確かにハリマ・ソウタの名前がスピーカーから降ってくる。これは森尾さんの声だ。

「包装が終わったら、それを受け取って、お店の前で待っててくれる？　お姉ちゃんはカウンターにいってくるから。カウンターにはこないでね」

篠田はそう言い置いて、店をでた。

エスカレーターを降り、カウンターに向かう。田波と森尾が立っていた。

近づいていく篠田に気づいた田波が、ゆっくり首を横に振る。篠田は、足から力がぬけていく気がした。

そんな。あれだけお父さんのことを思ったのに。プレゼントも買ったのに。篠田は定まらない足取りで、ふたりのところまでいった。

「だめだ。まだ連絡がつかない」

田波がまた首を振った。

篠田はえっと目を剝いた。

「いま支店の人間が病院に向かっているところだ」

「紛らわしい動作、しないでください」

篠田が言うと、今度は田波が驚いた顔をした。すぐに、なんのことだか気がついたようで、すまんすまんと口にした。

「719便はひとまず諦めよう。出発が可能な状態だとわかったら、午後の便でいってもらえばいい」

「だめです。あの子、今日中に着かなければだめなんです。今日、お父さんの誕生日だからプレゼントをもっていかないと」

午後便だと着くのは深夜〇時を回ってしまう。

「ぎりぎりまで待ってください。荷物は間に合わないから、午後便に載せてもらえばいいです」

「とにかく、もうすぐフランクフルト線のオープンだから、篠田さん、準備に入らないと。ソウタ君のケアは僕たちにまかせて――」

「森尾さん！」篠田は大声で言った。

森尾は驚いた顔で篠田を見た。

「すみません、私のかわりに407便のセンディングをお願いします」

篠田はポケットからチケットを取りだした。「ほんとにすみません」と言いながら、あっけにとられている森尾の手のなかにチケットを押し込む。

「最後までソウタ君の付き添いをします。719便に乗れると信じてますから。お父さん、元気になると信じてますから。いってきます」

篠田は駆けだした。あとでまずいことになるんだと思ったが、どうでもいい。それにこれで呆れて、森尾は自分にかまわなくなるだろう。

四階に上がり、カメラ店の前にいったが、ソウタの姿はなかった。店のなかに入ってみた。姿はないし、店員に訊いてみても知らないと言うばかり。

トイレしか考えられない。篠田は男子トイレの前に立って待った。一分待ってもでてこないので、入り口から大声で呼んだ。

「ソウタ君、いたら返事をして。いないの」

でてきたひとに変な笑みを投げかけられた。泣きたいほど、恥ずかしかったが、なかを覗きながらもう一回――。返事はなかった。

見切りをつけて、フロアーを探した。雑貨店や土産物屋を覗きながら進んできたが、ソウタの姿を見ないまま、フロアーの端まできた。そこには北見学デッキの出入り口があった。

篠田はデッキにでた。上着を着ていないので、吹きっさらしの風がこたえた。デッキを進んでいくと、フェンスに張りつくデイパックを背負った子供の姿が見えた。隣に男の姿もある。

「ソウタ君」

呼びかけるとこちらを向いた。隣に立つ雅弘も顔を向けた。

「大人の常識はないの？　子供を勝手に連れ回さないでください」

雅弘を睨み、篠田は言った。

「違うよ、俺が頼んだの。空が見えるところにいきたいって」ソウタが言った。

雅弘は薄い笑みを浮かべて頷いた。

「ふーみんの携帯に電話してみたんだけど、電源が入ってなかった。もってる？」

篠田は携帯を取りだしてみた。バッテリー切れだった。だから、さっきソウタを呼びだしたのかと、いまさらながら理解した。

「空の見えるところでお祈りしたいって。遠くまで届くかもって言ってたよ」

雅弘が小声で言った。

「ありがとう。もう帰っていいですよ」

篠田は肩をすくめ、腕をさすりながら言った。

「いるよ。俺も祈るよ」

雅弘は着ていたジャンパーを脱いだ。それを後ろから、ソウタの肩にかけてやった。

篠田は寒さに震えながら、雅弘を少しだけ見直した。

8

デッキからフロアーに入り、「あったかい」とひと息つくソウタの手を引っぱった。

「なんで君が、のんびりできるの」

篠田は駆けた。ソウタの手をしっかり握っている。時間がない。乗せるならもう本当に限界に近かった。さっきカウンターを離れてから五分ほどしかたっていないから、状況が変わっているとも思えないのだけれど——、駆けた。

エスカレーターに乗って、三階を見下ろした。Pカウンターに森尾がいた。しかし、田波の姿がない。大航のカウンターにでもいっているのだろうと思いながら、視線を振った。大きく手を振っている男のひとがいる。出国審査場の前。田波だ。大航のスタッフと一緒だ。

おーい、と呼びかける声は聞こえるが、あとは何を言っているかわからなかった。しかし、手招きだけで何を伝えたいかわかった。

篠田は手を放し、早足で降りていく。

「足下に気をつけてね。絶対に転んじゃだめよ」

エスカレーターを降りて、一目散に駆けた。上から見ると大したことないのに、走ってみると空港は広い。出国審査場前に着いたときには、肩で息をしていた。

「出発できるんですね」

「ええ。お父さんは大丈夫でした。頭痛を訴えて嘔吐したものだから、精密検査をしたようですが、とくに異常がないことがわかったそうです」

通じた、思いが通じた。

端から異常がないのに大騒ぎした、と考えてはいけない。一生懸命願ったから異常がなくなったのだと思おう。でなければ、なんのために駆けずり回ったかわからない。お金まで使ったし。

はあはあと、あとから駆けてきたソウタを抱き留めた。

「よかった、いけるよ。お父さん、大丈夫だって。プレゼント間に合うよ」

息をつきながら、やったーとわざとらしく小躍りするのはなんでだろう。ちょっとした感動の場面を期待した篠田は、損した気分だった。

やっぱり男の子はアホだ。小さくても大きくても、ほとんどかわりがない。

「これ、新しいクレームタグ。午後便のね」

田波が差しだしたクレームタグを受け取り、ソウタに渡した。

「はいっ、お荷物の引換証よ。荷物は、あとの便でいくから、でてこなくても騒いじゃだめよ」

シンガポールの空港でもスタッフが付き添うから大丈夫だろう。だけど、タグはなくしそうだ。篠田はタグを少年の手から取り上げ、デイパックのポケットに入れてファスナーを閉めた。

「デイパックのポケットだから、忘れないでよ。——それじゃすみません、お願いします」

大航のスタッフに引き渡す。仕事ができそうな彼女は四の五の言わずに、「さっ」と小声で言ってソウタの手を引いた。綺麗なお姉さんだからか、ソウタはさよならも言わずに歩きだす。

セキュリティーチェックの前でスタッフは、剝ぎ取るようにデイパックを取った。ポケットのなかのものをださせ、背中を押した。

ソウタは進んだ。検査機のなかを潜った瞬間、ピンポーンと大きな音が響いた。

ソウタがいってしまったあと、篠田は頭を下げどおしだった。

田波に頭を下げると、「さっきのは、仕事の放棄になりますよ」と言われた。

「でも、ソウタ君を励ましてやれるのは、篠田さんしかいない。センディングは誰でもできますから、しかたないでしょう」

篠田は久しぶりに田波の顔を真っ直ぐ見て、優しい言葉を受け取った。

大航の浅野マネージャーにも頭を下げにいき、カウンターに戻って、森尾に頭を下げた。

最近、謝り慣れ、叱られ慣れしていたものの、仕事を押しつけてしまったからには、ただじゃすまないだろうと、内心、かなり怯えていた。直角に折った腰を伸ばした篠田に森尾は言った。

「今日、何かお客様に迷惑かけた？」

「いいえ、結果的には何も迷惑かけませんでした」

ソウタの祖母を呼び戻す可能性もあったけれど、出発できたから、その必要はなくなった。

「だったら、いい。私は何も気にしてないから。今日、篠田さんを見てて思った。四月からは、あんな感じでいいんだと思う。上司の指示に逆らってもいい、ドアクローズを待たせて大航さんをはらはらさせてもいい。むちゃくちゃだけど、お客様を笑顔で出発させるためには、そのくらいしなければならない場面が、きっといっぱいでてくると思う。がんばってね。今日の篠田さん、ちょっと見直した」

森尾はにこりともしなかった。それでも厳しさのなかに、優しさの見え隠れする顔は、じんわり包み込むような崇高さ、宗教的な感じがした。

「ありがとうございます。がんばります」と篠田は思わず声を張り上げていた。

今日はたまたまこんなことになっただけで、たぶん次からは無茶なことなどしないはず。空港教にも入信していないと思うものの、なぜか確信はもてなかった。


残業を終えてひとりで退社した。オペセンからターミナルの二階に入り、エスカレーターに向かった。野菜に囲まれた雅弘が、目ざとく見つけて、手を振った。無視してエスカレーターに乗ろうかと思ったが、気をかえて、雅弘のところまで足を延ばした。

「今日はちょっとだけありがとうございました」

「いいよ、いいよ。俺は別に何もしてないし。それより今日でシフト終わりだろ。明日とか、空いてるの」

「空いてる。だけど、雅弘とは会わないよ、もう別れたんだから」

「そこをなんとか――。今日のお礼に、ちょっとだけつき合ってくれよ」

頼む、と雅弘は手を合わせる。篠田は首を横に振った。

「私、次の恋に向かって動きだしてるって、言ったでしょ。三年後に理想の彼が現れるんだから」

「なんだそれ、三年後って」

「三年後は三年後、けっこう先の話。それまでは空いてるから、もしかしたら、雅弘にもチャンスはあるかも」

「ほんとかよ。それは俺のアプローチしだいってことか」

「そんなところ。あくまで三年の期限つきだけど」

「なんかお前、偉そうになった？」

篠田はこくりと首を縦に振った。

「もうお兄ちゃんはいらなくなったからだと思う」

首を傾げる雅弘を置いて、篠田はエスカレーターに向かった。


我孫子の家に戻った篠田は、久しぶりに勉強机に向かった。

便せんにゆっくりとペンを滑らせた。

早番の四勤明けは、誰でも魂が抜けているもの。

「遠藤様」と書いたあと、「お元気ですか」と思わず続けてしまったのは、そんな理由でもなければ説明がつかない。バカすぎる。

一枚目をくしゃくしゃと丸めてゴミ箱に捨てた。

篠田は気を取り直し、思いを込めてペン先を便せんにつける。

遠藤様——。

天然営業

1

「トシ君、いつまで寝てるの。遅刻するわよ」

母親の声で目覚めた須永俊和《としかず》は、布団をはねのけ飛び起きた。

目覚まし時計を見て、思わずオー・マイ・ゴッと呟いた。

九時五分前。九時半の始業時間には完全に間に合わない。遅刻するとわかっているなら、もっと早く起こしてくれよ。須永は母親への怒りで頭のなかをいっぱいにした。

「目玉焼き食べる？」

パジャマの上にカーディガンを羽織って一階に降りていくと、母親が訊いてきた。

「俺が目玉焼き嫌いなこと、知ってるでしょ。何年、俺の母親やってるの」

須永はダイニングチェアーに腰を下ろした。

「好き嫌いはダメよ。なんでも、もりもりと食べないと」

キッチンに立つ母親は、振り返って言った。

「もう俺、三十二だよ。好き嫌いとか言わないでくれるかな」

「何、言ってるの。あなたなんて、好きか嫌いかだけで生きているようなものでしょ」

さすがお母様、よくわかってる。だったら、目玉焼きは——？　なんて訊ねないで欲しい。

「絶対、オムレツだからね」

新聞を開きかけたが、思いついて席を立った。二階に上がり、携帯電話から職場に電話をかけた。

「課長、おはようございます。すみません、今日、アスカトラベルとのミーティングで、先方に直行予定だったんですけど、掲示板に書き忘れてまして。――ええ、はい。十一時に出社予定ですので、掲示板に書いておいてもらえますか。――はい、すみません。よろしくお願いします」

電話を終えた須永は、一階に下りて顔を洗い、ダイニングに戻って朝刊を開いた。

「コーヒー、まだ？」

あくびを噛み殺して言った。

寝坊しても遅刻にならずにすむ営業という仕事が、須永は好きだった。朝、慌てて会社にいくのは大嫌いだ。

アポイントはなかったけれどアスカトラベルを訪ね、営業の担当と話が盛り上がって、東京支店に出社したのは午後になってしまった。

「アスカから聞いたんですけど、最近、イビサ島がすごいことになってるらしいですよ。島に散らばるクラブに世界中からひとが集まってきていて、日本でもかなり注目されているようですね。クラブっていうのは、もちろん、踊るほうのやつです」

挨拶がわりにそんな話をすると、課長は、ほほう、そいつは面白そうだな、と笑みを浮かべて頷いた。

おやじ世代は自分が知らない若者文化の話をされると、なぜかうれしそうな顔をして過剰に理解を示す。小言を封じようと思ったら、そんな話をしてやるのがいちばんだった。

須永はデスクにつくと、パソコンに向かって、溜まっていたツアーの手配書作りを始めた。営業の仕事が好きとはいっても、旅行代理店を回って手配旅行の契約をとってくる、いわゆる外回りだけの話で、それに付随した諸々のオフィスワークは、ほとんどが嫌いだった。だからつい溜め込みがちだ。

もちまえの集中力を発揮し、三時間で五本の手配書を作り、支店手配課にもっていった。

手配課の新人、サッコちゃんにもイビサの話を聞かせ、今度六本木あたりのクラブにでもいこうよと誘ってまずまずの感触を得た。無駄な動きはしないなと我ながら感心しつつ戻ってくると、営業のフロアーに花束を抱えた男が立っていた。

「おう須永」

課長補佐の関口《せきぐち》がこちらに向かってきた。

「どうも。今日が最後だったんですよね」

須永は頭を下げた。

「ああ。いま、本社に挨拶回りにいって、戻ってきた」

関口はリストラの対象となり辞めていく者のうちのひとりだった。籍は三月末まであり、明日から大航本社の転職セミナーに参加する。大航グループが破綻になる前に決まっていたことで、現在はもう第何弾になるのかわからなくなっているが、また人員削減の肩たたきが行われていた。

須永は年齢的にその対象とはなっていないが、別にほっとすることもなかった。たとえ対象年齢だったとしても、自分が肩たたきに遭うはずはないと確信していた。

「残るほうも大変だと思う。——がんばれよ。君はやればできるんだから、会社の再生のために全力をつくして、みんなを引っ張っていってくれ」

須永はえっと驚き、自分よりもいくらか高いところにある関口の顔をまじまじと見つめた。目を細めた穏やかな表情で、とくに悪意があるようには見えなかった。

デキル男に向かって、やればできるんだからなんておかしな話だが、辞める人間にあれこれ言ってもしかたがない。須永はただ曖昧に頷いた。

「引き継ぎもできなくて悪かったね。俺の担当をよろしく頼むな。数は多いが、みんないいひとたちだから、仕事はやりやすいと思うよ」

そういうところがダメなんだなと須永は思う。いいひととか悪いひととか、そんなことに関係なくうまくやるのがデキル男の条件だ。

関口が辞めたあと、補充の社員はもちろんこない。そのため、関口の担当エリアを何人かで手分けして引き継ぐことになった。千葉全域が、新たに加わった須永の担当エリアだ。

「依頼を受けているものはすべて手配が終わっている。ツアーリストはデスクに置いておいたから。挨拶回りは早めにいったほうがいいぞ」

了解しましたと須永は応じた。

リストラの対象になるだけあって、覇気がなく物静かな関口は、およそ営業には向かない。そのあとを引き継ぐのは、営業マンの権化のようなデキル男。どこへいっても歓迎されるのは間違いない。きっと、女性スタッフの間でも評判になってしまうのだろう。

何が待ち受けているかわからない、新規の会社を訪ねるのはわくわくして楽しい。ただ、途中からひとの仕事を引き継ぐのは嫌いだった。

2

「いいか、変わらなきゃだめなんだよ、俺たちは」

須永は隣のデスクに座る、後輩の竹内《たけうち》に檄を飛ばした。

ひとが減り、仕事ばかり増えていって、ほんとに会社は立ち直るんですかねと不安を漏らす竹内に、少し腹を立ててのお説教だった。

「同じ量、同じやりかたで仕事をしていたら、会社はこれまでどおり、立ち直りはしないぜ」

「そうですよね。新会長も言ってましたもんね。生まれ変わる。それぐらいの変化が必要だって」

「そんなことも言ってたかな」

受け売りではないことを伝えようと、須永はそう言った。

「確かに、あらためて考えると、リストラで辞めさせられたひとたちって、変われそうにないひとたちばかりですもんね。まだいるよな、そういうひと。本社の今泉さんとか、大丈夫なのかな。次のリストラにひっかかりそうですよね」

「ああ、あぽやんね。確かに、いままで引っかからなかったのが不思議なくらいだ」

空港所は閉鎖になるというし、あぽやん要員が必要のなくなるこれからは、逃れられないだろう。

「でも、今泉さんと須永さんって、似てるところがありますよね」

「おい、冗談でもそんなこと言うな」

須永は声に怒りをにじませ、言った。

「いやいや、悪い意味じゃないっすよ。今泉さんも須永さんも、楽しそうに仕事をしてるなと思ったんです。見習いたいなと思って」

仕事ができるのだから、楽しくて当たり前だ。しかし、今泉と並べられるのは心外だった。「楽しさの質が違うんだよ」と切り捨て、後輩の肩に拳を当てた。

話は終わり。それを伝えようと、デスクに積まれたリストを、ぺらぺらとめくっていった。須永の増えた分の仕事。関口から引き継いで一週間がたつが、まともに見ていなかった。ひとのやりかけは、なんとも気が乗らない。

須永は、えっと声を漏らし、リストをめくる手を止めた。通過したリストのなかに、添乗員つきのツアーを示すＴＣの文字が読めた気がした。まさか――と思い、通り過ぎたリストをめくっていく。

あった。ヨーロッパ行きのツアーだ。

「うわっ、やばっ」

目を通して思わず顔を歪めた。

添乗員つきでも、代理店の社員が添乗するならべつになんの問題もないが、このツアーのＴＣの欄には、代理店の社員と思しき知らない名前の他に、関口の名前もあった。つまり営業担当者自らが添乗にでるツアー。しかも出発は二週間後と間近に迫っている。

もちろんいくのは関口ではなく、引き継いだ自分だ。二週間後から一週間も会社を空けるなんて無理だ。仕事ばかりでなく、デートやなんやかや、プライベートもスケジュールが埋まっているのに。

引き継ぐ時間がなかったにしても、添乗にでるツアーがあるとひとこと言うだけでいいのに、なんで関口は教えてくれなかったんだ。確かに一週間もほうっておいたが、知っていればそんなことはしなかった。仕事ができないひとは、これだからいやだ。

とにかく、早急に向こうの代理店と打ち合わせをしたほうがいい。須永はアポイントをとるため、受話器を取り上げた。嫌な仕事でも、動くきっかけさえあれば行動は早い。受話器を耳と肩で挟んだ須永は、シャツの袖をまくり上げ、パネライのごつい腕時計を意味もなく眺めた。

なんとか添乗にでるためのスケジュールを調整して、二日後、ツアー元請けの代理店を訪ねるため千葉に向かった。

ついでに引き継いだ代理店全部に挨拶回りをしようと、家からは直行。終日外回りで、須永の好きなパターンだった。

須永が所属する大航ツーリスト東京支店営業一課は、自社が作るパッケージツアーに関わることがなかった。大航ツーリストでは、手配力のない中小の旅行代理店が引き受けた、社員旅行や修学旅行、あるいは個人旅行の地上手配や航空券の予約を代わりに行っており、代理店を回ってその仕事を受注するのが須永の役目だった。

仕事を受注する上での何よりの決め手は、大航ツーリストの手配力と親会社の信用力だ。今回大航グループは会社更生法の適用を申請し破綻処理を行うことになったが、素早く国の支援などが報道されたため、動揺した代理店が依頼した仕事を断ってくることはほとんどなかった。営業で回っても、がんばれよ、これからも応援するよと、温かい言葉をかけてもらうことが多い。恐縮もするが、日頃まめに足を運び、担当者との間に築いた信頼関係のたまものだと、これまでやってきたことの正しさを確認した。

ＪＲの船橋駅で降りて京成の駅のほうに進んだ。京成線の高架下を潜り繁華街を進んでいくと、店よりオフィスビルが多くなるあたりで、東和グリーントラベルの看板を見つけた。添乗にでるヨーロッパツアーの手配を依頼した会社だ。

ここへくるまで、四軒の代理店を回ったが、どこもフレンドリーで、ちょっと異常な歓迎ぶりだった。千葉へくるのはゴルフか成田から出発するときくらいで馴染みは薄い。そういう土地柄なのかもしれないと思い始めていたから、東和グリーントラベルで拍手で迎え入れられても、それほど驚きはなかった。

日焼けした、ゴルフ好きそうな社長に、よくきたねえ、楽しみにしていたよと両手で握手を求められた。そこまでいくと、何か魂胆があるのでは——手配を依頼したツアーの見積もりを値切るつもりではないかと、須永は身がまえた。

しかし結局、話は今度添乗するツアーの打ち合わせだけ。なごやかに話は進んだ。グリーントラベルのほうから添乗にでるのは、まだ二十代の社員、重田《しげた》で、なかなか感じのいい若者だった。「僕は大航ツーリストに入りたかったんですよ。憧れるなあ」などと言って、尊敬の眼差しを向けたりする。そんなことだから、須永は調子に乗って、「大手は大手で大変だよ」などと先輩ぶった言葉をかけたりした。

「あまり添乗経験もないので、色々学ばせてください。よろしくお願いします」と頭を下げさせたのは、さすがにやりすぎた、と自分でも思った。言ってしまえば、自分はセールスマンで向こうがお客様なのだ。とはいえ、須永にとってはよくあることで、さほど気にはしていなかった。

なごやかな打ち合わせではあったが、最後にちょっと気が重くなるサプライズがあった。

今度のツアーは、佐倉にある病院が企画したもので、参加するのは病院の患者や元患者だった。院長と職員も付添いで参加するが、このツアーの主催者である院長が、患者に悪い影響を与えないよう、同行する添乗員には、気を調えるための気功合宿を一泊義務づけているのだという。

「僕もすでに参加してるんです。ですから須永さんもぜひ――」

ぜひと言われても、なんとかスケジュールをやりくりしてやっと添乗にでられることになったのに、さらに一泊時間を作るのはかなり厳しい。

「関口さんも、すでに合宿にいったあとだったんですよね。一度受けると、ひと月ぐらいはもつそうなんです」

それぐらい話してくれてもよかったろうにと、須永は関口への不満を頭に昇らせた。

「わかりました。とにかく、なんとかスケジュールを調整して、いってみます」

病院長の自宅で行われるのだと重田は説明した。

「何をやらされるのかな」

「それはいってからのお楽しみということで」重田は屈託のない笑みを見せて言った。

「さすがに須永さんも、こういうのは初めてでしょ」

以前に宗教絡みのツアーに添乗するとき、滝に打たれる行をやらされたことがある。しかも真冬に。他にも、ツアー中に二日間断食させられたこともあり、須永にとってはさほど珍しくはなかった。しかし、苦労話をするのは嫌いだから、初めてだと答えておいた。

帰りも、寒いなか、わざわざ社長が外までできて手を振ってくれた。しばらく歩いて振り返ってみたら、まだ手を振っている。この千葉県での歓迎ぶりは、好きとも嫌いとも決めかねていた。ただ、次の会社がどう出迎えてくれるのかは、少しばかり気になる。須永の挨拶回りはまだまだ続く。

ＪＲ船橋駅のほうに戻り、駅を通り抜けて北口にでた。ビルやマンションが立ち並ぶ広い通りを進み、シティーホテルの裏手に入っていく。しばらく進むとビルの一階に、千葉平和バス観光の営業所があった。

県内で手広く路線をはるバス会社系列の旅行会社だった。東和グリーントラベルのようなワンマン社長が経営する小さな代理店とは違い、もう少しドライな出迎えだろう、と須永は予想しながら自動ドアを潜った。暇そうにしていたカウンターの女の子に、社名と名前を告げる。担当が替わったため挨拶に伺ったと告げている途中で女の子は立ち上がった。

「所長、大航ツーリストさんがお見えになりましたよ」

髪を赤く染めた女の子は、カウンターの後ろのドアを開け、何かとびきりのニュースでも伝えるように、弾んだ声で言った。

こちらに向き直った女の子が、いま、まいりますのでしばらくお待ちください、と言っている間に、ドアが大きく開いた。

「いやー、そろそろくるんじゃないかと思ってたんだ。よくきたな、待ってたよ」

突きでた腹を揺らしながら、男がでてきた。他に客がいるのもかまわず、大声で言った。

縮れた白髪頭に制帽をのせ、白い手袋をはめさせたら、いい具合にバスの運転手に見えそうな所長は、初対面とは思えない、親しげな笑みを浮かべた。

「すみません、ちょっと焦《じ》らしすぎましたか。関口の後任の須永と申します。今日はご挨拶に伺いました」

「まあ、硬い挨拶はいいから、なかに入ってよ。みんなに紹介するから」

軽口を差し挟んだつもりだったが、硬いと言われてしまった。どれだけ柔らかいひとたちなんだと、須永は不安に思う。

お邪魔しますとカウンターのなかに入った。ドアを潜ると、思いのほか広々とした空間が奥へと伸びていた。どうやら、裏口から出入りするのが正しいようだ。

半分くらいは席を外しているらしく、十人ほどいるスタッフの前で挨拶をした。

「——手配のことで困ったら、なんでも僕に言ってください」

古くさい宣伝文句のようだが、案外それで取引先の心を摑んでいた。体育会系の精悍な容貌が信頼感を漂わせ、真実味をもって響くのだろうと須永は自己分析をしていた。実際、ひとから頼られるのは好きだった。とはいえ、何ごとにも限度というものがあり、頼られすぎると鬱陶しくなる。なんでもとは言っても、常識の範囲内でお願いしますね——心のなかで呟いていた。

オフィスの隅にある応接スペースに移り、所長と営業課長と話をした。話題はもっぱらゴルフ関係。向こうが話題にしなければ、須永のほうから仕事の話をすることはなかった。営業の基本は楽しい会話で心を解きほぐすこと。相手を楽しませ、自分も楽しむ。そうやって、相手と繫がれば、自然と仕事は降ってくるものだ。とにかく、トーク、トーク、トーク。物静かな関口は、いったいどういう営業をやっていたのだろうかと、須永はあらためて疑問に思う。もしかしたら、今日、どこへいっても歓待されるのは、前任者への不満の裏返しなのではと考えた。

仕事の話はせずに歓談を終えた。それはある意味、営業マンとして誇らしいことだった。所長はさすがに外まで見送ることはなかった。「今度、一緒にラウンドしましょう」と言って大振りのスウィングを見せ、須永を送りだした。

裏口からでると、すぐ前がビルの共用トイレだった。清潔そうに見えたので、いっておこうと、なかに入り、用を足した。

手を念入りに洗ってでてきたとき、女性とすれ違った。千葉平和バス観光のドアに向かったから、社員なのだろう。一足早い春色のコートが印象的だった。

「須永さん？」

背後から窺うような声が聞こえた。

エントランスに向かっていた須永は足を止め、振り返った。

緑色のコートの女性がドアの前に立ち、こちらを見ていた。明るい色に染めた髪の毛が派手っぽい。視力二・〇の目を凝らして顔を見た。

「あれ、もしかして……、ハナちゃん」

髪の色が邪魔をしてわかりにくかった。以前は黒く、長さも短めだった。どちらかといえば地味な印象だったのだけれど――。

大航ツーリスト成田空港所の元センダー馬場英恵が、笑みを浮かべてこちらに向かってきた。

3

「関口さんが会社を辞めるとは聞いていましたけど、まさか後任が須永さんだとは思わなかった」

「俺もハナちゃんが旅行会社で働いているなんて、ちっとも知らなかったよ。いやー、驚きました」

驚きはしたけれど、動揺はなかった。

馬場英恵とは、二年ほど、軽いおつき合いをした。出張や添乗で成田から出発するときに逢う程度のもので、悪い言い方をすれば都合のいい女ではあったが、最初から向こうもそれを承知でつき合っていたのだから、誰に文句を言われる筋合いもない。ただ、最後、別れるときはちょっとまずかった。馬場に頼んだことがトラブルになり、それが空港所のスタッフにばれて、自分はすっかり悪者になってしまった。実際悪いことをしたのではあるけれど。馬場はそのことが原因で空港所を辞めることになった。さすがに須永も責任を感じて、馬場と話をしようと思ったが連絡がとれずに、そのまま関係は途絶えてしまった。ひとなみに、彼女に対して後ろめたさを感じてはいたけれど、こそこそ逃げ隠れするような感覚はなかった。

意外なことに、馬場のほうも、それほど自分に対してこだわりをもっていないようだった。廊下をやってきて、「お久しぶりです」と口にしたとき、顔には自然で柔らかい笑みが浮かんでいた。お茶でも飲むかいと誘ったら、いいですよと気軽についてきた。

「須永さんらしいですね。縁が切れた子のその後なんて、まるで関心がないんでしょ」

馬場は冗談っぽく言って、須永を睨んだ。

「……いや、いや、その後空港にいっても、ハナちゃんのことを訊ける雰囲気じゃなかったし」

馬場の言葉は半分は当たっている。その後が気にならない程度のおつき合いしかしないケースがけっこうある。

「それに、ハナちゃんが田波さんとつき合っていることぐらいは知ってるし」

「誰に聞いたんですか。また懲りずに、空港所の誰かに手をだしたりしてるんじゃないですか」

また睨んだ。今度は少し本気っぽい。

「違うよ、ほら、遠藤から聞いたんだ」

「嘘。遠藤さんは、須永さんに、私のことを話したりしないと思います」

つき合っていたころは、こんな手強い子ではなかったのにな。色の変わった髪の毛に目をやりながら、須永は思った。

「辞めた子だよ。ハナちゃんと同じ頃に空港所を辞めた子と、ときどき連絡をとってるんだ」

連絡をとったり、ときどき会って酒をのんだり、合コンのセッティングをしてもらったり、なんやかや。

「田波さんは、いいひとだよね」

「そんな話はいいんです。もう別れましたから」

馬場はさっぱりとした声で言った。

「そうなんだ。実は俺も大学時代からずっとつき合ってた彼女と別れたんだ。大航グループが破綻してさ、俺の行く末に不安を感じたらしくてさ……、あっ」

俺はまずいことを話しているのか。須永は馬場の突き刺すような視線に気がついた。

「大学時代からずっとって言っても、くっついたり、離れたりを繰り返していたわけで……」

「いいんです。そんなこと知ってましたから」

馬場はしてやったり、とでもいうような笑みを浮かべた。

「それにしても、別れる原因が大航の破綻っていうのは、うちと似てる。田波さん、大航の破綻がささやかれ始めてから、おかしくなったんです。俺とは別れたほうがいい、どうせ、そのうちリストラされるからって、拗《す》ねたことを言うようになって。最初は、きっと将来が不安で辛いんだろうなと思って、私が支えてあげなきゃとか考えていたんですけど、破綻の噂が頻繁にメディアで取り上げられるようになるにつれて、田波さんもそういうことを言うのがどんどん増えてきて、私もなんだか、田波さんが情けなく思えて、別れましょうって言ったんです。自分のほうから言いだしたくせに、田波さん、いやだって泣きついてきた。私、もうこのひととはほんとにダメだなって思えたんです」

「田波さん、精神的に弱そうな感じするもんね」

「悪く言わないでください」

馬場は拗ねたような顔で睨んだ。以前より顔がシャープになって、そういう表情がよく似合った。

「なんだ、まだ未練、ありありって感じだね」

「違います。弱いで片付けるのは、なんだか安直で、思慮が足りない気がしただけです。それに、遠藤さんのこともありますし。あれまで弱いで片付けてしまいそうな感じがして。それは本当にかわいそうです」

「遠藤がどうしたって。なんでかわいそうなんだ」

馬場が何をいっているのか、須永にはまるでわからなかった。

「もしかして、遠藤さんが仕事にでてきてないこと、知らないんですか」

「ええっ？　知らないよ。どうしたんだ、あいつ。病気か」

須永は驚いて訊ねた。

「まあ、病気といえば、病気なんだと思いますけど。遠藤さん、突然空港所にこなくなって、それからずっと休んでるんです。もう十日以上になるのかな。破綻の前後に、色々精神的負担になるようなことが多かったらしくて」

「嘘だろ。遠藤は、そんな精神的に弱いやつじゃないぞ」

「だから、弱いで片付けられないことだと、さっきから言ってるんですよ。もっと複雑な心の問題だと思います。それだけに、治るまで時間がかかるんじゃないかと、心配なんですよね」

「そうだな、時間がかかるかもな。まあ、空港所は大変だろうけど、ある程度時間はかかっても、それで治るならしょうがないとも思えるけど」

正直、他の部署のことだから、どうなろうとあまり関心はない。遠藤が欠けた分の穴埋めはどうにかするだろう。

「意外ですね。須永さん、本気で心配そう」

「なんで意外なんだ。当然、俺だって心配するよ」

「だって須永さんと遠藤さん、あまり仲、よさそうじゃなかったから」

「何言ってるんだ。俺と遠藤は同期だぞ。まあ、同期なんてライバルみたいなもんだから、普段色々言い合ったりはするけど、根っこのところでは、しっかり結びついているもんだよ。とくに遠藤は、同期のなかでも、俺はいちばん信頼してる。きっと遠藤も、俺のことをそう思ってるはずだぜ」

馬場が噴きだすように笑った。首を傾げて、からかうような表情で見ている。

馬場は契約社員だったからわからないのだろう。厳しい就職戦線を勝ち上がって入社した、同期の絆を。

「とにかく、早くよくなるといいですね。祈るくらいしかしてあげられることはないですけど」

「そうだな」

自分にできることはないだろうか。ひとを励ますのは得意なほうだと須永は思っていた。

「お仕事のほうはどうでしたか。うちの所長と話しました？」

ポットから紅茶を注ぎ足しながら、馬場は訊ねた。

「ああ、営業課長の森川《もりかわ》さんも一緒にね。ゴルフの話で、いい感じに盛り上がったよ。

――っていうか、千葉のひとたちって、なんか、すごいフレンドリーな気がするんだけど。どこへいっても歓迎されるし、話も盛り上がる。ハナちゃんもずっと千葉だよね。千葉って、やっぱりそういうところ？」

紅茶を口に含んだ馬場は、梅干しでも食べたように顔をしかめた。

「そんなわけないじゃないですか。千葉も都市部だったら東京とそんなにかわりませんよ。うちだってそうですけど、親は別の地方出身っていうひとも多いんですから」

「じゃあ、なんで、あんなに歓迎したんだ。ちょっと異常なくらい」

一軒、二軒ならともかく、どこへいってもそうだった。須永はホラー映画の世界にでも迷い込んだような、薄ら寒さを覚えた。

「それは須永さんが、関口さんの後任だからですよ」

馬場はあっさりと、確信をもって言った。

「それって、関口さんがひどかったから、今度はおだてて、がんばってもらおうとか、そういう話？」

「何、言ってるんですか。その逆です。関口さんがよくやってくれたから、その感謝の気持ちで、後任のひとも温かく迎えてあげようと考えたんです。少なくともうちはそうですよ。関口さんが退社の挨拶にきたとき、後任を温かく迎えてやるから安心しろって所長が言ってたのを聞きましたから」

「よくやってたのか、関口さんは」

あの覇気のない男が、営業先に気にいられていたとは、どうにも信じがたかった。

「――みたいですよ。私は主に国内担当なんで仕事で接する機会はあまりなかったですけど、とにかくよくオフィスで見かけた。うちの歓送迎会にも気づくときていて、手品をやって盛り上げたりしてましたね」

「手品やるの、あのひと」

「鳩はでなかったけど、びりびりに破った一万円札は綺麗にもとどおりになった。でも、実際は破れたお札がどこかにあったんですよね。あのお札、どうしたんでしょう」

馬場は問いかける視線で、どこか遠くを見ていた。

「そんなの知らないよ。――それで仕事はちゃんとやってたの」

「私が知っている範囲だと、よく資料をもってきていた。発注したツアーの目的地の情報を、頼まなくてももってきてくれるんですって。ファックスとかでもいいのに、わざわざきて手渡してくれるんですよ」

「いまの時代、そういうの鬱陶しくないかな」

「千葉ではそういうのがうけるんです」

冗談なのか本気なのか、馬場はまじめくさった顔をして言った。

「仕事以外だと、社員が引っ越しするとき、手伝いにもきてくれたりしたそうです」

「そんなことまでやってたの。引っ越しなんて営業マンがすることじゃないでしょ」

ゴルフぐらいならつき合うけれど、そんなことまでやっていられない。

「べつに須永さんがやる必要はないですけど、関口さんは、そこまでやって、みんなから慕われていた。大航ツーリストのファンになってるひとも多かったですよ。他の会社の見積もりをとらずに、大航ツーリストに発注したりして。そんな関口さんをどうしてリストラしちゃうんでしょうね、大航ツーリストは」

「そこまでしなければ仕事をとれないひとだからじゃないかな」

会社はちゃんと見抜いていたのだろう。

須永は一生懸命という言葉が嫌いだった。仕事ができないから、一生懸命やらなければならないだけだと思っていた。

「須永さん、変わらないですね。自分には甘いくせに、ひとには厳しいんですよね」

「そんなことはないと思うけど。――それより馬場さんは変わったよね」

自分に対する批判を聞くのは嫌いだ。須永はすかさず話をそらした。

「見た目も少し派手になったけど、中身も前とは違う」

以前は地味でおっとりした感じがあった。面と向かってひとを批判したりは絶対にしなかった。

「まあ、色々ありましたから」

いいことが色々あったわけではないだろうが、馬場は懐かしむように微笑んだ。

かつての馬場は素朴で、須永にとってはつき合ったことのないタイプ。それが新鮮ではあったけれど、いまの馬場のほうが好みではあった。

「ねえ、お互い、いまはフリーなんだから、またつき合ってみないかい」

「あの、私たち、つき合っていたんですか。須永さんにその自覚ありましたか」

「……じゃあ、または撤回しよう。今度は真剣につき合ってみないか」

「須永さんの真剣って、きっと私が考える真剣とは違う気がするんですよね。やめておきます」

馬場ははっきり首を横に振り、堅苦しく頭を下げた。

「本当に真剣なんだけどな」

断られたことより真剣さを疑われたことが、須永にはショックだった。

4

「はーい、腰をその位置でキープして、踵から息を吸って。吸った息を頭の上までもっていく。手を忘れてるよ。手も上に上げていって。――そう。頭の上で十秒キープしたら、ゆっくりと丹田《たんでん》までおろしていく。また、手を忘れてる。――そう。はい、ゆっくりと息を吐きだすー。踵から流してあげてー」

須永は言われたとおりに踵から息を流す。最初は何を言っているのかまるでわからなかったが、三十分も続けるうち、なんとなく感覚は摑めるようになった。

インストラクターの赤坂光春《あかさかみつはる》は、「はい、もう一度最初から」と気軽に言う。端から見たら、激しい動きはないから楽そうに見えるだろうが、ゆっくりとした動きも三十分以上続けていれば、筋肉が疲労する。中腰で曲げた膝がぶるぶる震えていた。

「須永さん、なかなか筋がいいですよ」

褒められても気分は盛り上がらない。金曜の夜までみっちり働き、土曜の早朝からなんでこんなことをしなければならないのか。

赤坂病院ヨーロッパツアーに添乗するため、佐倉にある赤坂茂昭《しげあき》病院長の自宅を訪ね、一泊二日の合宿に入っていた。

急遽決まった添乗前に、さらに二日も休むことはできず、土日を使って気を調えることになった。先日会ったとき、東和グリーントラベルの重田は、合宿の際は院長の家までついてきてくれるようなことを言っていたが、さすがに土曜の朝にそこまででする気はないらしく、ひとりでいってくださいと突き放された。

須永もゴルフ以外で、会社に休日を拘束されるのは大嫌いだった。土日に行われる会社のリクリエーションなど、入社以来、一度も参加したことはない。

車で赤坂院長の自宅に乗りつけた。病院にほど近い、豪壮な和風のお屋敷で待っていたのは、赤坂院長と息子の光春だった。恰幅のいい院長は不機嫌そうな顔をしていた。もともと気難しいだけかとも思ったが、そうではなかった。

「土日にこられても私が見られんだろ。息子に任せるが、いいな。しっかり、乱れきった気を調えて帰るんだぞ」とゴルフバッグを担いで、でかけていった。

別に院長でも息子でも、須永にとってはどうでもいいこと。こっちだって無理してきているのに、なんともやりきれない言葉だった。

息子の光春は、須永より若い二十七歳。父親に似ず、スリムな好男子だ。てっきり医者なのだろうと思っていたが、違った。光春は患者に太極拳やヨガの指導を行うインストラクターだった。

患者という呼び方は必ずしも適当ではなかった。今度のツアーに参加するのは、清風会という赤坂院長が主宰する会の会員たちで、赤坂病院の患者や元患者もいるが、別の病院に通っている者もいるのだそうだ。清風会は癌を患っている会員たちに、食事などの生活指導をしたり、代替医療をほどこしたりして、正規治療の効果を高めたり、再発を抑制したり、延命を図ったり、症状の緩和に努めたりしている。

会では一年に一回、海外へのツアーを恒例行事としていた。一年生き延びたことへのご褒美の意味合いもあるのだそうだ。もちろん、会員全員が参加するものではなく、逆に、再発もなく完治したと思われる元会員の参加者もいるそうだ。ツアーでは普通の観光もするが、パワースポットを巡ったり、現地の代替医療の視察や体験をしたりするのが主だった。食事には気をつかっていて、マクロビオティックや、オーガニック系のレストランかデリを利用することになっていた。手配は大変だったろうが、日本にくらべればその手の店は豊富にありそうな気がする。

ゆっくりと息を吐きだした須永は、震える膝を手で押さえて口を開いた。

「あの、これ、あとどのくらい続くんですかね」

「疲れてきました？」

見ればわかるだろうに。須永はええと答えた。

「じゃあ、次に移りましょうか」

じゃあ、ってなんだ。何分やるとか、決まっていないのか。そんな適当なことを、大事な休日にやらされているのか。

最初から光春には、どことなくやる気が感じられなかった。別にやる気を見せる必要はないし、へたに見せられても自分が大変な目に遭うだけかもしれないが、合宿に参加しなければ添乗させないと強制した割には、熱が感じられないのが不思議だった。

太極拳は芝の生えた庭で手ほどきを受けていた。次は、と言って向かったのは、家のなかだった。二月の冷たい風から逃れられると、須永は喜んだ。

長い板張りの廊下を進み、突き当たりの引き戸を入ると、そこは風呂場だった。豪壮な屋敷に相応《ふさわ》しく、床から浴槽までが総檜の、広い風呂場。ガラス窓からは庭が見渡せる。

「それでは、行水をしてもらいます。肩から二十回かけてください」

「水ですか」

「もちろん水です。一度体の表面を冷やしましょう」

外にいたから、充分冷えているはずだが。

「十回くらいでもいいですかね」

光春のやる気のなさに賭けた言葉だったが、「二十回かけてください」とにべもない答え。須永は諦めてスウェットシャツに手をかけた。

添乗にでるためにはやらなければならない。それだけではなく、来年もまた手配を請け負うためには、主催者側の機嫌を損ねないように努めなければならない。

うちのセールスは楽でいいと、他部署の社員からよく陰口をたたかれているようだ。飛び込みのセールスをすることもなく、代理店が汗水垂らしてようやく契約してきたツアーを、そのまま横流しでもらって、手配にかけるだけだと。実際に競合他社に見積もりをとらずに、そのまま仕事をくれるところもあるが、それだって、代理店と一緒に顧客に旅程の説明をしにいったり、事前に代理店に旅行情報を渡したり、地道な努力はしている。今回のような理不尽な要求にだって、しっかり応えているのだ。

そんな苦労など、誰も知りはしない。苦労を声高に語るなんて、みっともないから、したことがない。それに、ひとしれず苦労している自分が、案外好きだったりする。

裸になり、風呂場に入った。磨りガラスの戸を閉めた。悪あがきで、お湯の栓を捻ってみたが、やはり給湯のスイッチが入っていない。桶に水を溜め、もち上げた。息を吸い込み、止めた。体を硬くして桶を傾ける。

単価の高いヨーロッパツアー。添乗員つきはさらに高い。来年もお願いします。肩から水をかけた。電流でも走ったように、体がびくびくと震えた。「ひゅいえー」と間抜けな声が、勝手に口から飛びだした。

「水の量、少ないですよね。桶いっぱいに入れてください」

磨りガラスの向こうから声が聞こえた。

やる気のないはずの光春だが、音だけでそれを見抜いたようだ。

まだ夜の十時。布団に入って寝ろと言われれば、文句も言わずに布団に入る。疲れたし、やることはないし。しかし、眠れるかといえば、それは無理な話だった。

腹が鳴った。隙間だらけの胃袋が、ひもじい、ひもじいと泣いていた。空腹感が疲れを上回り、とても寝るどころではなかった。

何も食べないでこいというから朝食抜きできたら、行水のあとにありついた朝食は、野菜ジュースと果物だけだった。昼は玄米のご飯と生野菜と納豆、夜は玄米のご飯と蒸し野菜とおからのハンバーグ。今日一日で口にしたものはそれだけだった。

行水のあとは、瞑想の時間があり、そのあといきなり畑につれていかれて、畑仕事をやらされた。最後にまたゆっくり太極拳。今度は疲れたと言ってもやめさせてくれなかった。日がとっぷり暮れてようやく終了。それだけ動いて、あれっぽっちの食事じゃ、足りるわけがない。何か食べるものがないか、屋敷のなかを探してみようかと本気で考えていたとき、廊下をやってくるひとの気配がした。

障子にひとの影が映っている。

「寝られませんか」

男の声がして障子が開いた。光春の声だ。

須永は枕元に置かれた読書灯を点けた。光春が、障子を開ける前から起きているとわかっていた口ぶりだったのを、不思議に思った。

「気が乱れてますね。お腹が空いて眠れないんでしょ」

見下ろす光春は笑みを浮かべていた。

「気が見えるんですか」

須永は布団の上に起き上がって訊ねた。

「見えるというか、わかるんです。まあなんとなくね。うちの院長は、気の流れがいいとか悪いとか、けっこううるさくいいますけど、実はなんにもわかってないんですよ」

光春は布団の脇に腰を下ろして言った。

「食べますか」

光春は手にもっていた皿と湯飲みを置いた。皿の上には焼き餅がふたつのっている。

「いただきます」の前に手が伸びていた。薄く醬油をまぶしただけの焼き餅だったが、須永はこれほどうまい餅を食べたことがないと思った。

「がっちりしてるから、あれだけの食事じゃ足りないですよね。うちの院長は融通がきかないから、ある程度決まったことしかやらないもんで」

「融通きかないことないでしょ」須永は餅を頰張ったまま言った。「融通がきかなかったら代替医療を取り入れたりしないですよね、お医者さんが」

「いや、それも融通がきかない証拠なんですよ。院長は胃癌が専門で腕もいい。最近は早期発見で完治するケースが増えてますが、それでも助けられずに亡くなる患者さんもやはりいます。院長はそれが許せないらしくて、できることはなんでもやらなきゃと、代替医療を取り入れ始めたんです。患者の家族とまるで同じ心境ですよね。普通の医師は、患者を助けられなかったことを重く受け止めても、どこかでうまく折り合いをつけるものです。それができない院長は、融通がきかない」

「なるほど。でも患者さんにとってはいいことですよね」

須永はふたつめの餅にかじりついて言った。

「まあね。ただ今日も、あなたがいい気をもっているから、とくに何もする必要はないと院長に進言したんだけど、たまたま、いまいいだけかもしれないって、認めてもらえなかったんですよ」

「じゃあ何、今日のあれはやる必要なかった？」

「気の流れって意味でいえばそうだけど、あれはもとから院長の気休めみたいなものだから、必要のあるなしを考えてもしかたがない」

確かに須永も、最初からあれが必要なことだとは信じていなかった。とはいえ、光春のやる気が見えなかったのは、やはりやる必要がないことをやらされていたせいなのだろう。

「僕は、いい気をもってるんですか」

「ええ、もってますよ。小腹が満たされて、もういい気が流れている」

「そう？」

やはりデキル男は気の流れもいいものなのか。須永は餅を嚙みしめながら思った。

「須永さん、あまりものを考えないでしょ」

「ええっ？　そんなことはないと思うな」

「深く考えて、悩んだりしないはずですよ」

「まあ、確かに、あまり悩むことはないけど」

「いわゆるいいひと、ひとに気を遣ったりするひとは、気の流れが悪かったりする。

須永さんが悪いひとってわけじゃないですよ。ある意味、ひととして優れてる。女性にもてるでしょ」

「いや、そんなことないよ。――まあ、でも多少はね」

なんだか自分でもいい気がでているのがわかるような気がしてきた。

「気はフェロモンみたいなところがあるから、無意識にひとを引きつけてしまったりするんです」

「前にここを訪ねた、うちの関口は悪かったでしょ、気の流れ」

「確か、そうでしたかね。色々、気を遣ったりしそうなひとでしたから」

馬場はなんで会社は関口をやめさせたのかと不満そうだったけれど、案外理由の一端はそんなところにあったのかもしれない。関口の悪い気を無意識に感じとっていたのだ。

「同僚で鬱っぽくなって、会社にこられなくなったのがいるんですけど、そういう人間も気が悪くなっているのかな」

「まず間違いなく、気が乱れているでしょうね」

「そういう人間に、何かできることってないですかね」

「そうですね……、劇的な効果は望めませんけど、手紙を書いてみるのはいいかもしれませんね。あなたのいい気で、少しは心がほぐれるかもしれません」

「手紙でですか」

「文字には気が移りますから。もちろん、手書きじゃなければだめですよ。思いを込めて書けば伝わります。ああ、でもよく言うように、がんばれとか励ましの言葉は使わないほうがいい」

励ましたいのだけれど、がんばれと書かずに励ませるだろうか。手書きの手紙など、小学校のとき以来、書いたことがない。嫌いなものと言えるだろうが、なんとか考えて書いてみよう。いい気をもっていると言われた須永は、それをひとにお裾分けしたくなった。

「とにかく、明日、半日がんばれば、院長は須永さんの添乗を認めますから。ツアーではよろしくお願いしますね」

「ええ、もちろん、精いっぱいお世話させていただきます」

須永は口のなかに残った醬油の後味を消そうと、お茶に手を伸ばした。

「参加するのは癌を患ったひとたちばかりですが、特別な気遣いは必要ありません」

「大丈夫。気を遣わないのは得意技ですから」

光春は端整な顔に皺を寄せて笑った。

「患者扱いは不要ですし、病気の話を無理に避ける必要もありません。みなさん、それなりに自分の体に起きたことを受け止めてますので。ただ、病気の状態を知っても、悲しい顔や痛ましげな表情はしないように気をつけてくださいね。きっと、あなたなら大丈夫だと思いますけど」

たぶんほめてないよな、と思いながら、須永は頷いた。

「赤坂さんは、どうして医者にならなかったんですか」

説明する口調が医者っぽく感じられて、そんな質問をしてみる気になった。

「ただ、頭が悪かっただけですよ。うちは兄が医者になっているから、それほどプレッシャーにはならなかったですけど」

光春は自嘲するような笑みを浮かべて言った。

「でも、医者にならなくてよかったと思う。一般人の無力感と、医者の無力感では比べものにならないだろうと今日、想像ができました」

光春はよいしょと膝に手を置き、立ち上がった。

「ひとりキャンセルがでました。ツアーに参加予定だった会員がひとり亡くなったそうです。院長の患者ではなかったんですが、容態が急変してそのままだったと、先ほど家族のかたから連絡がありましてね。キャンセルの処理をお願いします」

ひとの命をキャンセル。一瞬そんな錯覚に囚われて、須永はひやっとした。

5

「おはようございます。よろしくお願いします」

空港にくると声が一段高くなる。東和グリーントラベルの重田と挨拶をした須永は、自分の声を聞き、相手の声を聞き、間違いないな、とどうでもいいことを確信した。

　重田と空港第２ビル駅の改札前で合流したのは九時。ツアー参加者の集合時間より一時間半早い待ち合わせだ。

「それじゃあ、オペセンにまいりましょうか」

　重田を連れて大航のオペレーションセンターへ向かった。

「オペセンに入ると、ＣＡが身近に感じられていいんですよね」

　若い重田は、オペセンに入るとそう言った。

「ここで、すれ違ったときにアイコンタクトしておくと、機内で偶然再会したとき、だいたい向こうから話しかけてくれる。覚えておいてもいいかもよ」

　重田はメモこそとらなかったが、しっかりと頭に刻みつけるように力んだ顔で聞いていた。

　オフィスの一角を借り、添乗前の最終確認を行った。搭乗便の予約、航空券、パスポート、ぬかりはない。関口から須永の名前に予約は変更になっているし、キャンセルになった一名分はちゃんと予約が落ちている。最後にホテルやレストランの予約の確認証《バウチャー》をチェックした。

　パリでのホテル、レストラン、メインとなるフィトセラピーの講習会。旅程表とつき合わせて間違いないことを確認した。スイスも問題ない。ジュネーブ、インターラーケンのホテル、レストラン、すべてオーケー。いや、待てよ。ジュネーブのディナーが旅程表はサブレ、バウチャーはサグレブになっている。表記ミスかとも思ったが、住所が違う。須永は、額の一点がぽーっと熱くなるのを感じた。

まずいな。この期に及んで、手配ミスの発見などあってはならない。支店でももちろん確認したのだが、そのときは気づかなかった。

須永はさりげなくバウチャーをデスクに戻した。ちょっと電話を──と重田に声をかけ、離れたデスクにいって、東京支店に電話をかけた。まだ始業前の時間だったが手配課の人間がうまく捕まった。しかし、返ってきた答えは芳しいものではなかった。

「手配は間違いなくサブレでもらってますよ」

バウチャーが間違っているということだ。これでは、目的のレストランには入れない。

手配課の人間によると、サグレブはレマン湖のほとりにある、有名なフレンチレストランだそうだ。マクロビでもオーガニック系でもない。

現地は現在真夜中で、出発までに確認するのはむずかしい。

いったい何がどうなってるのか。実際に予約を入れた現地支店のミスだろうか。いや、きっと関口が何かミスをしたに違いない。だから、仕事のできないひとのやり残しを引き継ぐのはいやなのだ。

嘆いてはいられなかった。これをどう処理するか考えなければならない。

現地と連絡もとれず、なんの動きもできないいま、重田や院長にこのことを告げるのは、いたずらに心配させるだけだ。ここは黙って出発し、現地についてから気づいたふりをするのはどうだろう。そう考えると、何より自分の気が楽になる。

男らしく腹を括って、先延ばしという決断をしようとしていたときだった。

「わー、何これ。レストランが違ってる」

向こうのデスクから重田の声が聞こえた。

目を向けると、重田がバウチャーを手にして茫然と見つめている。

なんでそんなものを見るの。サブ添乗員は確認しなくていいのに。須永は気がいっきに乱れるのを感じた。重田のもとに向かった。

「どうしたの」

「四日目のジュネーブのディナーが違っているんですよ。院長に絶対にここにしろと言われた、ハーブ料理のサブレが、全然違う店になっている。どうして……」

「ああ、関口さん、なんてミスをしてくれるんだ」

須永は天井を見上げて額に手を当てた。

「ちょっと、須永さん、それ責任のなすりつけでしょ。須永さんだってバウチャーを確認しているはずですよね」

年下に説教される。須永にとっていちばん嫌いなことだけれど、どうにも回避することはできない。

申し訳ありませんと頭を下げた。

「ツアーは中止だ」

サブレの予約がとれていないと告げると、赤坂院長は即断して言った。

「ちょっと院長、中止にすることはないんじゃないですか」

光春が父親に食い下がった。

「現地と連絡がとれないっていうんだからしかたがないだろ。サブレがだめなら最悪他のオーガニックレストランでもいいが、それがとれるかどうかはっきりしないんだったら、出発できない」

「別に一食くらいフランス料理を食べたからって、死にはしないよ」

「いままで、みんながどれだけ食事に気を遣ってきたか、お前だって知っているだろ。それを一食で無駄にしてしまうかもしれないんだぞ。熊井《くまい》さんのこともあるし、今回は中止にしたほうがいいんだ」

熊井は亡くなった女性だ。享年、四十四だった。

「赤坂様、まだ時間はあります。なんとか現地と連絡をとってみますので、もう少しだけ決断は待ってもらえませんか」

集合時間より三十分前に、大航ツーリストのカウンター前で院長たちと待ち合わせをしていた。まだ清風会の会員はひとりもきていなかった。

「お願いします」と頭を下げた。重田も並んで下げる。

「三十分後にまたくる」

院長はそう言って、大股で歩き始めた。光春がよろしく頼むというように、こちらを向いて頷きかけた。須永は、まかしとけ、といわんばかりに力強く頷き返したが、何ができるか自分でもわからなかった。

「時間稼ぎ以外に、何か手はあるんですよね。どうにかしてくださいよ。全員キャンセルなんてことになったら……」

考えるのも恐ろしいといわんばかりに、重田は首を振った。

「大丈夫。色々手は考えています」

ひとつ、東京支店に電話して、現地スタッフの自宅に電話をかけさせる。しかし、もしでたとしても、この時間では店の予約をとることはできない。当たりぐらいはつけてもらえるかもしれないが、院長がそれで納得してくれるかは疑問だった。

ふたつ、あぽやんに相談する。空港所はうちが主催するパッケージツアー、ディータとDJツアーのみをケアする。支店が請け負った手配旅行は守備範囲ではないが、頼めばきっと手は貸してくれる。遠藤がいないのが、本当に残念だった。

カウンターには田波の姿があった。相談してみようと、足を向けた。

須永に気づいた田波がカウンターからでてきた。

「どうした、何かあった？」

田波はすべてを見透かしたような目をしてそう言った。

普段使えないひとたちだと思うこともあるが、正直こういうときは、いてくれるとほっとする。須永は、トラブルのあらましを田波に説明した。

「先輩から引き継いだツアーで、こまっちゃってるんですよ」

「先輩のミスだけじゃないでしょ。君も確認を怠ったんでしょ」

「まあ、そういうことにもなります」

何をかりかりしているんだろう。いつものクールな感じの田波とは違った。

「君は、お客様を出発させたいの？　それとも、せっかく営業でとってきたツアーを中止にしたくないだけ？」

「そりゃあ、お客様には出発してもらいたいですけど、まだ集合前で顔を合わせてもいないので――」

「顔を見なければ、出発させたいかどうかわからないんだね、君は。いいよ、だったら、集合してからきてください。お客様を出発させたいって本気で思えたら、手伝います」

「わかりました」

須永はふて腐れたように言うと踵を返した。なんで条件をつけられなければならないのか。そんなことなら自分でやろうと思った。

携帯から支店に電話をかけ、現地スタッフの自宅に電話をかけてくれるよう頼んだ。本社のヨーロッパ企画課にもかけてみた。ジュネーブのオーガニック系のレストランについて情報がないか訊ねた。これはすぐに返答があった。パリやロンドンならともかく、ジュネーブのその手のレストランの情報はもっていないと言われた。

何も進まないまま、三十分が過ぎた。

待ち合わせはカウンター正面のベンチの前だった。遅れてくる者はおらず、院長たちも含めて、全員が集合していた。会員は年配の女性が多く、ひとりだけ二十代の女性もいた。極端にやせているひともおらず、言われなければ、癌患者の集まりだとは誰も思わないだろう。みな明るく、旅立ちの顔をしていた。

須永は院長にもう少しだけ待ってくれるように頼み、会員たちに向き直った。

「わたくし、皆様のお供をします、大航ツーリストの須永と申します。ただいま、手配上のトラブルが見つかりまして、チェックインはできません。四十五分後にこちらに再集合をお願いします」

えーっと、ひときわ大きな声を上げたのは若い女性会員だった。言ったあと、手で口を押さえて、照れたような表情を見せる。なかなかチャーミングだった。

怪訝な表情を浮かべながら、ベンチを離れていく者。その場に残る者。とくに質問をぶつけてくる者はいなかった。院長のほうに向き直ると、院長はふっと横を向いて歩きだした。息子の光春は追いかけない。

「煙草でも吸いにいったんでしょう。医者の不養生で、やめられないんです。そのくせひとにはフランス料理くらいでがたがた言う。まあ、タイミングも悪かったですね。

熊井さんが亡くなったショックが尾を引いていて、形からはみだすのが怖いんだと思う。それでももし何かあったらと考えて」

「院長を翻意させるのは、難しいですかね」

出発までにレストランの予約をはっきりさせるよりは、そのほうがまだ実現性は高い気がする。

「僕のほうで説得を続けてみます。須永さんはレストランのほうを。でも無理そうですか」

須永は頷きそうになったのを抑えて、がんばってみますと口にした。

オフィスにいき、重田とネットでジュネーブのレストランを調べてみたが、オーガニック系は見つからない。策は尽き、重田の、何かやることはないのかとせっつくような視線から逃れるため、スイスに駐在経験のある大航の知り合いに聞いてくると嘘をついて、オフィスをでた。

また第二ターミナル出発階に戻った。大航ツーリストのPカウンターの前を通ったら、飛田がひとりで立っていた。

「大丈夫ですか。なんか、やつれて見えますよ」

飛田は何がおかしいのか笑って言った。

「おかしいな。僕はいい気の流れをもっているから、やつれるはずないんだけど」

「意外にハードボイルドですね。減らず口叩けるなんて。案外打たれ弱いタイプじゃないかと思ってたんですけど」

まさか、と須永は顔をしかめた。

「遠藤、休んでるんですって。大丈夫なのかな」

「どういう状態なのか、はっきり伝わってこないんですけど、とにかく出社はできないみたいで。早く戻ってこられればいいんですけど」

「早く復帰するに越したことはないけど、完全に治るまで、じっくり療養すればいいんじゃないのかな」

会社を辞めることがなければいいと、須永は思っていた。

「まあそうなんですけど、今月末までに復帰しなければ、本社の総務付きになっちゃうようなんです。そうなると、遠藤さん、空港には戻れなくなってしまう」

「どうせ三月いっぱいで空港所はなくなるんでしょ」

「だからこそ、もう一度空港に戻ってきたいと思ってるはずです。このまま本社とかに戻ったら、きっと後悔する。空港のみんなも、遠藤さんともう一度仕事がしたいと思っているし。さっき、田波さん、かりかりしてたでしょ。遠藤さんの空港復帰に黄色信号が灯って、ちょっと動揺していたんじゃないかな」

お客様を出発させたいのか、ツアーを中止にしたくないだけなのか、と迫った田波の険しい顔を須永は思いだした。

遠藤なら考えるまでもなく、お客さんを出発させたいと答えるだろう。しかし、こっちはセールスだからな、立場が違うからな。

「田波さん、またカウンターに戻ってくると思いますよ。何か頼みごとがあったんでしょ。たぶん、今度は断らない気がする」

須永はありがとうと礼を言ってカウンターを離れた。

四階のショッピングエリアで買い物をし、三階に戻った。みんなの集合場所から離れたベンチに座って、一息ついた。

再集合の時刻まで、あと十分弱。光春が説得に失敗したら、もう諦めるしかないだろう。そう考えて心に自然に広がる苦いものは、やはり営業マンとしての思いだ。せっかく受注したツアーが中止になってしまう。旅客の顔など浮かんでこない。

ザ・セールスマン。タイトルバックがどーんと頭に浮かんだ。ちょっとハードボイルドなセールスマン物語。

ふーっと須永は息をついた。少しいい気が出始めた。諦めると心は軽くなるものだ。

「添乗員さん、こんなところでサボってるんですか」

突然声が上のほうから降ってきた。

見上げてみると、ショートヘアの女の子。清風会のいちばん若い会員だった。

二十七歳だから、女の子と呼ぶ年齢でもないか。名前は——。

「花井《はない》和《かず》さん、でしたね」

「すごーい。参加者の名前、もう覚えたんですか」

「まあ、仕事ですから」

いちばん若い女性だから覚えていただけだった。他は誰も名前と顔が一致しない。

「全然、悲壮感とかないんですね」

「えっ、どういうことですか」

うちの手配ミスで、ツアーが中止になることを知っているのだろうか。

「だって大航グループって、破綻したんですよね。再生しなきゃって、悲壮感を漂わせているような気がしてたんですけど。さっきひとりで、にやにやしていたし」

花井は咎めるように眉根を寄せて言った。

「たぶんグループ会社のみんな、そういう思いは胸に秘めています。ただ、表にだしてもいいことないですから。日々を楽しく生きる、が僕の信条で」

「わー安っぽい信条ですね」

面と向かって言われて、須永は目を剝いた。

「私と一緒ですよ。けっこう言うの恥ずかしいものなのに、堂々とおっしゃるものだから、度肝を抜かれました」

恥ずかしい言葉なのか。これまで何度も口にしてる。もちろん堂々と。

「一日一日、楽しもうって私も思ってます。そうじゃなきゃ、もったいないですものね。悲しい顔なんていやです」

花井は隣に腰を下ろして言った。

「同感。僕も嫌いだな、暗い顔。いやだ、いやだ」

「だったら、わかってくれますよね。熊井さんが亡くなっても、私たち、笑顔なんです。へんだと思わないでくださいね。みんな、一度は死を身近に感じているから、わかるんです。熊井さんが、私たちの悲しい顔を望んでいないって」

「もしかして、無理して笑っているのかな」

「全然。いつも本気で笑ってますよ」

そう言っても無理に笑ったりはしない。

なんか、いいな。この子、いい気がでている、と須永は感じた。話していたら、眠気を誘われるようないい気分になってきた。

「花井さん、お酒は飲めるの」

「いまは治療中だから飲めないんですよ」

「そうか。じゃあ、治ったら、飲みにいきましょう」

「そうやっていつもお客さんをナンパしてるんでしょ」

「違う、違う」須永は慌てて手を振った。

確かにナンパすることもあるが、いまはまったくそんな気はなかった。

「ただ純粋に、一緒にお酒を飲んで話をしたかっただけで」

「純粋でもナンパだと思いますけど」そう言って立ち上がった。「いいですよ。治ったらお酒飲みにいきましょう。ぜひ」

ぐったりベンチにもたれかかる須永に笑顔を残し、花井はPカウンターのほうへ向かっていった。

腕時計を見ると、そろそろ再集合の時間だった。自分もいこうと、背もたれから背中を引き離した。そのとき、トイレのほうから光春がやってきた。

須永の前で立ち止まった光春は、花井の後ろ姿を見つめた。

「彼女、いい気がでてますよね」

「……」

「なんか話していると、ほわんと眠気を誘われるようないい感じで」

「彼女の気、かなり乱れてます。あなたの気も、いまは乱れてますよ」

「えっ、そうなの」

光春は思いつめたような顔をして頷いた。

「彼女、末期癌なんです。もう手のほどこしようがなくて。あと半年だと本人も知っている」

「ちょっと待って。嘘でしょ。彼女、そんな風には見えなかった」

しかし光春が嘘を言うはずはなかった。

治ったら飲みにいこうって、それ、最初から無理じゃないか。なんてばかなことを言ったのかと、須永は唇を噛んだ。

「彼女はうちの最優等生なんですよ。体によさそうなことはすべてやってる。もう、生きることが趣味でね。一日でも長く生きることを目指していて、そのためにお金も半端なく使ってる。今回の旅行が最後の海外旅行になる可能性が高い。それなのに毎日オーガニック料理なんて味気ないじゃないですか。だから、――ごめんなさい」

「なんで謝るんです」

須永は訊ねたあと、すぐに光春が何を言おうとしているのか悟った。

「ジュネーブのオーガニックレストランを変更したの、僕なんです。関口さんにお願いして、フランス料理に変えてもらったんです」

6

「彼女はもともとフリーのライターをしていて、フードライターみたいなこともやっていた。だから、おいしいものを食べ歩くのが本当は好きなはずなんです」

光春はPカウンター前のベンチのほうを見ながら言った。

「合宿にきたとき関口さんにレストランの変更をお願いしたんですけど、断られました。その後、会社を辞めることが決まって、どうせ辞めるならいいことをしたいと言って、変更してくれたんです。直接現地に連絡をとって変更したと言ってました」

だから手配課は知らないし、旅程表も元のハーブ料理の店のままになっていたのだ。

「だけど、バウチャーを後任の担当が見たら、出発前にばれて、もとのレストランに戻されてしまう可能性が高かったはずですよ」

今回はたまたま自分が見逃したから、ばれずにここまできた。

「それは……、関口さんが言ってたんですが、後任は抜けたところがあるから、気がつかない可能性も高いと。いちかばちか、それにかけてみたんです」

後任とは自分のこと。関口は自分をそんな間抜けだと思っていたのか。自分は間抜けではないと、必死に抵抗を試みるが、見逃してしまった事実が重くのしかかる。須永は気落ちした。

「院長を説得することはできなかった。ツアーはキャンセルになりそうです。結局、美味しいものを食べさせるどころか、旅行にすらいけなくなる。みんなにも申し訳ないし、旅行会社のおふたりにも、迷惑をかける。ほんとにすみません」

「すみませんじゃ、すまないですよ。花井さん、毎日を楽しくすごさなきゃならないのに、旅行にいけないのはまずいでしょ。赤坂さんも、そんなに暗い顔しないで——」

暗い顔は嫌いだ。自分も楽しいほうがいいし、ひとの笑ってる顔も好きだ。だから旅行会社に入ったのだ。

「なんとかしましょうよ」

なんとかしなきゃ。須永は本気でそう思っていた。落ち込んでなどいられなかった。

「どうにか、できるんですか」

「僕はあまり深く考えるタイプじゃないから――。とにかく、院長をカウンターのあたりから遠ざけることはできますか。しばらく、どこかで足止めしててください。その間に考えます」

光春はくすりと笑った。「そこから考え始めるのか。――わかりました、やってみます」

すぐに、光春はカウンター前のベンチへいき、父親と話し始めた。もう再集合の時刻で、重田も含め、みんな集まってきていた。

それほど時間はかからなかった。光春と院長は集団を離れた。四階のショッピングエリアに向かうのを見て、須永はPカウンターに向かった。

カウンターには飛田のほかに田波の姿もあった。いつもと変わらぬ無表情。須永が近づいていくと、腕時計にちらっと目をやった。

「田波さん、力を貸してください。お客様を出発させたいんです。出発できなきゃ、一日一日がだいなしになっちゃうんですよ」

光春と院長が戻ってきた。

ベンチにはみんな集まっている。須永の後ろには田波が控えていた。やってきた院長に須永は頭を下げた。

「レストランはどうなった。現地と連絡はとれたのか」

院長はしかめつらで訊ねた。

「結局状況はかわらずで、連絡もとれませんし、変更もできていません」

「じゃあキャンセルだ。帰るぞ」

「わかりました。一名様キャンセルですね」

「何言ってるんだ。ツアーをキャンセルする。みんな一緒だ」

院長はベンチに座る会員たちのほうを見た。

「そうはいかないんです。みなさま、それぞれ旅行代金を払っていますので、各自の意思が尊重される。みなさまご出発を希望されているようなので、これからチェックインするつもりです」

実際は、全員が希望しているわけではなかった。先ほど意思を確認したが、十名のうち二名は、最終的に院長の意向に従うと言った。また、出発希望の八名のうち二名は、フランス料理を食べるつもりはなく、オーガニックレストランなどの予約がとれなければ一食くらい抜いてもかまわないとのことだった。

「私ぬきでいくのか。そんなことできるわけないだろ。完治したひともいるが、多くは体に問題を抱えている。何かあったらどうするんだ」

「そのへんは自己責任で対処してもらうしかないですね。院長がいかないんですからしかたがありません。みなさんのことが心配でしたら、院長も出発しませんか。院長がいってくださると助かるんですよね。もちろん、いかないのだとしても、みんなで出発しますけど」

　背後に立つ田波のほうに、ちらっと目を向けた。田波はそれでいいとでも言うように、力強く頷いてくれた。

「脅すのか。そんなことをするなら、来年からは君のところのツアーは使わないぞ」

「みなさんに楽しんでもらうためには、それもしかたがないと思います。ただ、私どもは手配を行っている大航ツーリストですので、手配の部分から私どもだけ弾きだしてください。東和グリーントラベルさんは、お客様をどうしても出発させたいという私どもの希望に無理矢理つきあわされているだけですので、どうか来年も旅行の窓口としてご検討ください。お願いします」

「いや、いいんです須永さん」

　頭を下げた須永に、東和グリーントラベルの重田が言った。

「僕もお客様にご出発していただきたいし、大航ツーリストさんとはいつもコンビでやってきたんだから、これからも一緒です。来年だめでもいいですよ。ですから今回だけは、ぜひ一緒に出発してください」

　重田が頭を下げた。頭を上げて見ていた須永も、慌てて深く腰を折った。

「さあ、時間がないですよ。急いでいきましょう」

　出国審査を終えて、須永は言った。

「ああ、でも走るのはよくないですよね」

重田が抑えるように手を上げた。

「大丈夫ですよ、ちょっとくらい走っても。抑えようと思っても、勝手に足が動いちゃうから」

花井は眩しくてまともに見られないくらいの笑みを浮かべて言った。自分より倍ぐらい年上の仲間たちと、小走りでゲートへ向かう。

本当に彼女からいい気はでていないのだろうか。須永には信じられなかった。

「さあ、院長も急ぎましょう」

光春の声が背後に聞こえた。

振り返って見ると、まだむっつりとした表情の院長が、少しだけ歩く速度を速めた。須永は前を向いた。弾むように進む花井たちを追いかけて、大股でコンコースを進んでいく。

いまの状況をなんと表現したらいいのかよくわからなかったが、この感じ、案外好きだなと須永は思った。


バスルームからでてきた須永は、「お先にどうも」と声をかけた。

こっちはセールスマンであっちがお客様だから、本来重田が先に風呂に入るべきだが、先輩扱いしてくれる重田の好意にとっぷり甘えて先に入らせてもらった。

返事がないと思ったら、重田は服を着たまま、ベッドの上で眠っていた。

お疲れさん。

ついでに自分にもお疲れさん。長い一日だった。本当に、よく働いたなと思う。

須永は壁際のライティングデスクの前に座り、成田で買った便箋を取りだした。

ファーバーカステルのボールペンを摑み、遠藤慶太に向けた言葉を探した。

〈よお遠藤、今日は成田からの出発だったぞ。先輩のミスでえらいめにあったけど、無事出発。ああ、そうそう、田波さんには世話になった。〉

思いつくままペンを走らせていった。

かりそめハードボイルド

1

トレンチコートの襟を立てたまま、今泉はオペセンのロビーを進んだ。

コスト削減のため暖房の設定温度を低めにしているから、コートを着たままでも不快感はない。むしろ、様々な誘惑を撥《は》ね返してくれる鎧《よろい》をまとっているようで、安心感があった。

エレベーターに乗った。ドアが閉まりかけたとき、トローリーバッグを引いたキャビンアテンダントがこちらに向かってきた。長い髪を結い上げた、きつい目の美人。後ろに立ったら、きっと素敵なうなじを目撃できるだろう。甘い匂いももれなくついてくる。今泉はオープンのボタンに手を伸ばした。しかし、ボタンは押さなかった。閉まりゆくドアの隙間から、落胆したキャビンアテンダントの顔が見えた。

すまないね。トレンチコートを着ているから、不埒なまねはできないのです。今泉は口の端を曲げて、軽く頭を下げた。

トレンチコートはハードボイルド。ハンフリー・ボガートを例にあげるまでもなく、ニヒルで寡黙な男にこそ似合うワードローブだ。悪ふざけをするような半端な男が着てはいけない。今泉にとってトレンチコートとはそういうものだった。

自分を律するために先日購入した。本社の通勤時にも着ているが、この成田でもおおいに活躍してくれるはずだ。今泉がトレンチコートを購入したのは人生で二度目。以前購入したのは二十代の後半、初めての成田空港所勤務を終え、名古屋支店に異動になったときだった。あれからもう二十年ほどがたつのか、と感慨にふけっていたとき、エレベーターが到着のチャイムを鳴らした。

ドアが開き、廊下にでた。すぐに大航ツーリスト成田空港所のプレートが貼られたドアが見つかった。空港所のオフィスが大航のオペセンに移ってから訪れるのは初めてだった。

「助っ人の今泉利夫《としお》、ただいま到着しました」

今泉はドアを開けるなり、大声で言った。

「今泉、遅かったな。心配したぞ」

堀之内が、笑みを浮かべての怒り口調で言った。

「そろそろ遅番のツアーアサインを始めてしまおうかと思っていたところでした」

オフィスのなかを進む今泉に、田波が生真面目な顔を向けて言った。

「ご無沙汰をしています、枝元です」

軽く頭を下げた枝元に、今泉は手を振った。

「キャー、今泉さん、お久しぶりです」

「オフィスでまた顔が見られるなんて嬉しいです」

オフィスの奥のほうにいた、堀之内の班の子たちが悲鳴のような声を上げた。

いまなら彼女たちに抱きついても、きっと誰も文句を言わないはずだ。けれど、トレンチコートを着ている今泉は、その衝動を抑えて歩き続けた。

ひとつのデスクの前で足を止めた。初めてくるオフィスであっても、自分が座るべき席は、はっきりとわかる。デスクの上にツアーリストが収まったボックスが置いてあった。

今泉はトレンチコートを脱いだ。ハンガーラックにでも投げかけたいところだが、コスト削減のために移動したオフィスに、そんなものがあるわけがない。椅子を引き、地味に背もたれにかけた。

「時間がないから、挨拶は後回し。ツアーアサインに入ります」

今泉はそう宣言すると、ツアー一覧表を取りだし、ざっと目を通した。

「別に挨拶なんてなくてもいいが、久しぶりにきた今泉が何も話さないなんて、拍子抜けするな」

「僕は話をするためにきたんじゃないよ」

今泉が言うと、堀之内は意外とでもいうように、目を丸くした。

それに、久しぶりというほどでもない。今泉が成田空港所から本社に異動になって、まだ九ヶ月ほどだ。こんなに早くまた成田で仕事ができるとは思わなかったが、喜ばしいことでもなかった。今泉は遠藤慶太が抜けた穴を埋めるため、急遽空港所に呼び戻された。期間は長くても一ヶ月ほどの、助っ人スーパーバイザーだった。

「昨年まで成田空港所にお世話になっていました、今泉です。本日からしばらくの間、遠藤君のかわりに、この班の班長をやらせていただきますので、よろしくお願いします。たぶん、すぐに遠藤君が戻ってきてくれると思うので、長くはいないと思いますが」

ブリーフィングの冒頭、今泉は遅番の遠藤班に挨拶をした。

「なんか硬くないですか。今泉さんっぽくない」

柳沢が言うと、それに同調する声がちらほら聞こえた。

男は硬いほうがいいでしょ、という下ネタを飲み込んでから今泉は口を開いた。

「初めてのひともいるから、こんな感じがちょうどいいの」

「ああ、飛田さんか」柳沢が言った。

「あれ、飛田さんは昔、大航のカウンターにいたから、今泉さんを知ってるって聞いたけど」

誰かがそう言った。

飛田がこちらを見ているのがわかった。視線が合いそうになったので、今泉は慌てて目をそらした。

「そんなことはどうでもいいでしょ。さあ、ブリーフィングを始めます。今日は日曜ですので、ハワイのハネムーナーがちょっと多いですね。森尾さんを中心に、飛田さん、篠田さんでお願いします。サウスコリアンのお客様がいらっしゃいますので、ドキュメントのチェックをしっかりと。食事前のアジア線はまとめて柳沢さん、お願いします――」

ブリーフィングは滞りなく進んだ。長年やってきたことだから、九ヶ月のブランクなど今泉にとってはなんの障害にもなりはしない。それでも、センダーたちから見たら、まだまだ硬い、と感じられただろう。笑いも交えず、淡々と進めるブリーフィングは、本来の今泉のものではない。しかし、それはブランクのせいではなかった。時折ふざけたことを言いたくなるが、今泉はそれを意識して抑えていた。まさかトレンチコートを着てブリーフィングをするわけにもいかないから、ハードボイルドになりきれてはいないが、なんとか笑わせたい衝動を抑えることはできた。

食事前のセンディングは集客が少なく、なんの問題もなく四時過ぎに終わった。夕飯は歓迎会を兼ねてスーパーバイザーたちと早めにいった。早番の堀之内も残ってくれていた。枝元は休みなのに、今泉を歓迎するためにわざわざきていたようだ。

三人から成田空港所の現状を詳しく聞いた。大航グループの破綻からひと月ほどがたち、それによる動揺などはかなり薄れてきている。もともと空港所は三月いっぱいで閉鎖が決まっていたから、そちらのほうが影響は大きいようだ。

四月から大航エアポートサービスに業務が移行になり、ひと班五人体制でセンディングを行うことについて、センダーたちはおおむね受け容れているようだ。少ない人数でどうセンディングするか、それを想定しながら普段の仕事にあたったりもしているらしい。成田にいる間、自分にできることがあれば手伝いたいと思う。エアポートサービスから研修にきている三人をそれぞれ立派なスーパーバイザーに育てるのが、まずは班長のやるべきことなのだろう。しかしそれは、今泉にとって困難なことだった。遠藤班の飛田とどう接したらいいものか、今泉は成田にくる前から悩んでいた。

　夕飯が終わって、今泉はひとりで直接カウンターにやってきた。食事後すぐのオセアニアとハワイの担当はまだ誰もきていなかった。今泉はポケットから手鏡を取りだし、自分の顔を映して、にっと笑った。

　狂気を演じるジャック・ニコルソンみたいで大げさ。ふざけているとしか思えない。笑みを縮小させて、一般的に受け容れられやすい表情に挑戦する。が、どうにもぼやけて、愛想笑いにしか見えない。そのへんのさじ加減が、今泉は苦手だった。

　食事前は、旅客を笑わせることはできなかった。ハードボイルドでも、気の利いたユーモアでひとの笑いを誘うことは可能だ。旅客を笑顔で出発させるという信念は、変わっていない。集客の多いこれからが本番だぞと、手鏡を見ながら試行錯誤で、適度な笑みを浮かべる練習をしていた。

「今泉さん」

　背後から声をかけられ振り返った。そこにいたのは飛田佐和子だった。振り返った今泉を見てぎょっとした顔になった。

自分が浮かべていたのは適度な笑みではなかったらしい、とその表情から悟った。

「いまでも手鏡で笑顔のチェックをするんだ」

飛田はからかうように眉を上げて言った。

そうか、と今泉は思いだした。センディング前に表情のチェックをするといいと教えてくれたのは、飛田だった。飛田は今泉と同い年だけれど、空港勤務は二年先輩だった。

今泉は手鏡をポケットにしまい、「えへん」と咳払いをした。

「何か用ですか」

「何か用って、これからセンディングです。準備をしようと思って先にきました。いちおう、私がいちばん経験が浅いですから。レイトキャンセルが二名でていますが、ハワイチーム、とくに問題ありません」

「わかりました」

声だけ聞いていると、昔とさほどかわりがない気がした。それが、今泉の心を慌てさせた。用もないのに、「ちょっとSカウンターに」と小声で言いながら、その場を離れようとした。

「今泉さん、さっきはどうして、初めて会う、なんて嘘をついたんですか」

「嘘じゃないよ。僕は飛田さんというひとには初めて会う。僕が知っているのは、久《く》保《ぼ》佐和子さん。それに、こんなおばさんじゃなかったし」

飛田は眉をひそめて睨んだが、口元には笑みを残していた。

「今泉君は全然かわらない。なんだか、子供っぽい。まさか、昔のことで、何か私を恨んでたりするんですか」

「まさか！」

自分でも驚くほど大きな声になった。

「初めて会ったと思うくらいだから、昔のことなど忘れました。何かあったにしても、恨みなんてあるわけないでしょ。なんの思い出もない。だから、ほとんど他人のように接しますが、気にしないでください」

「ほとんど他人にたいして、いきなりおばさんよばわりは、問題があるんじゃないかと――」

「それは本当に失礼しました。以後、気をつけます」

今泉はそう言って、背を向けた。一歩、二歩進んで足を止めた。

「ちょっと思いだしたんだけど、飛田さんっていうのは、合コンで知り合ったという、大航のひと？　タイプじゃないけど、つき合ってくれって言われたと僕に教えてくれたあの男のこと？」

「その男のことです。よく覚えてましたね」

飛田は余裕のある笑みを浮かべて頷いた。

子供っぽいと言われたが、確かに飛田は貫禄があって、年長にも感じる。自分は成長などした覚えもないから、当然といえば当然なのかもしれない。

「タイプでもない男と結婚したんだね」

「つき合ってみたら、優しくて本当にいいひとでした。息子がひとりいて、幸せですよ」

「それはよかったですね。僕も結婚してますよ。気が強いかみさんでね、いつもがみがみ言われてます……。まあ、そんなことを他人のあなたに言ってもしかたがない。

――それじゃあ、トイレにいってきます」

「あらっ、Sカウンターにいくんじゃなかったでしたっけ」

今泉は背後から突かれたように、びくっと肩を震わせた。

2

「乾杯」と言ったつもりがキャンパイになった。それをやたらにおかしく感じるのは、抑圧されていたものから解放されたからだろうか。今泉は枝元の肩を叩いて笑った。

枝元も「キャンパイだって」と言いながら、背中を丸めて笑う。

「もういったいふたりで何回乾杯してるんですか。お祝いするようなことなんてないんでしょ」

カウンターに並んで座る柳沢が、呆れた顔で言った。

「今泉さんの歓迎会ですから」

「いや、枝元君の顔を見てると、福々しくて乾杯したくなるんだよね。なんか、前より丸くなった？」

「そんなはずないですよ」

こんなオフィスが大変なときに太れるわけないです、と枝元はむきになって否定する。そんな姿を見るのもまた楽しい。今泉はグラスを掲げてから、カクテルを飲み干した。

歓迎会がわりの夕飯も一緒だったのに、枝元は退社時間まで残って、歓迎会をやりましょうとみんなを誘った。

成田駅の近くのホテルに泊まっている今泉は、帰っても何もやることがないから異論はなかった。家族もちの飛田はこないだろうと思ったし、実際に断って帰った。他も、まだシフト初日だからと、断る者が続出した。結局ついてきたのは、柳沢と篠田とたまたま残業していた田波。意外なところで森尾もついてきた。

久しぶりにパブ・スナック東洋のカウンターに座っていた。遠藤君はこのバーが好きだったなと、思いだす。彼の分まで今晩は飲んでやろうと、深酒をするいい口実を今泉は見つけた。

「今泉さん、変わらないねえ」とマスターが言った。

「そりゃあ、まだ一年もたってないから」

「ここへきて、ほっとしました。今泉さんがちゃんとふざけてるんで。仕事中は冗談も言わないから、変わっちゃったのかと思いました」

柳沢の陰に隠れていた篠田が、カウンターに乗りだして顔を見せた。

「なんにも変わってないよ、僕は」

プライベートも仕事中も根本的には変わってはいない。

マスターからカクテルのお代わりを受け取り、今泉はスツールから下りた。田波と森尾が座るテーブル席に移った。

「田波ちゃん、これ、どう見てもウーロン茶だよね。今日は飲もう。おいしく飲みましょうよ」

今泉は田波の横にいき、ぴったりくっついて言った。

「今泉さん、それは犯罪行為ですよ。僕は車ですから。帰り、女の子たちを送っていきますので」

「そうか、そうか。ごめん、ごめん。昔は車で飲みにいくのが当たり前だったから。いまはそういう時代じゃないもんね。飲んじゃいけません」

田波が眉をひそめて咎めるような顔をしていたから、今泉は慌てて言った。

変わったなと思う。以前にくらべて田波は感情を表にだすようになった。きっと、気持ちに余裕があるのだろう。今泉は、ひひっと笑い声を上げて口を開いた。

「大事なひとが待ってるから、飲酒運転なんて絶対にいけない。田波ちゃん聞いたよ、馬場さんとつき合ってるんだって。とぼけてもだめだよ。僕にはいい情報源があるんだから」

今泉は口を大きく横に引き、にっと笑った。

クールな田波がどぎまぎするのを期待した。しかし、表情は変わらない。眉間の皺が深くなっただけ。

「彼女とはもう別れましたけど。なんでそっちの情報は耳に入ってないんですかね」

田波はふんっと大きく息をはきだした。やけ酒でも飲むように、ぐいっとウーロン茶の入ったグラスを傾ける。

今泉は田波から体を離した。向かいに座る森尾に目を向けると、森尾は大きく首を横に振った。

「まーね、九ヶ月もたつと、色々変化があるもんだよね」

余計なことは言わなくていいとでもいうように、森尾は眉をひそめて、また首を振った。

「今泉さんこそ、やっぱり変わりましたよね。仕事中、冗談を言おうとしてためらっているの、見ててわかりました」

森尾は場の空気を和らげようとするように、明るい声で言った。

「それに今泉さん、成田に助っ人にくる話を、最初は断ったって噂を聞きましたよ」

「えっ」と田波が驚いた顔を向けた。

「今泉さんが空港にきたくないなんて、信じられないですね」

今泉は薄く笑みを浮かべて、小さく頷いた。

「べつに空港が嫌いになったわけじゃないよ。ただ、いまいくのはきついかなと思ってさ、最初は断ったんだ」

「それは何か変化があったからですか」

森尾がすべてを見透かしたような目をして訊ねた。

「そうだね。会社が破綻してさ、色々考えることがあったんだ。それで僕は決心したんだ。まじめに仕事をしようって。仕事中に悪ふざけなんてしてはいけないってね」

今泉はグラスに手をやり、うつむきかげんで静かに言った。

ふたりとも何も言わなかった。とくに感動させる気などなかったが、心に何かが響いたのかもしれない。今泉は顔を上げて森尾を見た。

森尾の眉間に深い皺が寄っていた。驚いたように、口が半分開いていた。

「会社が破綻して、決心したのがそれですか。まじめに仕事をするって、当たり前のことのような気がするんですけど。四十半ばを過ぎて、まじめに仕事をしようなんて……」

「森尾さん、言い過ぎだよ」田波が遮るように言った。

「すみません。ちょっと驚いたものですから。とにかく、悪いことではないですからね、いいんです」

森尾は批判的な言い方ではなかった。本当に驚いているようだった。それだけに今泉はがっくり落ち込んだ。自分としてはけっこうな決心だったのに。

「僕はなんとなくわかります。それが今泉さんにとっては決心のいることだったって。もともとふまじめなひとが悪ふざけを封印するんですから、きっと、普通のひとにとっては息を吸うのをやめるのと同じくらい、勇気がいることだったんだと思う」

今泉は「ありがとう」と感謝したが、それほどありがたいフォローでもなかったのでは、と言ったあとに思った。

とにかく、決心のいることだったのは当たっている。ただ、今泉が所属する本社の手配課では、みんな端末に向かって仕事をしているから、もともと周囲とコミュニケーションをとる機会は限られている。悪ふざけを封印しても、それほどストレスはなかった。しかし、空港所ではそうはいかない。センダーや航空会社のスタッフ、旅客などとコミュニケーションをとりながら仕事を進めるのが常だ。一日の仕事のなかで、何度もつっこみどころがやってきて、そのたびに自分を抑制しなければならない。つらいことになるのは目に見えていた。その上、飛田も同じ班にいることがわかっていたから、成田空港所への助っ人の話がきたとき、今泉は最初、断ったのだ。しかし他に自分の代わりになるような人材がいないとわかり、成田いきを承諾した。

「今泉さん、話はかわりますが、飛田さんの割り振り《アサイン》のことでお願いがあります。今日は初日だし、まあよかったんですけど、明日からはセンダーではなく、スーパーバイザーのＯＪＴでお願いします。もうセンディングのほうはある程度できているので、先日からスーパーバイザーのＯＪＴに入っているんです」

「スーパーバイザーのＯＪＴというのは、僕が先生になって、つきっきりで教えるということかな？」

今泉は目を剝き、胸に手を当てて訊ねた。

「何を言ってるんです。いままで何度もやっていると思いますが。――よろしくお願いします。今泉さんが教えれば、きっといいスーパーバイザーになると思います」

どう接したらいいかもわからないのに、つきっきりで教えられるものだろうか。今泉はこれまでになく憂鬱になった。

3

「ようおふたりさん」

じっと正面を見据えていた今泉は、声に振り返った。ヘッドカウンターの横に大航の浅野マネージャーが立っていた。

「ふたり仲良く並んでいると、昔を思いだすね」

浅野はからかうような目つきをして言った。

「もう、浅野さん、何いうてまんねん」

狼狽した今泉は、思わずふまじめな言葉を使ってしまった。

カウンターのなかで集合遅れ《レイト・ショウ》の旅客を待っているところだった。ＯＪＴ中の飛田ももちろん一緒だ。

「並んでって言っても、間にふたつブースを挟んでいますけど」

飛田が明るい声で言った。

「その微妙な距離感が昔と同じなんだよ」

「確かにそうかも」

飛田は声にだして笑った。

どうしてそんなに明るく笑えるのだろう。飛田にとっては、本当にどうでもいい昔のことなのだろうか。なんのこだわりもないのか。

まあ、ふったほうにとってみればそんなものなのだろうなとも思った。

だいたいにして、自分たちはつき合っていたわけでもない。ふたりで食事にいったり、遊びにいったりしたことはあったが、結局好きだと、正面切って告白する機会は訪れなかった。

今泉が入社したのはバブルの始まりのころだった。最初の配属先が成田空港所で、まだ第二ターミナルはなく、いまの第一ターミナルの北ウイングに大航ツーリストのオフィスとカウンターはあった。

今泉は添乗員志望だったが、同じ現場の仕事とあって、空港所への配属には満足していた。ひとと接するのは好きだし、何より机にかじりついていなくていいのが魅力だった。働き始めてから、もうひとつ大きな魅力を見つけた。シフト勤務は遊ぶ時間が豊富だった。早番のあとにテニスをすることもできるし、早番終わりで遅番始まりの休日は三連休とかわらず、近場なら海外旅行へもいけた。当時、成田ニュータウンにある大航の寮にはテニスコートがあり、今泉はひとりでそこへいって、大航の社員に混ざってプレイをした。縮れ毛頭で、基本を無視したプレイスタイルだったから、成田のマッケンローと呼ばれ、いい気になって自らもそう名乗ることがあった。

学生気分が抜けない当初は遊ぶことがメインで、仕事にはそれほど熱心ではなかった。遅番上がりで東京まで飲みにいき、寝不足の顔でカウンターに立っていることもあった。バブルのころの若者はみんな遊び熱心で、遊び仲間は空港にたくさんいた。浅野もそうだし、飛田も酒を飲むのが好きで、しょっちゅう飲みにいった。ただ今泉と違って仕事にも熱心だった。同じシフトで動いていた飛田は、ミスをしたり、遊び疲れた顔をしたりしていた今泉をよく注意した。どんな顔をしているか、鏡でチェックしなさいと、手鏡を今泉に押しつけた。しぶしぶ今泉は、カウンターに入る前に表情をチェックするようになった。

入社して二年で今泉はスーパーバイザーになった。部下ができ、大きな責任と権限をもたされて、仕事が楽しくてしかたがなかった。今泉があぽやんを自覚するようになったのもこのころからだった。遊びも忘れたわけではなかった。テニスにスキーに旅行に飲み会、相変らず活発に遊んでいた。男勝りで姉御肌のところがある飛田は誘いやすく、ふたりきりででかけることもあった。一緒にいてもほとんど女性を意識することはないよ、と当時は周りの人間にそう言っていた。異性の仲のよい友人に対してよく言う言葉だが、たいていそんなのは嘘だ。気が合って、しょっちゅう一緒にいて異性ならば、意識をしないわけがなかった。今泉の場合、それが周囲にばれていた。浅野にはよく、彼女が好きなんだろとからかわれていた。

バブルのころの恋愛は華やかだった。イベントごとにレストランにいき、スイートルームに泊まって高級ブランドのプレゼントをしたのは本当の話だ。ただ、恋愛の始まりにおいてはいまも昔もかわりはない。バラの花束をもって告白するわけでもなく、脇に汗をかき、とにかく勇気を振り絞って好きだと言うだけ。男のほうから告白しなければならないという不文律があったのが、いまとは少し違う点かもしれない。

今泉はなかなか好きだと言えなかった。向こうも自分のことを意識している気はしたが、もし断られたら、いまの居心地のいい関係が壊れてしまうと思うと前に踏みだせなかった。仕事で絡む相手であるから、余計に断られたときのことを考えてしまう。

言いだせないまま、スーパーバイザーになって一年半が過ぎたとき、今泉に異動の内示があった。名古屋支店への転勤で、自分に残された期間はひと月ほどしかないことを知った。ちょうどそんなころ、飛田から相談をもちかけられた。合コンで知り合った大航の整備士につき合って欲しいと言われたが、どうしたらいいのかと。まじめそうでまるっきりタイプではないが、感じは悪くないのだという。

鈍感なところがあると自覚している今泉だったが、このときは敏感に彼女の気持ちを汲み取ることができた。飛田は止めて欲しがっている。他の男から告白されたことを打ち明け、今泉に告白させようと促しているのだと悟った。

後日、タイプでない男なら、つき合わないほうがいいと彼女に言った。そして明日、遅番上がりに会って欲しいと頼んだ。大切な話があるからきて欲しいと。それでどんな話かは彼女に伝わったはずだった。約束の店にきてくれたなら、きっと答はイエスだろうと考え、今泉は自分を勇気づけた。

当日、今泉は早くから待ち合わせの店にいった。もうシフトには入っておらず、引っ越しの準備も終え、その翌日には名古屋に向かうことになっていた。遅番の退社時間が過ぎても彼女は現れなかった。さらに三十分待って彼女の部屋に電話をしてみたがでなかった。彼女の同僚にも電話をした。その日のシフトはイレギュラーもおきておらず、みんな定時に退社しているはずだと教えられた。結局、店が閉まる朝方まで待ったが彼女が現れることはなかった。

今泉は彼女に会うことなく、そのまま成田をでた。電話もかけなかった。新しい環境に早く慣れなければならないし、彼女のことは忘れようと思った。それでも、同じグループ会社にいるわけだから、いつかどこかで会う気はしていた。それが、二十年も先になるとは、あの当時の今泉には想像しようもなかった。

やって失敗した後悔より、やらずに終えた後悔のほうが大きいとよくいうが、あれは本当だ。好きだと告白できていれば、たとえ断られてもこれほどもやもやすることはなかったろう。恨んではいないが、あの日、彼女が店にきてくれていたらなと、今泉はいまになって強く思う。

4

「へー、今泉さんにもそんなことがあったんですか」

コーヒーカップをソーサーに戻した森尾は、自然な驚きを声に漂わせた。

「あのね森尾ちゃん、改めて言うことでもないけど、僕は普通の人間なんです。生まれたときから、おっさんだったわけでもないし。恋愛も経験してるし、失恋もした。当たり前のことです」

今泉は軽く憤慨し、ぷいと横を向いた。

「すみません。ただ、今泉さんがなかなか告白できなかったというのが意外だったものですから」

「僕が誰にでも好きとか言えるようになったのは、結婚してからだよ。それまでは、人並みの照れや慎み深さをもってたんだよなー」

今泉が遠い目をしたのはわざとだったが、気分は本当にそんな感じだった。おじさん、というより、おばさんぽくなってきている気がして、遠い日の自分にごめんと謝ってみた。

「とにかく、この話はみんなには内緒にしておいてね。飛田さんにも、聞いたなんて言わないでくれよ」

「大丈夫です。わかってます」

森尾なら誰にも漏らさないだろうと思ったから話したのではあった。

森尾がカップをもち上げ、口に運んだ。今泉はアイスコーヒーのお代わりを注文した。

空港第2ビル駅の改札前にある喫茶店は、いつきても客が疎《まば》らだった。森尾が話があるというので、遅番の夕食時、食事がてら話をしにふたりでやってきていた。

森尾の話は、飛田のOJTのことだった。三日前、パブ・スナック東洋で、森尾から飛田のスーパーバイザーOJTをやるように言われて一昨日から実施していたが、今泉が飛田に教えているところをあまり見かけないので、どうしたのか気になったというのだった。要は、しっかり教えろと言いたいのだろう。

だから今泉は、飛田に失恋した話を打ち明けた。これで、今泉にとって飛田のOJTがいかにやりにくいものか理解してくれたと思う。

客が少ないだけあって、すぐにアイスコーヒーのお代わりがやってきた。今泉がストローに口をつけると、森尾はカップをソーサーに戻して、こちらに顔を向けた。

「今泉さんの事情はよくわかりました。でも、だからといって、ＯＪＴを疎《おろそ》かにしていいという理由にはなりませんよね」

今泉は目を剝き、口を開けた。森尾の微塵も揺らがない無表情を見て、がっくり肩を落とした。「だめかなあ」

「甘えてもだめです。しっかり教えてください」

今泉はふーっと溜息をついた。

「別に彼女に恨みとかあるわけじゃないんだけど、二十年も会わずにいた空白をどう埋めたらいいかわからなくて、まともに接することができないんだよ」

心の傷は時が癒してくれると言うけれど、時間そのものが心に重くのしかかることもあるのだ、と身をもって知った。

「お気持ちは察しますが、仕事ですから、なんとか気持ちの整理をつけていただいて」

今泉は再び溜息をついた。「わかったよ。がんばってみます」

「あと、飛田さん、班でちょっと孤立している感じなんです。そのへんのケアもしていただけたらと……。昔からよく知る今泉さんなら、うまくできるんじゃないかと」

今泉は頰を膨らませ、森尾を睨んだ。森尾はこれまでの話を理解していないのだろうか。昔からの知り合いだからやりにくいと言っているのに。

森尾らしいといえば、森尾らしいともいえる。無茶なことを、平気な顔で頼むようなところが森尾にはあった。

「孤立というのは、どうして」

「遠藤さんがオフィスにこられなくなったのは、四月からセンディングを委託する大航エアポートサービスに、色々無理な注文をされたせいじゃないかとみんな考えてます。それでエアポートサービスからきている飛田さんにも、あまりいい感情をもたないひとが多くて。あからさまに態度にだしたりはしませんけど、みんな距離を置いている感じで。四月からのことを考えると、ちょっと心配なんです」

「確かに、いまはまだいいけど、飛田さんがリーダーとなる四月になってもその調子だと問題だね」

業務に支障をきたし、旅客に迷惑をかけるのが何より心配だった。

「飛田さんって、仕事のほうはどうなの」

「普通だと思います。とくに情熱とかは感じられません」

「昔はね、この仕事が大好きで、情熱溢れるひとだったんだよ」

総務などの後方に長いこと引っ込んでいたから、それが薄れるのもしかたがないとは思えた。

「当時を知る今泉さんが、そのへんもうまく引きだしてくれたら助かります。まずは、今泉さんの天才的な明るさで、飛田さんとみんなの橋渡しをしていただけたらと思います。よろしくお願いします」

「天才とおだてられてもね。いまの僕では……」

「悪ふざけは封印しても、笑わせたり盛り上げたりはまた別で、できると思うのですが」

「確かにそのとおりなんだけど、むずかしいんだよね」

　自分でも、悪ふざけを封印しても、ユーモアやウィットで、旅客を楽しませたり、オフィスのみんなを笑わせたりできると思っていた。しかし悪ふざけを抑え続けたからか、仕事中、ちょっとした笑いもひきだせなくなっていた。

　もしかしたら自分は悪ふざけの塊で、ユーモアのセンスのかけらももち合わせていないのではないかと、落ち込んでいた。

「そういえば、どうしてまじめに仕事をしようって決心したか、聞いていませんでしたね。どうしてなんですか」

　くだらない決心だから、その理由なんてどうでもいいと思っていたのだろう。今泉はひねくれたことを考えながらも、口を開いた。

「会社の破綻の前後で大きなリストラが行われたでしょ。あれでさ、色々考えることがあったんだ」

　これまで誰にも訊かれることがなかったから、胸の内を話すのは初めてだった。

「人員削減で、僕の同期がけっこう辞めさせられた。ねらい撃ちされた感じもあるけど、バブル入社だからもともと数が多いせいもあるんだろうね。おとなしく辞めていく者もいたけど、会社への恨み節も数多く聞いたよ」

その声が今泉の耳にいまでも残っている。憑かれたように顔を歪めて繰りだす言葉は情けなく、泣き言のようで共感を阻んだ。けれど、それだけに、彼らの心の痛みがダイレクトに自分のなかに入り込んだ。

「辞めていく者と自分の間に、何も違いなんてないんだ。ずいぶん考えてみたけど、何も浮かばない。自分はたまたま残っただけとしか考えられなかった。辞めていった彼らは、会社にとっていらない人間ではないし、邪魔者でもない。会社の経営が傾いたときにたまたま選ばれただけじゃないかと思えた。そんな彼らに会社は、ちゃんと敬意を払ったのかなって、恨み節を聞いていて疑問に感じたんだ」

森尾はすぼめるように口を閉じ、真剣な顔で聞いていた。

「きっとさ、彼らのプライドを踏みにじるようなことをしたんだと思うんだよね。会社には彼らの残していったものがいっぱいある。業績だったりプライドだったり、いろんなものがそこらに埋め込まれているはずなんだ。だから、たまたま会社に残った僕は、それに敬意を払おうと決めたんだ。彼らが残していった仕事にたいしてまじめに接しようって。まあ、そういうことなんだ、僕の決心は」

今泉は明るい声で言うと、ストローに口をつけた。

「そうだったんですか。そんな重いものがあるとは知らずに、当たり前のこととか言ってしまって、すみませんでした」

「いや、こっちこそ、笑いも挟まずに長々と話してしまってすまなかったね。聞いてくれてありがとう」

別に秘密を打ち明けたわけでもなんでもないが、話して少し気が軽くなった。

「遠藤さんは今泉さんとまるで逆でした。破綻の前後、オフィスでふまじめになってました。明るく盛り上げようと、気を遣っていたようです」

「ある意味一緒だね。自分に無理をしている」

森尾は口元を緩め頷いた。

「無理をし過ぎたんですね、遠藤さん。一班五人体制をなんとか撤回させようとがんばっていたみたいです。お客様へのサービスカットに繋がるのを阻止したかったんでしょう。結局何もできないうちに……」

森尾はうつむいた。が、すぐに顔を上げ、今泉のほうに身を乗りだす。その勢いに押されるように、今泉は体を後ろに引いた。

「今泉さん、遠藤さんのやり残したことを、空港にいる間、やってみませんか」

「――やり残しって、遠藤君は辞めたわけじゃないよ」

「でも、二月中に戻らなければ、総務付きになってしまいます」

「大丈夫。遠藤君は戻ってくる。そんな気がしてしかたがないんだ」

今泉は遠藤を信じていたし、自分の勘も信じていた。

「まあでも、遠藤君が戻ってきたときにやりやすいように、道筋だけはつけておいてもいいかもね」

5

二日間の休みを挟み、早番のシフトが始まった。森尾との約束はうまく守れていなかった。

飛田のOJTは、とにかくぎこちなかろうが、他人行儀だろうが、教えることは教えていた。しかし、他の班員たちとの橋渡しとなるといまの今泉には荷が重すぎた。まだ当分空港所にはいるから、おいおい手をつけるということで勘弁してもらおう。そのかわり、遠藤が戻ってきたときのための、道筋づくりには動いていた。

早番が終わり、今泉は大航のオペセン四階にある、大航エアポートサービス、カスタマー事業部に出向いた。部長の星名と正面から話をしてみようと思ったのだが、残念ながら不在だった。応対したカスタマー事業部のスタッフによれば、星名は海外出張中でしばらく帰ってこないのだそうだ。

はいそうですかと部屋をでたが、廊下を歩きながらおかしなことに気づいた。空港の仕事はまさに現場仕事で、たいていの仕事は空港内で完結する。出張、しかも海外出張なんて、まずあり得なかった。いったい何をしにいったのか、想像もつかない。

エレベーターで三階に下がり、今泉はオフィスに戻った。遅番はみんなカウンターにでているらしく、オフィスにいるのは日勤の田波と、あとは所長の荒木だけだった。

「田波さん、馬場ちゃんと連絡とったりしてるの」

今泉はシフト表を作っている田波の傍らに立ち、小声で訊ねた。

「とるわけないですよ。別れたんですから」

「なんか未練はずいぶん残ってそうだけどね」

田波は無表情な顔で今泉を見上げた。

「もうすっかり諦めたわけじゃないなら、連絡とってみたほうがいいと思うけどな。タイミングを逃すとね、あっという間に二十年がたっちゃうよ」

今泉はそう言うと田波のそばを離れ、いちばん奥のデスク、荒木所長のところに向かった。

以前、ターミナルにオフィスがあったときと違い、所長のデスクはパーティションに囲われることもなく、オープンだった。それでも所長は巧みに気配を消して、いるのかいないのか、存在を忘れさせることができる。気づいてみると、実際にいないことも多いのだが。

「所長、ちょっといいですか」

「なんだ、助っ人はまだいたのか」

ノートパソコンのキーボードを叩いていた荒木は、手を止めて顔を上げた。

「カスタマーの星名部長が海外出張にいっているみたいですけど、何しにいったのか、わかりますか」

「さあ、聞いてないな。なんでそんなことを知りたがる」

荒木は眉根を寄せて、鋭い目で睨んだ。

荒木とはこれまで同じ部署になったことはなく、業務で絡むこともなかったのだが、どうやらあまり好かれていないと今泉は気づいていた。

「さっき話をしようと思ってカスタマー事業部にいったらそう言われたもので、何しにいったのかなと、ちょっと気になっただけです」

「カスタマー事業部になんの用だったんだ」

「四月からの体制を見直すことはできないか、話をしたかったんです」

「なんで今泉がそんな話をする必要があるんだ。ただの助っ人が、うちの業務について、グループ会社の部長と話をするなんて、どう考えても出過ぎたまねだろ、違うか」荒木は怒りも露わに言った。

「所長、そういうのをセクショナリズムって言うの、知ってますか。僕も最近知ったんですけどね」

今泉は口を横に大きく引き、にやりとした。

「僕は空港勤務が長いんで、知識と経験がある。何か役にたてればと、セクションを超えて話しにいったんです。新会長も言ってましたよね、縦割りの硬直した組織では再生できない。それぞれの部署がフレキシブルに連携することで大きな力が生まれるんだって」

「わかったよ。確かにそんなことを言ってたな」

荒木もにやりと笑った。

一歩引いてから反撃にでるつもりでは、と今泉はかまえたが、そんな感じでもないようだ。荒木は「それで、何を提案するつもりだったんだ。なんかアイデアがあるんだろ」と訊ねてきた。

「いや、話のなかで何か解決策が浮かべばと思っただけで、とくにアイデアはなかったです」

「なんだよ」

荒木は一瞬、嫌味な表情を見せたが、基本的にはがっかりしているようだった。

「がっかりするのは早いですよ。いま、急にアイデアが浮かびました」

荒木は期待のこもらない声で「なんだ」と訊ねた。

今泉は近くの椅子を引き寄せ、所長のデスクの前に座った。

「所長、センディングを覚えてください。忙しいときは、所長もマンパワーとしてシフトに入るんです。ひとり増えるだけで、だいぶ違う。しかも男手は助かるはずです」

「何言ってるんだ。俺は所長だぞ。色々やることはあるし、そんな前例はないだろう」

「ああ、言っちゃいましたね。前例がないって言葉、たぶん新会長が聞いたら、怒りますよ」

会ったことはないし、これから会う機会もまずないだろうけれど、大航の新会長とは気が合いそうな気がする。それに引き替え、荒木とはいい関係が結べる気がしなかった。怖い顔で睨まれた。

「シフトには入らなくてもいいかもしれない。忙しいときだけ、ピンポイントにヘルプに入ればいい。それなら、一日に早番、遅番、両方手伝うことも可能だ。いいアイデアだと思いますよ。他にアイデアがなければ、これしかない。所長、どうか検討願います」

荒木は腕組みをして、考えていた。

「わかった。検討はしてみる。実際にやるかどうかはともかく、何かのときのために、センディングを覚えておくのは、いいかもしれないな」

「そうでしょ。そのフレキシブルさは、新会長もお喜びになると思います」

「いちいち会長をもちだすな」荒木は心底いやそうな顔で言った。

「とにかく、前向きに検討ください」

今泉は立ち上がり、頭を下げた。

「ああ、代案でもないが、ひとついいアイデアを思いついた」立ち去ろうとした今泉を呼び止めるように言った。

「今泉が所長をやればいいんだ。そうすれば、大きなマンパワーになるだろう。センダーたちにとっては、何よりの助けになるはずだ」

冗談かと思ったが、荒木の顔は真剣だった。

「僕には所長はできません。管理職試験、受けてないんですよ」

大航ツーリストでは課長以上の管理職は試験に通らないと登用されない。空港所長は課長クラスのポストだった。

「受けろよ。あんなのは形式的なものだ。つかせたいポストがあれば合格させる」

「まだ、現場がいいんですよね」

ただ、センディングをする所長というのは、ちょっと興味をそそられる。

「甘えたこと言うな。その気になったら、いつでも譲ってやるよ」

6

「無駄です。もう時間がありません」

「まだ十五分ある。とにかく、いってみるだけ、いってみればいいでしょ」

まさか飛田に反論されるとは思わず、頭に血が上った今泉は、声を裏返して叫んだ。

「大航に迷惑がかかります。ぎりぎりまで待ってもらったのに、お客様が現れなかった上、定時に出発できなかったりしたら――」

「親会社になんて気を遣わなくていいの。僕たちが考えなければならないのはお客様のこと。お客様をなんとしてでも出発させることだよ」

「なあ、カウンター前で喧嘩をするのはやめてくれないか」

カウンターのなかの浅野が、割って入るように言った。

「すみません」

飛田と今泉は同時に言った。

「気は遣って欲しいけど、ぎりぎりまで待つからさ、お客様を迎えにいっておいで」

今泉は、ほらみろと、飛田に向けた視線で語り、カウンターを離れた。飛田があとからついてくる。

今泉と飛田はレイト・ショウの旅客のケアをしているところだった。旅客から電車で向かっていると連絡があったので、ぎりぎりまで待ってくれるよう浅野マネージャーに頼み、空港駅に出迎えにいこうと言ったら、飛田に反論された。

「私は昔、大航のカウンターでチェックインをしてました。そのあとはずっと総務で、社員やうちの会社や親会社の利益を考えて仕事をしてたんです」

エスカレーターを駆け下りながら、飛田が言った。

「わかってます。早く頭を切り換えるようにしてください」

今泉は落ちついた声で言った。

反論されたぐらいで逆上するなんてどうかしていた。遠藤のＯＪＴをしているころなんて、生意気盛りで反論なんてしょっちゅうだったが、いちいち目くじらを立てたりしなかった。きっと、旅客にまっすぐ向かっていけない飛田を見て、二十年という時の長さを実感し、当惑してしまったのだろう。

「今泉君、変わらない」

上下にぶれる声が後ろから聞こえた。今泉は振り返らなかった。

二階に下りてきたとき、慌てた様子の家族連れがエスカレーターのほうに向かってきた。

「ホンマ様ですか」

今泉が訊ねると、体重が百キロを超えていそうな父親がそうだと答えた。

十歳の息子もかなり太目。母親だけが普通の体型だった。

助かった。スーツケースをもっていない。機内に持ち込めそうな荷物だけだ。

「さあ、急ぎましょう。まだ間に合う」

上りのエスカレーターで、折り返し三階に上がる。今泉は先に浅野に知らせようと、ひとり駆け上がった。

「あっ、あのおじちゃん、シャツがでてる」

後ろから子供の声が聞こえた。

ひょいと腰のあたりを見ると、ワイシャツの裾がズボンから飛びだしていた。痩せ形の今泉は、動き回るとシャツがでる。昔からそうだ。かつては飛田に、だらしないとよく注意された。さっき飛田が言ったのは、このことだったのかもしれない。

無事チェックインを終えた。ゲートまでしっかりサポートしてと浅野に言われ、出国審査場へ急ぐ。並んでいるところに割り込ませてもらい、審査場を抜けた。あとはゲートまで一直線。

「さあ、走りますよ」今泉は宣言した。

「無理だ」

また反論されるとは思わず、今泉は目を見開き、言った父親を見た。

「うちの子は走れん」

「どこかお悪いんですか」

「ただ、体が重いだけだ」

身長は百四十センチくらい。体重は六十キロ——、七十キロはあるかもしれない。

「おぶってってよ」

驚きすぎて、今泉は笑みを漏らした。それで早く着くならおぶってもいいのだが。

「わかりました」

今泉は覚悟を決めてしゃがんだ。「重いよ」と言いながら、男の子が背中におぶさった。

これは重いとは言わない。痛いというのが正確だ。腕がかかる肩が痛い。立ち上がると腿と膝が痛い。

足を踏みだした。走るとは言えない足取りで、なんとか前に進む。慣性が働き、早足程度までにはスピードが上がった。息苦しそうに走る父親も同じくらいのスピードだ。

腿がつりそうだった。なんとかゲートまでもってくれと祈った。

「今泉さん、ふざけないと決心したと聞きましたけど」母親の荷物をもって走る飛田が余裕の顔で言った。

「ふざけてないよ」

足を繰りだすたび体がどんどん沈みこんでいくような感じがした。

無事にホンマ一家をゲートまで送り届け、出国審査場を逆行してロビーに戻ってきた。今泉はセキュリティー前で足を止め、ぱんぱんに張った腿をもみほぐした。

「あそこまでやらなきゃならないんでしょうか」飛田が感情のこもらない声で訊ねた。

「もちろんやらなければなりませんよ」

今泉は予備校の講師にでもなったように、不必要に明るく答えた。

「四月からはできません」

「まあ、そのへんは、星名さんと話し合ってみようと思ってます」

「できないことは教えないでください」

飛田は僅かに声のトーンを高くした。

「本来はここまでやる必要があるというのを知っておいて損はないと思います。いまのうち、お客さんの笑顔を見ておけば、四月からのやる気も変わる気がするんだよなあ」

最後はなぜか、独り言みたいになってしまった。

「とにかく、一生懸命サービスをすると気持ちがいい。それだけで充分だよな」

やっぱり独り言。

今泉は腰に手を当て、ぐるりんと腰を回す。これはふまじめな動きだと気づいて慌てて止めた。

「うっ」と思わず声を上げた。腰に激痛が走った。今泉はフロアーに膝をついた。

「どうしたんですか。大丈夫ですか」

声もでない。でたとしても、大丈夫とは言えなかったと思う。それくらいの痛みだった。

「運動不足もありますね。四十を過ぎたら、筋肉を鍛えること以上にストレッチが大切ですよ」

そう言って若いマッサージ師は今泉の肩を引っ張り、背を反らせた。

「無理、無理。痛いですよ。ギブアップ」

ははっと笑い声が聞こえた気がした。この男はサドかもしれないと今泉は怯えた。

「たぶん、痛みはぎっくり腰とは関係ないですよ。体が硬いだけ」

そんなはずはないと思ったが、体をうつぶせに戻し、腰のあたりを力強く指圧されても、あまり痛みは感じなくなっていた。若いけれど、なかなか腕のいいマッサージ師なのかもしれない。

腰を痛めた今泉は、出国審査場の並びにあるマッサージ店まで、飛田の手を借り、這うようにしていった。「リラックスルーム赤坂」というのは、今泉が勤務していたころにはなかった店だ。受付の女性ひとりとマッサージ師ひとりだけの小所帯で、それに相応しい狭い店舗だった。

うちは佐倉にある総合病院の系列なんで安心ですよと、訊かれもしないのに言うのが不安だったが、結果オーライ、悪い店ではなかったようだ。

また肩を後ろに引かれ、今泉は背を反らした。

「大航ツーリストさんに、若い男性のスタッフがいらっしゃいますよね。僕よりちょっと年上くらいの。二、三度お見えになったんですよ。お元気ですかね」

空港勤務者割引がきくというので、最初に社員証を見せてあった。

「うーっ。この体勢で話しかけるの……、やめてください」

「ああ、すみません」

マッサージ師は今泉の体をうつぶせに戻した。「仰向けになって」と言われ、今泉はマッサージ台の上を転がり、仰向けになった。

「うちのスタッフというのは、小太りの男ですか」

「いや、スマートなひとでしたよ。なかなかイケメンで」

そう言うマッサージ師もイケメンだった。

「じゃあ遠藤君かな」

「確かそんなお名前だった気がする」

足を折り曲げ、膝が胸につくくらいまで押し込められた。けっこうきつい。

「お元気ですか」

また悪いタイミングでの質問だった。

「僕は元気です。遠藤君のことなら、ちょっと」

仰向けに戻ってそう答えた。

「ちょっとというと、やっぱりよくないんですか。全体的に体が重いと言っていらしたんですけど、見たところ、気の流れがよくなかったもので、ちょっと心配だったんです」

「気が見えるんですか」

「見えるというか、わかるんです。気の流れが」

「僕の気がいいとか悪いとか言わないでくださいよ」

そういうことを言われると、気にしてしまうタイプだ。

「仕事にいらしていないんですか、遠藤さん」

気でそういうことまでわかるのだろうか。今泉は、まあねと言葉を濁した。

「精神的に落ち込んでいるのがわかりましたけど、何も力になれなかったって、ちょっと後悔してるんです。マッサージ師だからマッサージだけすればいいとは思うんですけど」

「色々お節介やきたくなるのは僕たちの仕事と一緒ですね。とにかく、遠藤君は大丈夫ですよ。気にかけていただいて、ありがとう」

仰向けのまま左右に腰を捻ってマッサージは終わった。まったく痛みがないわけではないが、できない動きはなさそうだ。また腰をぐるりんと回してみる勇気はないけれど。

「あの、遠藤さんの住所を教えていただくことなんてできないですかね。何もできなかったので、手紙で励ますことができたらと思ったものですから」

受付で会計をしているとき、マッサージ師がそう言った。

受付の女性が怪訝な目で、マッサージ師を見、今泉を見た。

「社員の住所を教えることはできないんですよ」

今泉は笑みを浮かべたが、心のなかでは疑っている。二、三回きただけの客のために励ましの手紙など書こうと思うものだろうか。何か魂胆があるのではないか。

「そうですよね、無理に決まってますね。あの、もし遠藤さんに手紙を書くようなことがあったら、ついでに僕からのアドバイスも入れていただけたら助かります」

若いマッサージ師は、ストレッチをすれば心も柔らかくなりますよと言った。

中年男へのアドバイスとまるで一緒だ。あてにならないと思った。

7

翌日、腰の痛みが戻った。

とはいえ、マッサージの効果が薄れ、少し戻った程度で、仕事に影響はなかった。ただ、大事をとって、飛田のOJTは休みにして、センディングに入ってもらった。飛田のアサインは第一ターミナル。昼食までは第一ターミナルにいきっぱなし。誰も非難はしないが、自分の気持ちに素直すぎるかと、今泉は後ろめたさを感じた。

みんなが今泉の腰を心配してくれるのはありがたかったものの、ぐるりんと腰を回転させて、ぎっくり腰になったことまで知られており、言葉とは裏腹に、顔には笑みがあった。話したのは飛田に間違いなく、けっこうみんなとコミュニケーションがとれているらしい。はからずも、班員との橋渡しができて今泉も満足だった。

スーパーバイザーになったつもりで、ひとりで判断し行動してください、お客様のことを何より優先させるように、と言って飛田を送りだした。タヒチのツアーが無事に出発し、最後の大航とナイスアメリカン航空との共同運航便を使用したツアーもそろそろ終わったころだろうと思っていた十一時、第一ターミナルの飛田から携帯に電話がかかってきた。

「シアトル便のドイツ人のお客様なんですが、帰りの入国審査時に必要な日本から出国する航空券をもっていないんです」

飛田はイレギュラーの発生を告げた。

ビザをもたない外国籍の旅客は、ツアーの帰りの日本の入国審査で日本から出国する航空券の提示を求められる。なければ、入国拒否される可能性があった。ドイツ人は、観光目的なら日本のビザは必要なかった。

「どういう判断をしますか」今泉はのんびり訊ねた。

「お客様は、日本に入国できない可能性があるならキャンセルしたいとおっしゃってます」

「それでキャンセルするの」

「それしかないんではないかと」

「僕のシフトで、簡単にキャンセルはさせません。すぐにいくので待っていてください」

そう言って携帯を切った。

オフィスにいた今泉は椅子から立ち上がった。「第一ターミナルにいってきます」と言ってドアに向かう。

「今泉さん、大丈夫ですかね」

日勤の田波が声をかけてきた。

「腰なら大丈夫だよ」

ぐるりんと回しても平気と、実演したくなったが、ふまじめだと抑えた。

「いえ、腰のことじゃなくて、この間の話です。馬場さんに連絡とっても大丈夫ですかね」

「そんなのは自分で判断してください」

今泉はオフィスをでた。

「うちら中学の同級生やねん。親友やねん。エリカと旅行にいくの、ほんまに楽しみやったんやけど、日本に入国できへんかったらあかんしな、どないしたらええんやろ。やっぱりキャンセルしかないんやろか」

ベンチに座ったふたりの女の子。ひとりは金髪の碧眼、もうひとりは髪は茶色いが、どこからみても日本人。同級生と聞いてもすぐにはぴんとこなかった。いや、容姿の違いよりも、言葉のほうの問題か。

標準語を話す日本人と関西弁を話すドイツ人の組み合わせは、ギャップがありすぎた。

マルティナ・クーリッヒは「なんとかしてくれへんか」と、青い目で訴えた。

「どうしましょうね」

今泉は横目で飛田を見た。飛田も「どうしましょう」と呟く。

マルティナ・クーリッヒとハシモト・エリカは、二十一歳でともに大学生だった。クーリッヒは今はドイツ在住で、旅行で日本にきていたが、来日してからハシモトとシアトル・オレゴンへの旅にでることにしたのだそうだ。

「新たな航空券を買えればいいんですが、ふたりとも余分なお金がないそうですから」

ハシモトはクレジットカードをもっていなかった。クーリッヒは今月のカード使用限度額近くまですでに使用しているそうだ。もち合わせの金で買って、旅行の費用がなくなったのでは意味がなかった。

「私たち、修学旅行のやり直しなんです」ハシモトが思いつめたような顔で言った。「通っていた中学、私立の女子校だったんですけど、三年生の夏にオレゴンでサマーキャンプがあるんです。今回マルティナが遊びにきて、マルティナはその前に交通事故に遭っていけなくなってしまって。でもマルティナが遊びにきて、中学の同級生で集まったんですけど、修学旅行の話がけっこうでたんです。楽しかったねって。でももちろん、マルティナにはわからない話で、寂しそうな顔をしているのを見て、六年遅れだけど修学旅行にいってみようって誘ったんです。ほんとにいいところで、マルティナに見せたくて」

ハシモトはまじめそうな子だった。突飛な行動をしそうには見えないが、なかなかの行動力だ。

「あたし、交通事故に遭って関西弁になったんとちゃうよ。『じゃりン子チエ』を見て、日本語を覚えたわけやないで」

軽口を飛ばしたが、青い目は潤んでいた。

「ちょっと失礼します」

今泉はそう言うと、飛田を連れてふたりから離れた。

「修学旅行のやり直しだなんて、健気だね。まだ学生だから、お金なんてあまりないだろうに。きっと、子供のころからこつこつ貯めたお年玉を取り崩して旅行費用にしたんだろうな」

今泉は独り言のように言った。

「妄想はやめてください。きっとお金持ちの子なんですよ、ふたりとも」

「だからキャンセルにしちゃうの？　キャンセルにすれば楽だもんね。キャンセル料の案内をして終わりだから」

「別にそんな。ただ、お金もないし、どうしたらいいか」

「どうしてもお客様を出発させたいって思えば、何かでてくると思うけどね。まだ出発まで一時間ちょっとある。共同運航便だからぎりぎりまでは待ってくれないだろうけど、諦めるような時間じゃない」

今泉は少し移動して、ベンチに腰を下ろした。

「腰も痛いし、僕は何もしないから。飛田さんひとりでやってよ」

「考えるのに腰は関係ないと思いますけど。ふざけないんじゃなかったんですか」

「僕の目がふざけているように見える？」

飛田は目を合わせたが、何も答えない。真剣な目になっているか、自分でも自信はなかった。

「クレジットカードでキャッシングしてもらえば、航空券を買えますね」

飛田がそう言ったのは、二、三分、考えてからだった。

「たいていのカードはショッピングの限度額まで使っていたら、キャッシングはできないよ」

「そうですか、だめですか。もうお金を借りるくらいしかないと思ったんですけど――、なんですか？」

今泉は飛田をじっと見つめていた。その視線の意味に飛田は気づいてくれない。

「お金を借りるしかないんだろうね」

今泉はひとりごとのように言った。

怪訝な目で見ていた飛田が、急に目を大きく見開いた。

「ああ、誰かにお金を借りて、振り込んでもらえばいいんですね。――誰かって、親ですよね、振り込め詐欺」

「詐欺じゃないけど、理屈は同じ。クーリッヒさんは時差を考えると難しいから、ハシモトさんにお願いするしかない」

「友達のためとはいえ、そこまでやってくれるかしら」

「どうして疑うかな。大丈夫、彼女なら」

「買った航空券は入国審査のときに見せるためだけなので、入国後、すぐに払い戻しできます。ノーマル航空券なら手数料なしで払い戻しできますから、借りたお金も確実に返せるんです。いかがでしょう、親御さんに頼めますか」

飛田がハシモト・エリカに訊ねた。

「すぐに返せるなら大丈夫だと思うんですけど、いくらぐらいかかるんでしょう」

「適当な近場で成田・ソウルの航空券を買うとすると、十五万円ほどになります」

「それぐらいなら全然大丈夫です。すぐに頼んでみます」

ハシモトはバッグに手を入れ、携帯電話を取りだした。

「えらい、すまんなあ。エリカのママにまで迷惑かけんねやな」

「いいって。一瞬たてかえるだけなんだから」

ハシモトは自宅にいた母親に電話をかけ、航空券代を振り込んでもらう手筈を整えた。

8

ただ、ハシモトの家の近所にはATMがないそうだ。バスに乗ってATMがあるところまでいかなければならず、バスの待ち時間を入れて、最低三十分はかかる。

大航は出発の三十分前までしか待たないと言った。それがちょうど三十分後だった。

出発フロアーにあるＡＴＭの前で、母親から電話がかかってくるのを待った。ハシモトが手にした携帯を見つめるだけで、みんなほとんど喋らない。ひとりで待っているのとかわらなかった。

出発の三十分前が近づいてきて今泉は焦れた。なぜか関西弁を話したくなるが、ふまじめだと思い抑えた。何もできず、ただ待つのは辛いものだった。昔、このひとを待っていたんだなと思いだし、今泉は隣にいる飛田の横顔を見つめた。

「どうかしました」飛田はひどくぶっきらぼうに言った。

今泉は一瞬怯んだものの、その反動で心に怒りが広がった。

「待ってるのは辛かった」今泉は押し殺した声で言った。

飛田は眉をひそめただけで何も答えない。

「なんであの日こなかったの」

「なんの話ですか」

「僕が成田をでる前、話があるからって待ち合わせしたろ」

「それがどうかしたの。何が辛いの」

「いくら待っても君がこないんだから、辛いに決まってるだろ」

怒りを募らせた今泉は、声を上ずらせた。

「それこそふざけてる。待っていたのはあたし。こなかったのは、今泉君でしょ」

「何いってるんだ。あの日僕は休みだったから、早めにいってた。店が閉まるまでいたけど、君の姿なんて見ていない」

「仕事が終わってすぐにいった。私も閉店までいた」

「嘘だ」

そんなはずはない。あの店にこなかったのは確実だった。

「どこで待ってたんだい」

「アビワンに決まってるでしょ。そこにきてって言われたんだから」

「僕もいたよ、入ってすぐの窓際。ずっと外を見ていた」

「どこのアビワンよ」

「アビワンっていったら日吉台だろ」

飛田はこぼれ落ちそうなくらいに目を見開き、ひゅっと息を吸った。

「それはアビツーでしょ」

「……ええっ、そうだっけ」

今泉は記憶をはっきりさせようと目を瞬かせた。

かつて遊び仲間とよくいった店のひとつに「アビーロード」というカフェバーがあった。その姉妹店に「アビーロードII」があり、それぞれをアビワン、アビツーと呼んでいた。どちらも駅から少し離れたところにあり、かつては車でいっていたが、飲酒運転が社会問題化し、成田駅周辺で飲むようになってからは、すっかり足が遠のいていた。

「あれだけ通ったのに、どうして覚えられないのよ」

飛田が大きな声をだした。

「じゃあきっと、アビツーで待ってるって僕は言ったんだよ。君が勘違いしたんだ」

「そんなわけないでしょ。いまもどっちがどっちだかわからなかったくせに」

「ちょっと、すいません」

ハシモトが飛田に負けないくらいの大声で言った。

「母から電話がかかってきました」

「すみません」

飛田と今泉は同時に言った。

ハシモトが携帯を耳に当て話し始めた。クーリッヒは祈るように手を胸の前で組み、それを見守った。

早かったな、と今泉は思った。三十分なんてあっという間だ。二十年にくらべたら焦れるような待ち時間ではなかった。

「ほな、いってきますー」

クーリッヒは手を振ってセキュリティーチェックに進んだ。ハシモトも軽く頭を下げて手を振る。

「いってらっしゃいませ。——きーつけてな」

今泉はつっかえていたものを吐きだしたような爽快感を感じた。それでも、奥のほうに、まだ何か残っているような気はした。

「今泉さん、ふざけていますよ」

飛田が低い声で言った。

「そんなことを言ったら失礼だよ。関西人は別にふざけているわけやないんやでー」

今泉もふざけているつもりはなかった。

「まったく、腹が立ちます、今泉さんの間抜けぶりには」

「ほんとに僕が間違ったのかな」

「確実にそうです」

そうだとすると、自分でもがっかりするくらい間抜けだと思う。ただ、自分がやったことなら、諦めもつく。どんなに運命が変わろうと、自分がまいた種ならしかたがなかった。

「僕が現れなかったのは、どうしてだと思ってた？」

「きっと、勇気がなくなっちゃったんだろうなと思った。今泉君、弱いところあるから」

「僕が何を話そうとしていたか、わかってたんだ」

飛田は目を細め、今泉を睨んだ。

「まさかこれから話す、なんて言わないでくださいよ」

「そんな気は、まるでありません」

まったくそんな思いはない。けれど、口にはしてみたい、という気持ちはちょっとだけあった。

「そんなにショックじゃなかったから安心して。空港にいる男のひとは、いつかいなくなると覚悟ができていたから。三日くらいで忘れたかな」

「そんなもんなの」

「ごめんなさいね。今泉君は、ずっと尾をひいたでしょ」

「そんなことないよ。僕だってね、仕事が忙しかったから……。でも、二、三ヶ月して風の便りに、君が大航の整備士とつき合い始めたと聞いたときは、ちょっとショックだったかな。トレンチコートを買ったよ」

もう笑うものかと、トレンチコートを毎日着ていた。結局、ひと冬しか着なかったけれど。

「なんでトレンチコートなの」

「男は失恋すると、トレンチコートを買うもんなんだよ」

ふざけないで、そんなの聞いたことがないと飛田は笑った。

「こない僕を待っててくれてありがとう」

今泉は飛田に頭を下げた。

飛田はいったん首を横に振り、こくんと頷いた。

二十年がしゅるしゅると縮んでいくのを今泉は感じていた。

肩でドアを押し開け部屋に入った。カードキーをホルダーに差し込むと、デスクライトの明りが灯った。

手に持ったトレンチコートをベッドに投げ捨て、椅子に腰を下ろす。デスクに肘をのせた。

まだ夜の九時。少し飲み足りない気もするが、明日も早番だから、時間的にはちょうどいい。

今泉は仕事のあと、しばらく空港で時間を潰し、日勤の田波と駅の近くで飲んだ。酒が入って口が軽くなった今泉は、今日、二十年ぶりに飛田との間の誤解が解けたことを話した。森尾に飛田とのことを他の人に話さないよう口止めしたくせに、なんて口が軽いんだと自分でも呆れる。

話を聞いてから、田波はすぐにいなくなった。もしかしたら今泉の話に刺激を受け、馬場に電話をかけにいったのかもしれない。今泉はしばらくひとりで飲んで、帰ってきた。

とんとんとん、と指でデスクを叩いた。自動販売機で缶ビールでも買ってこようかと考えながら、ふとデスクの上のものに目を留めた。

デスクを叩く指を止めた。手を伸ばして、メモパッドを引き寄せた。

ホルダーからボールペンを引き抜くのに躊躇《ためら》いがあったのは、まだ何を書くか考えていなかったからだ。けれど、ペンをもち、メモに近づけると、たいていどうにかなるものだ。

うーん、とひと声唸ったあと、今泉はものすごい速さで、ペンを走らせ始めた。

〈おはよう、遠藤君。今日の君の使命は、まずカーテンを開けること。ついでに窓も開け、ストレッチ運動に励みたまえ。いまから柔軟性をつけておかないと将来大変なことになる。気がついたときでは遅いのだよ。

僕なんてこの間、体重が百キロはありそうな子供をおぶって、ゲートまで激走したのだよ。その夜ホテルに帰って、ベッドの上で男らしく腰の運動をしたら、激痛が走ってね……〉

スピードは速いが、子供みたいな字だった。

あぽがらみ

1

腕時計を見たら、午前〇時を十分過ぎていた。

長野陶子《ながのとうこ》は、「あーあ」と心のなかで呟き嘆息した。それは日付が変わる瞬間を見逃したという後悔と、とうとうこの日がやってきたという諦めが交錯した嘆息だった。

空になったグラスを掲げ、カウンターのなかの店主に呼びかけた。

「おやじさん、おかわりちょうだい」

店主が酔鯨の一升瓶を摑み、なみなみとグラスに注ぐ。陶子は「おやじさんも飲んで。乾杯しよう」と誘った。

「なんだい陶子ちゃん。いいことでもあったのかい」

ごま塩の坊主頭の店主が、自分のグラスに半分だけ注いだ。

景気悪いな。お祝いなんだからなみなみと注いで欲しい。

「まあね。この年になると、ひとには言えないお祝い事が色々あるのよ」

「なんだよ。気になるね、秘密のお祝い事って」

昔は成田一の暴れん坊だったというのが自慢の店主は、筋肉質の太い腕を組んではいたが、陶子の秘密については何も考えを巡らせてはいないだろう。日本一有名なプロレスラー夫婦の旦那のほうを思わせる、ひとはいいけど頭の緩そうな笑みを浮かべていた。

日付が変わった今日、陶子の四十回目の誕生日だった。

誕生日であることを秘密にしなければならないわけではなかったけれど、一年ほど前から通うこの居酒屋で、陶子は六歳年をサバ読んでいた。四十歳という節目の誕生日を、三十四歳という中途半端な年齢の小娘として祝われたくはなかった。

とりあえずグラスを合わせて乾杯した。グラスの縁からこぼれそうな酒を、慎重に吸い取った。

四十歳おめでとう。陶子、あんたがんばって生きてきたわね、とややおおげさに自分にエールを送ってみる。

短大を卒業してからの二十年近く、なんの縁もなかったこの土地で暮らしてきたのかと気づくと、それほどおおげさな言葉とも思えなくなる。なんと人生の半分を成田で過ごしたことになるのだと、さらに驚きの事実を発見して気が遠くなった。

新潟からでてきて、この見知らぬ土地で二十年。実家の近所では、陶子ちゃんは東京で働いているのよね、と勘違いしているひとも多かったが、まったくの誤解だ。成田から見て東京は近そうでいてものすごく遠い。同じ千葉県内にある東京ディズニーランドでさえ、東京からいったほうがきっと近いはずだ。もっとも、ディズニーランドが近くにあっても、もはやうれしくもなんともなかったけれど。

半年前にこの土地から離れるチャンスがあったのに、自分の判断でここに残ると決めたのだから、いまさら騒ぐことでもなかった。ただ、この先何年いるのか、自分に何が待ち受けているのかわからないのは、ちょっと怖い。——いや、何かが待ち受けているならまだしも、何も起こらなかったりしたら、それこそ恐ろしい。

陶子は乾杯から一度もグラスを離さないまま、中身を飲み干した。スツールから滑り降り、「お勘定」と間延びした甘え声で言った。

「陶子ちゃん、気をつけてお帰り」

勘定を払うと、店主は優しげな声で言った。

その言葉を素直に受け止め、カウンターに背をむけようとしたとき、陶子はある事実を思いだして、身がすくんだ。

この白髪混じりのおやじ、あたしよりひとつ年下じゃん。

スカートが翻った。陶子は急に恥ずかしさを覚えてスカートの裾を押さえた。ブーツの上から顔をだす膝小僧は隠れてくれない。

「おやすみ」と後ろから声が聞こえたけれど、何も返せなかった。

ダウンジャケットのフードについた、もこもこのファーまで、なんだか気恥ずかしくなった。


京成成田駅の近くにある居酒屋から歩いてうちに帰った。

JR成田駅の西口をでて、U-シティホテルの横の道を奥へと進んでいくと、老朽化を隠すため、クリームイエローに塗られた、ファンシーなアパートが見えてくる。それが陶子が暮らす、囲護台《いごだい》スカイハイツだった。

　こんな夜中なのに、外階段を上がろうとしたら、道の向こうからひとがやってきた。黄色い外壁に恥ずかしさを覚えながら階段を上った。

　部屋に入ると、すぐにお湯を溜めて風呂に浸かった。体が温まると気持ちが落ちついてくる。居酒屋のおやじが老けすぎなのさ、と自分の若作りを肯定する余裕がでてきた。

　ああー、それにしても若すぎる。四十歳ってどうしてこんなに若いんだろう。

　風呂から上がった陶子は、のぼせた頭でそう嘆いた。脱衣所がわりの廊下から部屋に移動して、下着姿のまま姿見の前に立った。

　見た目はともかく、心のなかは、三十代のころと、いや二十代のころとくらべてもほとんどかわりがない。

　三十歳になったころ、四十歳になれば、いろんなものに諦めがついてきっと楽になると思っていた。あとは余生とばかりに、静かに淡々と生きるものだと思っていた。実際に、四十歳になったいま、そんな気配は微塵もない。この先、何年たっても、すっかり心が枯れてしまうようなことはない気がした。厄介なのは、かといってパワフルなわけでもないことだ。何かを期待しながらも、それに向かって積極的に行動を起こすようなフットワークはない。無理に動けば足がもつれて痛い目に遭う。いや、それを恐れて、もはや動かないのが第一選択だった。半年前、成田に残ろうと決めたのも、半分はそんな理由だ。そのくせ、何か人生の転機にでもなるようなことがおきやしないかと、心のどこかに期待はもち続けている。

そりゃあ、期待するのもしかたがないでしょ。これだけ綺麗な足をしているんだから。

陶子は鏡に映った自分の足を見ながら、半怒りで思った。

若いころから自慢の美脚は、いまでも充分にひとさまの鑑賞に堪えうるものだと自負していた。少し肌はくすんできていても、そんなものはパンストで充分カバーすることができる。

なのにこれはいったいなんなんだろ。陶子は、下着の締めつけで、より強調された下っ腹の肉をつまんだ。ついこの間までより楽につまめる気がして、慌てて手を離す。

怖い、と思った。

陶子はふーっと、大きく息をついた。

急に酔いから醒めたように、真顔になった。成田で二十年か、とぼんやり考えた。

お腹に肉はついたけど、他に何か身についただろうか。

二十年かあ。

2

陶子は京成成田駅で、いつもの午前九時十五分発の電車に乗り、空港第2ビル駅に着いた。

改札をでて検問所に向かう。バッグから運転免許証をだして、警備員に提示した。

「友人の見送りにきたんです。大航の４０１便でロンドンに出発です」

陶子は事務的な口調でそう告げた。

警備員は免許証に軽く手を添え、確認する。すぐに「ありがとうございます。どうぞ」と愛想のいい笑みを浮かべて通行を促した。

ふんと鼻を鳴らした陶子は、歩きだす。無事に検問所を通過した。

エスカレーターで三階に上がり、出国審査場の並びにある、間口の狭い店舗に入っていった。

「おはようございます」陶子は店の奥に呼びかけた。

半分開いたカーテンの陰から赤坂光春が顔を覗かせた。

「おはよう」

光春は施術台に座って、本を読んでいたところのようだ。

陶子は受付カウンターの裏にバッグを置くと、失礼しますと言って、カーテンの奥、施術室に入っていった。

光春はすでに白衣に着替えていた。陶子もダウンジャケットとカーディガンを脱いでハンガーラックにかけると、白衣に着替えた。

ほうきとチリトリを手にして、「さーて」と気合いを入れるように声を張り上げた。

「院長、掃除をするので、足を上げてください」

光春は施術台の上に足を上げ、体育座りをした。

陶子は狭い店舗内を手早くはいていく。それが終わると、入り口のガラスドアを雑巾で拭いた。

成田空港第二ターミナル三階、出発フロアーにあるマッサージ店「リラックスルーム赤坂」。ここが陶子の職場だ。五ヶ月前の開店と同時に、受付として働き始めた。

年中無休の営業で、陶子は週に五日、朝の十時から夜の八時までの勤務だった。開店当初は客がこず、長い勤務時間が苦痛だったが、院長の光春の腕がいいのか、空港勤務者の常連が増えていって、現在ではコンスタントに客がやってくる。空港を利用する旅客と勤務者の割合はほぼ半々くらいだった。

掃除を終えて、ドアにかかったプレートをクローズからオープンにかえようとしたとき、光春に呼び止められた。

「長野さん、ちょっといい」

陶子は振り返った。光春がこちらにやってくる。

「今日、誕生日でしょ。おめでとう。これプレゼント」

光春はからっとした声で言うと、手を差しだした。

えっと驚き、陶子の表情は固まった。

光春の大きな手の上には、小さな箱がのっていた。地味な包装紙に包まれているが、赤いリボンで飾られていた。

この箱の大きさは、もしかして……。

陶子は箱から光春に視線を移した。光春は照れたように目を伏せた。

「受け取ってくれる？　僕の気持ちだ」

気持ちって……。

「そんな、私に、いいんですか」

「もちろん」と光春は言って、またはにかんだような表情を見せる。普段、ひょうひょうとしている光春がそんな表情を見せるのは初めてのことだった。

陶子は、ありがとうございますと頭を下げ、リボンのついた箱を受け取った。もってみると、重さもちょうど、指輪とそれを収めたケースを合わせたくらいの感じだった。

院長が私に指輪を――？

これまでそんな素振りなど見せたこともなかった光春が、自分に思いを寄せているのかもしれないと考え、陶子は戸惑い、うろたえた。一回りも年の違う光春の気持ちを、当然のことのように受け容れることはできない。けれど同時に、大きな喜びと安堵も感じる。四十歳を迎えたこの日に、まだまだ女としてやっていけると太鼓判を押してもらったようだ。

「開けてみていいですか」陶子は訊ねた。

光春はにっこり笑って頷いた。

リボンをほどき、茶色い包装紙を開いた。白い化粧箱が姿を現す。中身がなんであるか知ったときの陶子の表情を見逃すまいというように、じっと光春がこちらに視線をそそいでいるのがわかった。

おや、と陶子は思った。しっかりと箱本体を左手で押さえ、ふたを開いた。箱のなかでかたかたと動かないようにするために入れたものだとすぐに理解できた。しかし、アクセサリー類の包装にはそぐわないもので不思議だった。

新聞紙をどかすと、ポリエチレンの発泡シートにくるまれたものが入っていた。さすがに指輪はないなと、この時点でわかる。ガラス製品などの壊れやすいものが包まれているのだろう。

指輪が勘違いだったと知っても、もともとありそうもないことだから、さほどがっかりすることはない。それより、あり得ないことを想像し、心をときめかせた自分を恥ずかしく思いそうなものだが、年齢なりの図太さを備えている陶子は平気だった。ふんと小さく鼻を鳴らして息をついたら、恥ずかしさとともに先ほどまでのときめきの記憶は消し飛んだ。

　気を取り直すほどの動揺もなく、さっさと中身を取りだしてシートを開いた。思いもよらないものが現れ、陶子はぎょっとなった。

「どう？」と光春が訊ねた。

　どう、と訊かれても、なんと答えればいいかわからない。

「これ、カエルですよね」

「そう。昨日、成田山の参道を歩いていて見つけたんだ」

　陶子のてのひらにのっているのは陶器でできたカエルの置物だった。手にとって眺め回したが、貯金箱ではなく、小物入れでもなく、純粋な置物のようだった。邪魔になる大きさではないものの、部屋に置いたら案外目につきそうな大きさではある。

　四十歳の誕生日にカエルの置物をもらって、何をどう言えばいいのだろう。

「ありがとうございます。ほんとにうれしいです」

　陶子は無難にそう言った。

「よかった。気に入ってくれて」

　光春は満足そうに頷いた。

「昨日プレゼントになるものはないか探していて、これを見たとき、長野さんに似ていると思ったんだ。――いや、長野さんが一般的なカエルに似ているってわけではなくて、このカエルの表情というか、味が、どこか長野さんを思わせたんだ」

この置物はキャラクターグッズみたいにデフォルメされたものではなく、どこからどう見ても普通のカエルだった。これに似ているというなら、あなたはカエル顔だと指摘しているようなものだ。実際、口が大きめの陶子は、カエルに似ていると言われたことが、長い人生のなかで二、三度ある。

あるいは、足がすらっとしていてお腹がでている姿が似ているというのだろうか。だとしたら、否定はできない。とうぶん口をきかないはずだから、肯定もしないだろうけれど。

「陶子さんだから、陶器でできているというのもげんがいい気がして、これに決めました」

若い光春のイメージでは、四十歳のおばさんの趣味といったら陶器集め、となるのかもしれない。光春にはサバを読まず、正確な年齢を伝えてある。

なんにしても、年の離れたおばさんのためにわざわざ時間を割いてプレゼントを選んでくれたというのは、世間の常識からいって、ありがたいと思わなければならないことだ。実際、そう思えるし。陶子は、「ありがとうございます。大事にします」と再度礼を言った。

もう一度カエルを眺めてから、シートにくるんで箱にしまった。それをバッグに収めてから、慌ててドアのプレートをひっくり返してオープンにした。

しまった、と陶子は顔を歪めた。オープン時間から一分遅れてしまった。

四十歳女子にカエルの置物は、やっぱりないでしょ。

仕事をしながら陶子は、時々思いだしたようにそんなことを考えた。

光春らしいといえば、光春らしいとはいえた。五ヶ月、仕事でつき合ってきただけだからそれほどよく知るわけではないが、光春はちょっと変わり者だと思っていた。

気の流れが見えるというのは、まあよいとするとして、お客さんで気の流れの悪いひとを見つけると、マッサージの領分を超えて、体調ばかりか生活全般の相談にのったりすることがある。それで時間が押して次のお客さんを待たせることになり、陶子はお客さんに頭を下げながらいつもひやひやしている。予約のお客さんを待たせてまで相談にのるのはどうかと思うと、あとから陶子がやんわり忠告しても、気の流れが悪いひとを見るとほっとけないんだよな、とき入れる気配はなかった。

先日も、以前施術した大航ツーリストのスタッフが休んでいると聞いて、手紙を書きたいからと、他の大航ツーリストのスタッフに住所を訊ねていた。そんなのは、完全にマッサージ師の仕事を超えている。ただのお節介焼きといってもいいだろう。

光春の実家は佐倉にある大きな病院を経営している。本人も医者を目指して医学部に入ったが、向いていないと途中で辞めてしまったそうだ。その後は旅をしたり、ぶらぶらしていることが多かったという。

光春は現在、病院の手伝いもしていて、週に二回はリラックスルームを休むし、年に一回患者を連れて海外にいくため、長期で休むこともある。そんなときは、光春の叔父、岡本庚大《おかもとこうだい》やその弟子たちがかわりにリラックスルームで施術を行う。

光春は庚大にマッサージの手ほどきを受け、マッサージ師になったが、庚大は占い師でもある。成田山の広場の一角にある占い小屋で占いをしていた。光春は占いの手ほどきも受けていて、庚大が長期で休むとき光春がかわりに占いをすることもあった。

実をいえば、陶子が初めて光春に会ったのは、その占い小屋でだった。

半年前、陶子は職を失った。それまでの三年間、空港の貨物地区にある大手の運送会社で、派遣社員として事務の仕事をしていた。しかし会社は、陶子が働いていた部門を完全に外注化することになり、契約は打ち切りになった。

陶子はそれまでの二十年のほとんどを、成田空港で働いてきた。地元の短大をでて新卒で採用されたのは、大日本航空の子会社、大航エアポートサービスだった。十二年、グランドスタッフとして勤務した。三十一歳のときに退職し、いったん地元に戻って、親のコネで百貨店に勤めたけれど、ものを売るのは性に合っていなかったし、早く結婚しろだの、親の干渉がうるさく、一年で成田に戻ってきた。

戻ってきたのは、すぐに採用してくれるところがあったからで、とくに成田に思い入れがあったわけではなかった。とはいえ、親から離れるためだけに地元をでようとなったとき、いまさら住んだこともない土地で一から始めるのを躊躇《ちゅうちょ》する気持ちはあった。

免税店に三年勤務し、クレジットカード会社の空港カウンターで一年働いたあと、三年、運送会社に勤めた。契約が打ち切られ、次の職探しとなったとき、陶子は悩んだ。これまでの二十年、成田で暮らしてきたけれど、この先もここで暮らし続ける意味があるだろうかと。二十年働いてきて、知り合いはそれなりにいても、特別親しいわけではない。これまでの経験があるから、空港内で働き口を見つけるのは比較的容易ではあるけれど、条件のいい仕事を見つけるのは難しくなっていた。地元の新潟市内よりも、辺鄙《へんぴ》で不便な街でわざわざ暮らす意味が見いだせず、ここは一念発起して、東京で職探しをしてみたほうがいいのではないかと、考えるようになった。

しかしひとりで考えていてもなかなか答はだせず、陶子は藁《わら》にもすがる思いで成田山の占い小屋にいってみた。

適当に選んで入ったところにいたのが光春だった。叔父さんのかわりにきているのだとも知らず、若くてイケメンでラッキー、ぐらいの気持ちで相談をした。

光春は、あなたが成田にいることは意味があるのだと明言した。

「どんな意味ですか」と訊ねたら、「そこまでは僕にはわからないな」と悪びれずに言った。だめな占い師、ではなく、正直なひと、と陶子は思ってしまった。

光春は、「ここに住み続けたら、その意味を知ることができると思いますよ」とつけ加えた。さらには言い訳するように、「その意味というのは、人生の必然というほどのものでもないから、ここに残るかでるかは自分の判断ですけどね」とも言った。

最後のはよけいなことだった。陶子は成田に残ろうとすでに決めていた。

ひとが何かを相談するとき、意識しているしていないにかかわらず、聞きたい答というものを、たいてい、あらかじめもっているものだ。光春の答はまさにそれで、意識はしていなかったけれど、陶子が聞きたい言葉だったのだと思う。

成田にいることは意味がある。

成田に暮らし、働いてきた二十年は無駄ではなかった。あるいは、大航エアポートサービスを辞めたあとも、成田で暮らし続けたのは正解だったと言ってくれたような気がしたのだ。

ひと区切りつけて、心機一転よその土地で生活を始める選択肢もあったが、陶子はその意味というのがわかるまでは成田にとどまろうと決めたのだった。

お金を払い、小屋をでようとしたとき、光春に呼び止められた。「もし成田に留まるのでしたら、お仕事をしませんか」と言った。

その仕事が、「リラックスルーム赤坂」の受付だった。望んだわけでもないのに、また空港での仕事だった。

占ってもらった日、ふっきれたような気になっていたが、日がたつにつれ、自分の選択が正しかったのか、心が揺れるようになった。ここにいれば意味がわかるといっても、それがいつのことなのかはわからない。一年後かもしれないが、二十年後だったりしたらどうしよう。それだけのために、あと二十年も成田に暮らすような覚悟などできるものではなかった。

光春のところで働き始めてからひと月がたったとき、陶子は成田の街で節田仁《ふしだひとし》にばったりでくわした。

仁は大航の整備士だった。そして陶子のかつての恋人であり、大航エアポートサービスを辞めるきっかけになった男だった。

新潟時代は親がうるさかったし、成田にきてからは周りは女だらけで、それまで陶子はあまり男とつき合ったことはなかった。陶子が三十歳のとき、同期に誘われ合コンにいき、そこで仁と知り合った。仁はいかにも男の世界で生きているといった感じの、やんちゃなタイプだった。「おっ、いい足してる」と不躾な視線で陶子の足を見つめ、いきなり隣に座ってきた。仁は四つ年下だったけれど、まるで妹に対するような強気な態度でいつも接した。三十歳になっていた陶子は、そんな生意気さがかわいいと思えた。

一年ほどつき合ったとき、仁にグアム勤務の辞令がでた。陶子は結婚を前提に、一緒にグアムについていきたいことをほのめかした。仁は初めての海外勤務で、いまは自分ひとりの生活すら自信がないが、向こうでの勤務が始まり自信がついたら必ず呼び寄せるよと言ってくれた。

仁が赴任して半年が過ぎた。呼び寄せるどころか、連絡もあまりくれなくなっていた。半年ではまだ自信がつかなくても不思議ではないが、連絡をくれないのは心配だった。海外の生活に行き詰まってしまっているのではないかと。陶子は一大決心をした。会社を辞めて彼のところへいこう。私が彼の支えになってあげようと、それまでの人生でなかったくらいの、熱い思いを胸のなかでめらめら燃やした。彼にはなにも告げずに、いきなりいってやろうと思った。

突飛な行動に見えるだろうけれど、空港では間々あることだった。港の男は渡り鳥で、ある日辞令とともに飛んでいってしまう。赴任先が遠ければ遠いほど盛り上がるもので、男を追いかけて海外に渡る同僚を陶子は何人か見送っていた。まだつき合ってもいないのに、いきなり押しかけていった子もいた。それでうまくいくこともあるし、玉砕して帰ってくることもある。もちろん会社を辞めているなら、戻ってきても居場所はない。

陶子の考えに、周りの多くの者は反対した。それは、陶子の行動がまずいというより、行動する相手がよくないというニュアンスだった。あとから思えば、そう忠告してくれたひとは、何か仁の噂を聞いていたのだと思う。しかし、燃え上がっている乙女には何を言っても無駄なことで、陶子は耳を貸さず、スーツケースひとつに荷物を詰めて旅立った。

結果は玉砕だった。仁はグアムのプールつきのマンションで、女と暮らしていた。現地で知り合った女ではなく、成田にいるころからつき合っていた本命の彼女だった。

陶子は、いちおうその場で修羅場を繰り広げ、心にひと区切りつけて帰国した。帰る場所は新潟しかなかった。途中、グアムを経由していたことはいまも親には話していない。

成田で八年ぶりに再会した仁は、「おっ、すげーひさしぶり」と、最後に会ったときのことを忘れてしまったのか、懐かしそうに笑った。

陶子は何も忘れていなかったけれど笑うことができた。中年にさしかかり、なかなかいい男になった仁と、翌日の夕方、飲みにいく約束をした。

あのとき陶子はこれなんだ、と確信していた。自分が成田を離れず暮らしてきた意味はこのことだったのだと、なんの疑いももっていなかった。

仁と再会するために自分はここにいた。

翌日、仁の車で三里塚にある鉄板焼きの店までいった。陶子のリクエストだ。それは、かつてふたりでよくいった店だった。

仁はグアムで一緒に暮らしていた女とそのまま結婚していた。現在は二人目の子供を妊娠中で、長男を連れて実家に帰っているのだと、レバーの香味焼きを食べながら言った。

仁は車だから、お酒を飲んでいなかった。陶子は、このあとうちにきてお酒を飲まないかと誘った。車の仁にそう言うのだから、泊まっていってと誘っているのは明白だったが、陶子は念を入れて、テーブルの下で仁の足に自分の足を絡ませた。このときのために、自分は成田に暮らしてきたのね、と考え、陶子は息が荒くなってきた。

べつに仁と一夜をともにすることに発情していたわけではない。復讐の炎が胸を焦がし、息苦しくなっていたのだ。

陶子が成田に暮らしてきた意味は、仁に復讐をするためだったのだと、八年ぶりに再会して仁の笑顔を見た瞬間に閃いたのだ。仁とそういう関係になり、家庭を壊してやる。簡単に復讐は達成できると思っていた。

しかし、できなかった。仁は復讐の炎を一瞬にして吹き消すような言葉を吐いた。

「ふざけんなよ。熟女となんか、できるかよ」

口を歪め、バカにしたような笑みを浮かべて言ったのだ。

最初、ジュクジョがなんのことだかわからなかった。まさか自分が「熟女」だと言われるようなことがあるとは思ってもみなかったからだ。それが熟女だとわかったとき、陶子は目の玉がひっくり返りそうなほど驚いた。

あり得ないでしょ。こんなに足が綺麗な自分が熟女のはずがないでしょ。化粧だって濃くないし、よぶんな脂肪は見えるところにはついてないし、下品な下ネタは言わないし、居酒屋では三十三歳で通っているはずだしと、懸命に自分のなかで否定した。しかし、どう否定しようと、言われた事実は消えるものではなく、大きなショックを受けた。どれほど大きかったかというと、思わず歌を詠んでしまったほどだ。

熟女とはできるかと君が言ったから十月九日は熟女記念日

もちろん、四十歳以上のひとなら誰でも知っている、あの歌をもじったものだ。そんなことだから、仁に復讐してやろうなどという気持ちは消えてしまった。仁に復讐するために成田で暮らしていたのだというのも間違いだったのだろうといまでは思っている。もちろん、熟女と呼ばれるためでもないはずだ。

だから陶子は、いまもここに暮らしている。その意味を知る日を半ば期待し、半ば恐れている。また負の感情をめらめらと燃やす日がくる可能性も高い、と考えていた。

今年の十月九日、たぶん熟女記念日を祝うだろう。

3

いつもの九時十五分発の京成に乗って、空港第2ビル駅に着いた。

陶子は改札をでて運転免許証を取りだした。検問所に進み、免許証を提示した。

「家族の見送りです。大航の791便、上海行きです」

今日は入りたての新人みたいな若い女性の警備員だった。張り切って仕事をしているこういう子が、見破ったりするのだろうな、と陶子は考え、少し緊張していた。しかし、彼女が気にしているのは免許証だ。どこを確認しているのか、じっと四、五秒免許証を見つめ、さっと出口のほうへ手を差し向けた。

「どうぞ」

ふーっと溜息をついて出口へ向かった。今日も無事検問を通過。「ばか」と誰にも聞かれない声で呟いた。

陶子は空港勤務者だから、通行証をもっていた。本来はそれを見せて、空港関係者のレーンを通ればいいのだが、陶子はいつも一般レーンで見送りですと申告した。

これは、仁への復讐が失敗した挙げ句、熟女と言われてショックを受けた腹いせによる、空港への復讐だった。

毎日のように見送りだといって入場する人間は明らかに不審者だ。しかし、ほとんど形骸化した緊張感のない警備ではそれをなかなか見破ることはできないだろうと考えた。空港の入り口で毎日失態を繰り返させ、アホぶりを晒させることが陶子の復讐だった。

しかし、仁への復讐が失敗してからすぐに始めて、もう四ヶ月がたつ。まさか、そこまで気づかれないとは当初予想していなかった。

今日など、ちょうど出発する時間の便の見送りだと言って、ヒントを与えたのに、まるで無反応。まだまだ陶子の復讐は続きそうだった。

エスカレーターで三階に上がり、職場に向かって進んだ。朝のピークの時間は終わっていて、繁忙期でもないかぎり、いつもフロアは閑散としていた。

陶子の後輩たちが胸を張って、闊歩していた。大航グループが破綻しても、その制服を着て歩くことは誇らしいのだろうか。陶子にはもう想像できなかった。

大航ツーリストのカウンターの前を通過する。陶子はわずかに顔を向けて、カウンターのほうを窺う。何人かスタッフがいるが、知った顔はいなかった。

最近、大航ツーリストのカウンターに、エアポートサービス時代の先輩がいることがあった。大航の制服のまま働いているから、人事交流とかなのかもしれない。陶子の四、五年先輩で、サテライトに配属されていたとき班は違ったが、目立つひとでよく覚えていた。旧姓は久保さん。結婚して飛田さんにかわり、総務に異動になった。EF券の申請にいったとき、何度か顔を合わせた覚えがある。たぶん、向こうは覚えていないだろう。

大航エアポートサービスを辞めて空港に戻ってきてから、かつての同僚に声をかけられたのはほんの二回だけだった。陶子のほうでなるべく顔を合わさないようにしていた。仲のよかった同期の子とかとも連絡はとらなかった。忠告を無視して男の元へ走り、あっけなく玉砕して帰ってきた自分が、どんな顔をして会えばいいのかわからなかった。向こうだって同じだろう。きっと気まずいはずだ。

いずれにしても、いまではもうほとんどが辞めているに違いない。会うわけはなかった。

Pカウンターの前を通り過ぎた陶子は、ふと足を止めた。名前を呼ばれた気がしたのだ。

「すみません、長野さんじゃないですか」

女性の声。やはり自分を呼んでいる。なんだか面倒だな、と感じたが、陶子は振り返った。

「長野さんですよね」

制服を着た女の子がそう言って近づいてきた。

目の前に立つと、女の子というほどの年でもないとわかる。三十前後。自分より十歳ぐらい年下だろうか。大航ツーリストの制服を着ていた。

「そうですけど」

陶子は軽く首を傾げて言った。

この年代の大航ツーリストのひとで、知り合いはいないはずだ。

「私、もともとエアポートサービスで働いていたんです。到着《アライバル》にいたとき長野さんと同じ班でした。——ああ、私、森尾といいます」

森尾と名乗った後輩は、緊張しているわけではないだろうけれど、硬い表情をしていた。

「ごめんなさい、私、記憶力が悪いから全然覚えてないや」

「いえ、覚えてなくても当然です。私が入社して半年ぐらいで長野さんがお辞めになったので、一緒に働かせてもらったのはほんとに短い間なんです」

「へえー、それなのに、よくわかったわね」

そんなに老けているはずはないと思いたいが、八年もたてば色々変化はあるはずだ。もしかしたら、男を追いかけて辞めた先輩だと知っているのかもしれない。それなら強く印象に残っていても不思議ではない。

「長野さん、すごく印象に残っているんです。ＯＪＴが終わってすぐのころ、私にアドバイスをくれたんです。お客様にあまり関わりすぎるなって」

森尾は笑みを見せた。硬い笑みだった。

「私がそんなこと言ったの？」

「ええ、言いました。でも、お客様にいちばん関わろうとしていたのが長野さんでした。ロストバゲッジでも、破損《ダメージ》でも、お客様に親身に対応し、クレームにいちばん耳を傾けていました。だから、そのアドバイスが印象に残ったんです」

確か自分も先輩から同じアドバイスを受けた記憶がある。要領が悪かったのだろう。

陶子は昔の仕事のことを、懐かしく思いだしたりすることはほとんどなかった。いまも空港にいるのだから、とくに懐かしむ必要もないのだ。

「私のアドバイス、何か役にたった？」

「ええ、役にたちました。おかげで、お客様への対応にメリハリをつけられるようになりました」

一年目の社員に対してであれば、どんなアドバイスでも、それなりに効果はあるだろう。それでも、自分の言葉が何か影響を与えていたというなら、それはうれしいことのような気がする。いまとなっては、どうでもいい気もした。

「ただ、いま、私は後輩にそういうアドバイスをしたくないんです。でも、言いたくなるんです」

森尾は切羽詰まったような顔をしていた。

大航グループの破綻で、現場に色々なしわ寄せがきているのだろうなと想像した。

「すみません、何を言ってるんですかね、私。長野さんには関係ないことですよね」

本当に何も関係がないなと思った。大航グループは、いまや自分にとって遠い存在だった。なんの記憶もないこの森尾を、かつての後輩として身近に感じることもできなかった。

「大変ね」

陶子はとってつけたように言うと、森尾に背を向け、歩き始めた。

今日最初の客は村野《むらの》富雄《とみお》だった。村野は空港内で清掃の仕事をしており、常連だった。

「今日はずいぶん早いですね」

早番上がりの時間ではないし、遅番だとすると、仕事が始まるのはずっと先のはずだ。

「昨日の夜から腰が痛みだしてね。がまんできなくてきたんだ」

「今日は院長がお休みで、岡本先生なんですけど、かまわないですか」

「ああ、いいよ。楽にしてくれるなら、陶子ちゃんだってかまわないよ」

村野は、白い無精髭が目立つ顔をくしゃっとさせて笑った。

村野は、成田で受託荷物のソーティングなどを行う、ＳＫＢという大航グループの会社に以前は勤めていたらしい。陶子がエアポートサービスに勤めていたと光春から聞き、同じグループ会社の元社員として、陶子に親近感を抱いているようだった。

「楽になるかわからないですけど、やってみましょうか。私、逆エビ固めとかやってみたかったんですよね」

「やめてくれ。それ、プロレスの技だろ」

想像しただけで痛みがでたのか、村野は顔を歪めた。

「ごめんなさい。すぐに始められますから」

陶子はそう言いながら、カウンターをでて、仕切りのカーテンをめくった。

「ああ、いいよ。村野さんだろ」

光春の叔父、岡本庚大は、腰に手を当て、後ろに背をそらし、準備運動をしていた。太めで背も低い庚大がそのポーズをすると、ユーモラスだった。

「どうぞ、お入りください」

陶子はカーテンを開けて村野を奥に通した。

カーテンを閉めてしばらくすると、「あー、うー」と、痛いのか、気持ちがいいのかわからない声が聞こえてきた。

長年腰を苛《いじ》めてきたつけが回ってきたんだなと、前に村野は言っていた。それは下ネタまじりの話でもあったが、ＳＫＢの仕事では、重いスーツケースを運び、積み上げ、腰を痛めるひとが多いのを陶子は知っていた。てっきり村野は腰が悪くなってＳＫＢを辞めたのだと思っていたが、そうではなく、業務規模縮小によるリストラだったのだと最近知った。ＳＫＢのあとは、空港警備の会社に勤め、次がいまの清掃の仕事だった。

村野も自分と同じで、空港の仕事を渡り歩いている。それはきっと珍しいことではないのだろう。エアポートサービスの先輩で他の航空会社に移ったひともいたし、免税店の同僚にもいた。そういえば、さっきの森尾もエアポートサービスから大航ツーリストに移っている。

村野のように成田が地元のひとなら、ただ職を探しやすいということなのかもしれないが、地方からでてきてそのまま成田にいついてしまう陶子のような人間はいったいなんなんだろう。自分だけでなく、この空港にはきっとたくさんいるだろうが、何をもとめて空港で働き続けるのだろう。

陶子はふと思った。別に職を変えなくても同じなのかもしれない。もし陶子がエアポートサービスを辞めずに働き続けていても、同じようなことを考える気がした。エアポートサービスはとくにキャリアアップしていく会社ではない。地元を離れ、結婚もせずに二十年も同じような仕事を続けていたら、なんで自分はここにいるんだろうと疑問に思うに違いなかった。誰に強制されたわけでもなく、自分の意思でいるのは間違いないのだけれど、それでも、なぜ、とふと思うことはあるだろう。

ここにいる意味。ほんとうにそんなものがあるのだろうか。仁への復讐が失敗に終わって以来、何も閃くものはなかった。何かヒントはころがっているのに、それに気づかず、通り過ぎてしまっているのではないかと、時折強迫観念に取り憑かれることがある。それに気づかず、意味がわかるのを待ち続けてさらに二十年もたってしまったら――。

「おお、怖っ」

陶子は思わず声にだして言った。

あり得ない。自分もばかではない。その前に、もう少し建設的な身の振り方を考えるだろう。

あと五年だな。せいぜいいるとしても、あと五年だ、と陶子はなんの根拠もなく思った。

村野の施術の間に電話で二件予約が入った。二時半から三十分コースが続けて二件。ふたりとも大航エアポートサービスのスタッフだった。

ふたりは常連で、たぶん光春目当てできているのだと思っていた。予約の電話をかけてきても、光春がいないとわかるとやっぱりやめると言って切ってしまうこともあるし、光春の実家が赤坂病院であることも知っているようだ。ここは赤坂病院と関係があるって聞きましたけど、赤坂先生はご家族とか親戚とかなんですかね、と陶子に探りを入れてきたことがある。なかなか敏い子たちで、空港には長く勤めないタイプだと陶子は踏んでいる。

ともあれ、今日は、光春は休みだと伝えても、かまわないとそのまま予約を入れていた。これまでなかったことで、不思議だった。

村野が帰ってから、そのことを庚大に告げた。庚大は「俺のほうが腕がいいと気づいたんだろう」と笑って言った。

「まあ、彼女たちも大変らしいからね。光春がでてくるまで、がまんできなかったんだろう」

庚大は缶コーヒーをすすりながら、受付に座る陶子に言った。

「大変というのは、どんなことなんですか」

「彼女たちがチェックイン業務をするとき、もともと座ってやってたんだろ。だけど、大航が破綻して、サービスの見直しを考えたとき、お客様が立っているのに、スタッフが座っているのはどうか、という話になって、立ってチェックイン業務をやることになったらしい。腰を屈めて作業をしなければならないから、痛めたり、疲労が溜まったり、故障者が続出しているらしい。光春から聞いたんだが」

出発フロアーを歩き回ることなどないから、陶子はその変化に気づいていなかった。

陶子もチェックインを担当したことがあるが、やはり当時は座ってやっていた。ただ、ＯＪＴで新人の後ろに立って指導したことがあるので、その辛さを想像することはできた。毎回腰を折ってお辞儀をするだけでも、案外疲れるものだった。

「あの、岡本先生、キャンペーンは終わってるんですけど、彼女たちに、空港勤務者割引を適用することはできないですかね」

一昨日まで、空港勤務者二十パーセント割引のキャンペーンをやっていたのだ。

「やっぱり、院長の許可がないとだめですかね」

「いや、いいんじゃないか。そういうのは、長野さんの裁量でやっていいと思うよ。光春には俺が言っておくよ」

「ありがとうございます」

陶子は立ち上がって頭を下げた。

「やっぱり、後輩だから、何かしてやりたいと思うよな」

「いえ、そういうことではないんですが」

あのふたりを後輩だとは思えない。じゃあどういうことなのかと考えても、自分でもよくわからなかった。

「昨日、光春から誕生日プレゼントをもらっただろ」

庚大が突然訊いた。

「ええ、いただきました。院長は叔父さんになんでも話すんですね」

意味もなく動揺した陶子は、それをごまかすように、ちょっと攻撃的に言った。

「いや、なんでも話すというかね、一昨日、参道でたまたま会ったら、長野さんのプレゼントを探しているところだと言ってたんだ」

庚大は言い訳しているようだった。

「で、あいつから何をもらったんだ」

光春の名誉のために伏せておこうかと考えたが、もったいぶるのも小娘みたいで気持ち悪い。陶子は口を開いた。

「陶器でできた、カエルの置物なんです」

「ほう、あいつもなかなかいい趣味してるな」

冗談で言ってるのかと思ったら、庚大の垂れ目は、それなりに真剣だった。やはり親戚だから、センスが似通っているのだろう。赤坂家の女性はかわいそうだと思う。

「光春は真剣に選んだんだと思うよ」

「ええ、そうだと思います」

陶子もそれは疑っていなかった。

「長野さんは、あいつの母親を思わせるところがあるから、他人のようには思えないのかもしれないな」

陶子は目を剝き、「えっ」と思わず声を発した。

「冗談はやめてください。私、まだ四十歳ですよ。どう考えても、院長のお母さんの年じゃないでしょ」

　しかも四十歳にはとても見えない四十歳なのに。

「いや、年齢とかは関係なしに、どこか面影があるということだよ」

　そう言われても納得はできない。たとえ顔が似ていても、十歳の女の子に母親の面影をみとめたりはしないだろう。絶対に年の問題だ。

「ただ、あいつの母親が亡くなったとき、四十七歳だったから、そう違いはないかもしれないが」

「お母様、亡くなったんですか」

「ああ、八年前だな。光春が大学に入ってすぐだった。胃癌だったから、兄さんもショックを受けていた。俺もまさか姉貴がこんな早くに逝くとは思ってなかったからな……」

　そうだった。庚大は光春の叔父なのだから、母親とはそういう関係になる。

「四十七歳。――早いだろ？」

「ええ。本当にお気の毒です」

　陶子とは七歳差。その違いはそうとうある、と思ったが、そこに嚙みついたりしなかった。

　四十代というのはそういう年齢だ。死もけっして遠いものではないと気づいて、陶子は軽いショックを受けていた。

「長野さんも若いと思って油断しちゃいけないよ。健康診断とか、ちゃんと受けたほうがいい」

陶子は、「はい」と素直に答えた。

4

「かんぱーい。四十歳、おめでとう」

ワイングラスを合わせると、桃子《ももこ》が大声で言った。

「もう、やめてくれる。周りに聞こえるでしょ」

陶子は、若いカップルが多い居酒屋の店内を見回した。

「いいじゃない。みんなも、心のなかでお祝いしてくれてるよ」

「だいたい、もう三日も過ぎてるんだから、めでたくもないの」

「まあまあ、そんなこと言わないで。大きな節目だからって、わざわざお祝いにやってきたんだから。もう、なんて姉思いの妹なんでしょ」

桃子は合わせた手に頬を寄せ、おやすみのポーズでひとり悦に入っている。

「何がわざわざよ。ディズニーランドに遊びにきたついでに寄っただけでしょ」

さっきまで、同じ千葉県なのになんでこんなに遠いのかと、さんざん文句を言っていた。呼んだわけでもないのに。

今度は、てへぺろ、で応じた桃子は、箸を伸ばしてニガウリをつまんだ。

少女マンガでも小説でも、いきおくれた女には、たいがい女子力の高い妹がいる。陶子も、その例に漏れない。

女子高生のスカートの短さが全国一ともいわれる新潟県の、コギャル第一世代である桃子は、寒い新潟の冬場でも生足をかかさず、高校生のころから、男の子によくもてていた。短大時代に知り合った地元老舗料亭の四代目をがっちりキープし、二十六歳のときに結婚。現在子供はおらず、結婚四年目にして新婚当時とかわらぬラブラブ状態なのだと本人の口から聞いた。

二十代のころ、十歳も離れた妹に先を越されるとは夢にも思わなかった。しかし、それだけ離れていると、実際にそうなってみても、悔しさも焦りもあまり湧かなかった。陶子が成田で働き始めたとき、桃子はまだ十歳で、それからはときどきしか会えなかったから、仲のよい親戚の子ぐらいの感覚しかなかった。普通の姉妹っぽい会話ができるようになったのは、桃子が結婚してからだった。とはいっても、それも年に一度や二度のことだ。

「お姉ちゃん、誰かお祝いしてくれたひと、いたの」

急に物憂げな表情をした桃子は、かわいい妹ではなく、三十歳の女の顔になった。

「お祝いしてくれたわよ。男じゃないけど」

一昨日、運送会社時代の同僚が祝ってくれた。

光春にプレゼントをもらったことは話さない。部屋に飾ってある、カエルの置物を見ても、桃子は何も言わなかった。せっかくスルーしてくれたのだから、わざわざ笑いのネタを提供する気はなかった。

「もし、こっちに親しい男のひととかいないなら、お姉ちゃん、新潟に戻ってこない？」

桃子は男におねだりするときに使うような、お茶目な笑みを浮かべて見せた。

陶子はその前提条件に嚙みつこうと、粗を探した。が、とくに間違いは見つからなかった。家族にとって、男がいる以外、戻ってこなくていい理由はなさそうだった。

「何？　お父さんから頼まれたの？」

「うん、頼まれました。六十八歳の年老いた両親に、帰ってくるように言ってくれと、必死に頼まれました」

なかなか泣かせることを言うなと、陶子は感心した。グラスを摑み、甘めの赤ワインを口に含んだ。

「お父さんも、お母さんも、もううるさいことは何も言わないって。結婚したくないなら、しなくてもいいから、とにかく、帰ってきてほしいって」

「それ勘違い。私はうるさく言われるのがいやだっただけで、結婚しないと決めてるわけじゃないの。むしろ、する気は満々なんですけど」

桃子はなだめるように二回頷いた。

「もちろんそういう気でもかまわない。とにかく、お姉ちゃんの自由にしていいって。ひとりで暮らしたいなら、それでもいいし、ただ、近くにいてほしいんだって」

「なんだか必死だな」

陶子はひとりごとのように言った。

桃子は怒ったような目を向けた。

「妹のあたしが言うことじゃないかもしれないけど、やっぱり、四十過ぎて、遠いところにひとりでいる娘は心配だと思うよ。お父さんもお母さんも、あと二年で七十歳だもん。なんかさ、あたしもふたりの願いを叶えてあげたいと思うの」

心配なのではなく、不憫に思っているのだろう。

よけいなお世話だ、と差し伸べた手を振り払いたくなるが、そうもいかなかった。やはりふたりは親だし、自分は娘だ。もう七十にもなるのかと考えたら、親こそ不憫に思えてくる。

「とくに成田にいなければならない理由はないんでしょ。だったら、一度、帰ってきなよ」

理由もなく成田にいたと思われている。それはほぼ正しいのだけれど、とても悲しく感じた。

陶子はなぜか空港の検問所を頭に浮かべていた。

5

四階の飲食店街からエスカレーターに乗って三階に下りた。陶子はあくびを抑えて眠い目をこすった。

食後ベンチに座ってぼんやりしていたら、ついうとうとしてしまって、休憩時間をわずかに過ぎてしまった。

昨晩はあまり眠れなかった。居酒屋のあと、桃子は新潟に戻ってこいという話はもうしなかったが、陶子はずっとそのことを考え続けていた。

帰るしかないんだろうな、とは思っている。しかし、いま帰ってしまったら、ここにいた二十年がすべて無駄だったことになってしまうような気がして、なかなか踏ん切りがつかなかった。

朝、桃子も一緒に部屋をでて、駅で別れた。そのとき、すぐに結論をださなくてもいいからと言ってくれたが、それが間違いだった。結論をだせないまま、ぐずぐずと考えそうだ。

早足でフロアーを進み、リラックスルームに戻った。

「すみません、遅くなってしまいました」

「ああ、大丈夫だよ。相変らず、予約の電話はなかった」

施術台に腰を下ろして本を読んでいた光春が言った。

今日は、クイックマッサージを受けにきた出発前の客がひとりだけで、その後、予約が入ることもなかった。たぶんこのあと、早番を終えた空港勤務者がやってくるとは思う。

陶子は施術室に入り、奥のハンガーラックから白衣をとり、セーターの上に着た。受付に戻ろうと光春の前を通った。陶子はふと思いついて足を止めた。

「院長、また占ってもらえませんか」

光春が顔を上げた。

「どんなことを？」

「親から新潟に帰ってこいって言われて、どうしようか悩んでいるんです。いま帰るべきなのかどうか」

陶子は光春の隣に腰を下ろした。光春の視線が追いかけてきた。

「前にみてもらったとき、ここにいれば成田にいた意味がわかると言ってくださいましたけど、その後変化はないですかね。いつごろそれがわかるか、だいたい見当がついたりすれば、助かるんですよね」

光春は薄い笑みを浮かべて、こちらを見ていた。何も言わない。

「どうですか。占ってもらえませんか」

「だめだな。占えないよ」

光春は目を伏せ、首を振った。

「やっぱり、仕事中はだめですか」

「そうじゃないよ。占ったら、それにしたがって、長野さんは結論をだそうとするだろ。人生を左右するような大きな決断は、自分の頭で考えて、判断をするべきだよ」

「そんな当たり前のこと言わないでください。それに、あのときは占ってくれたじゃないですか」

「そりゃあ、易所にいるのに占いはできません、お客さん、自分で考えてくださいとは言えないよ。だけど本来、僕は、なんでもかんでも占ってもらって、ひとに判断をまかせるのは好きじゃないんだ」

「そんなあ——」

ひとに頼るダメ人間と言われたようで、ショックを受けた。

「じゃあ、今度、院長がピンチヒッターで占いをやる日にいって、みてもらいます」

開き直ってそう言ってみた。

光春は困った顔をして、黙った。

「自分で判断するほうがいいって言いましたけど、院長はよくお客さんの相談にのっているじゃないですか。頼まれもしないのに、お節介やいてるじゃないですか」

「あれはね、自分でもどうにもできないんだ。落ち込んだりしているひとを見ると、ほっとけなくなって」

「私はほっとけるんですか」

陶子は思わず大きな声をだした。

光春はやはり黙り込む。

そりゃあ悩みといっても、借金があるわけでも、病に冒されているわけでもない。ただ成田にいるだけ。確かに、放っておけるものかもしれないと、陶子は自分で結論をつけた。

「すみません、勝手なことを言って。仕事中に話すことではないですね」

陶子は立ち上がり、もう一度すみませんと頭を下げた。

光春は気にしてないよという風に、首を横に振った。

受付に戻った陶子は、ふと思いついて自分の体を眺め回した。最初からわかっていたことだが、何も見えないとすぐに諦めた。

光春が放っておけるということは、自分の気の流れは悪くないのだろうか。こんなに悩んでいるというのに。

休憩後、リラックスルームはにわかに忙しくなった。帰国したビジネスマンが飛び込みで、ふたり立て続けにきた。予約も入った。早番を終えた村野が、四時ごろやってきた。

村野の施術が終わるころ、以前にもきた大航ツーリストのスーパーバイザーが腰に違和感があるといってやってきた。

「トマトのスパゲッティー、知ってる？　あそこの大盛りはほんとにでかくってさ」

「そんなの知ってるよ。それより、五階にあった屋台村みたいなやつ、覚えてる？　あそこの弁当が安くてうまかったんだ」

カーテンの向こうから、楽しげな声が聞こえてくる。

大航ツーリストのスーパーバイザー、今泉の施術が始まっても、村野は帰らなかった。村野と今泉は顔見知りらしく、施術を受けながら、旧交を温めていた。

まだ第二ターミナルがなかったころの、第一ターミナルにあったいまはなき懐かしいお店をどれだけ知っているか、互いに自慢しあっている。

まるで小学生がヒーローものの怪人をどれだけ知っているか自慢しあっているようで、あほらしかった。ただ古くから空港にいるというだけのことで、自慢する意味がわからない。まあ、小学生の男の子なみに楽しそうではあったけれど。

「ねえ、陶子ちゃんも一タミにいたんだよな」

カーテンから村野が顔を覗かせた。

「五階にあった喫茶店の名前、覚えてないかな。あまりひとがこなくて、いつも静かな店」

オアシスでしょ、とすぐに思いだしたが、教えてあげない。

「知りません」と冷たく言った。

「カルカッタだったかな。確かにカタカナだった覚えはあるんだよ」

今泉らしき声が聞こえてきた。

「いやそんなんじゃないよ。スワンとかバロンとか三文字だったはずだ」

ふたりとも全然違う。

聞いているともどかしくて、いらいらしてくる。答を言いたくなった。

陶子は時計を見て、つかつかとカーテンに歩み寄った。

「院長、三十分コースの時間がすぎてます。あとがつかえているので、終わりにしてください」

今泉と村野は、カタカナ三文字だと確信したらしく、チロルだ、ソドムだ、と言い合いながらでていった。陶子は最後までいらいらさせられた。

ふたりが帰って、クイックマッサージのお客さんがきたあとは、しばらく暇になった。そのうち、外がざわめき始めた。強い風が吹きつけるようなノイズが、ドアの向こうから耳に届く。

六時、夜のピークの時間がきたようだ。店のなかにいても、それぐらいは感覚でわかった。

それから間もなくやってきた老人は、ハワイまでの飛行に耐えられる腰にしてくれと言った。まだ、チェックイン前だったので、先にチェックインをしてからゆっくりやりましょうと、陶子は提案した。

七時過ぎ、老人の施術が終わったのと入れ替わるように、ポロシャツにジャケットを羽織った、五十代半ばと思しき男性がドアを開けた。ざわざわと落ちつかないノイズに押しだされるように、なかに入ってきた。

「背中が痛いんだ。治してほしい」

半白髪を綺麗に七三に分けたビジネスマン風は、厳めしい顔つきで言った。もともとそういう顔つきとも考えられるが、顔色もあまりよくなかった。痛みがひどいのかもしれない。

施術前の質問票に記入してもらい、コースを決めようとしたとき、それが目に入った。

「お客様、大航の771便でシドニーにご出発ですね」

出発の客が乗り遅れたりしないように、出発便を記入してもらっていた。

「出発時刻まで一時間ほどしかありませんので、十分間のクイックマッサージのコースになりますが、よろしいでしょうか」

「なんでもいいから、この背中の痛みをどうにかしてくれ」

男は声を荒らげた。

「長野さん」

カーテンを開けて、光春が顔を見せた。

「とにかく、やってみましょう。触ってみないと、どんな調子かわかりませんから」

光春は男の爪先から頭のてっぺんまで、視線を移動させた。

「では北川《きたがわ》様、なかへどうぞ」

陶子は質問票を光春に渡し、北川がなかに入るとカーテンを閉めた。

コースも決めずに施術に入るのは初めてだった。出発の一時間前だから、どんなに引き延ばしても三十分だけ。

陶子は受付のカウンターに戻り、時計を見た。なんだか集合遅れ《レイト・ショウ》の旅客を待つ気分だなと思い、懐かしくなった。

「このへんですか」と、患部を確認する光春の声が聞こえた。

しばらくして、また確認する声がし、静かになった。

時計を気にしていた陶子は、五分ほどしていつもとは違う、と気づいた。

普段であれば、腰が硬いですねとか、腿が張ってますねとか、お客さんの体の状態を光春は何かしら口にだして言うのだ。しかし今回の施術では、五分たっても、その手のことをひとことも言わない。

ただ、痛みに耐えるような、北川の声が聞こえてくるだけだった。

6

携帯電話の着信音が響いていた。

一分ほど鳴り続けて、切れた。たぶん、またすぐに鳴り始めるはずだ。この五分ほど、ずっとそのパターンを繰り返していた。

やはり鳴り始めた。カーテンの向こうから聞こえてくるのは、北川の携帯の着信音だ。最初に鳴ったとき、光春が「でますか」と訊いているが、北川は「でなくていい」とぶっきらぼうに答えていた。

最初から、どこかおかしいと感じてはいたが、この施術はやはり普通ではない。その証拠に、先ほどカーテンのむこうで、「うーん、おかしいな」と光春がそのものの言葉を漏らした。

時計を見ていた陶子は、カウンターをでた。カーテンを引き開け、言った。

「院長、二十分が過ぎました。そろそろ切り上げないと、ご出発に間に合いません」

北川の背中に手を当てていた光春は、背筋を伸ばし、ゆっくりと名残惜しそうに、背中から手を離した。

「時間か。――残念ですが、僕の手には負えないかもしれない。そろそろ、他の手を考えたほうがいいかもしれませんね」

光春は手をもみほぐしながら言った。

うつぶせの北川は、額に脂汗をうかべ、ぐったりしているように見えた。

「痛み止めはお飲みになられましたか」

「いや、普通の痛み止めはきかないよ」

かすれた声で答えた。

「いちおう、クリニックにいってみるのは？」

「いったって、旅行にいくなと止められるだけだ」

「なるほど」光春は落ちついた声で言った。

なるほど、ではないだろ。医者に止められるというのは、旅行ができない状態だということだ。出発を取りやめるよう忠告すべきだ。陶子はカーテンの内側に入った。

「で、どこが悪いんですか。膵臓？」

「よくわかるな。癌なんだ」

もう決まりだ。絶対に無理だ。

「あの、北川様、ご出発はツアーですか、個人ですか」

陶子は割り込んで訊ねた。

「ツアーだ。大航ツーリストのツアーだが、それがどうした」

「もうそろそろ搭乗開始の時刻ですし、体調もすぐれないようですので、キャンセルの手続きをされたほうがいいと思うんです。もしよろしければ、私が代わりにいってまいりますので、航空券と搭乗券をお渡しください」

「よけいなことをするな」

北川は病人とは思えない、張りのある声で怒鳴った。

「俺はいく。絶対にいくんだ。もしいけなくても、飛行機は勝手に出発するんだから、そんなのはどうでもいいだろ」

　そう簡単にはいかない。チェックイン済みの旅客がゲートノーショウをすれば、出発は遅れるし、探したり呼びだしたり、多大な労力を費やす。もっとも、陶子にとっても関係ないことではあるが。

「ちょっと長野さん。待ってくれる」光春はそう言うと、北川に向き直った。「旅行は、主治医の許可をもらったんですか」

「ああ。調子がよかったから、いまのうちにいっておけと言われた。ほんとにずっと調子よかったのに、空港にきて、急に痛みだしたんだ」

「ご家族も一緒ですか」

「一緒だ。先にゲートにいかせた。ちょっとすます用事があるから、俺はあとからいくと言ってここへやってきた」

　電話はその家族からなのだろう。

「これが、最後の旅行なんだ。なんとかいかせてくれ。先生、腕がいいんだろ。空港のひとから聞いた。医学部をでたマッサージ師だって」

「いえ、中退です」

　光春はきっぱり言った。

「なんでもいい。とにかく、いけるようにしてください」

「わかりました」

光春はそう言うと、手を組んでぎゅっと握り合わせた。

「ちょっと、院長、自分には手に負えないとさっきギブアップしたじゃないですか」

「試してないことはまだある」

それは、あてずっぽうにやってみるということだろうか。

「長野さん、航空会社とかには黙っていてください。言ったら、キャンセルされてしまうんでしょ。僕だってそれぐらいはわかります」

「でも院長——」

「お願いします。一生のお願いだ。——僕の母親も癌でね、調子がいいときがあって、僕が大学に受かったら海外旅行にいこうと約束したんだ。母はすごく喜んだし、元気になった。きっといけるだろうと思って、予約も入れた。だけど、出発前に急に体調が悪くなってそのまま退院することなく亡くなった。僕の大学受験がなければ、調子のいいときにいけたんだ……。まあ、そんなことはいいや。とにかく、できるだけやってみる。さあ、北川さん、台に腰かけてください」

光春は不自然な大声で言った。

北川はのろのろと起き上がり、施術台に腰かけた。

光春がしゃがんだ。北川の足を膝にのせ、足の裏を指の関節で、ぐりぐりと押し始めた。

「院長、それはリフレクソロジーじゃないですか。院長の専門じゃないですよね」

「つぼの位置ぐらいはわかっているから」

本当にあてずっぽうだ。

「長野さん、少し早いけど、今日は上がっていいよ」

邪魔者、というわけだ。陶子はふーっと息を吐いて、奥に向かった。

白衣を脱いで、ダウンジャケットを着た。

「失礼します」と小声で言って、施術室をでた。

光春も、体調が悪いのに、出発させるようなことはするまい。いずれにしても、大航に迷惑がかかろうが、自分には関係のないことだった。

「ああ、ここが硬いですね」

施術室から光春の声が聞こえた。

陶子はカウンターの裏に置いてあるバッグを取り上げた。

「あれ、お腹も張ってますね」

バッグを肩に提げ、リラックスルームをでた。

十九時三十五分。出発の三十五分前だ。

Pカウンター、大航ツーリストのカウンターの前を通ったが、混乱した様子はなかった。まだ時間的にいって、北川がゲートにきていないことは把握していないだろう。

陶子はエスカレーターに乗り、一階まで下りてきた。

地階へのエスカレーターに向かっているとき、ふと、北川の荷物のことが気になった。北川はスーツケースを預けたのだろうか。

いや、この時間ではもう気にしてもしかたがない。降ろしている余裕はない。もし家族だけ出発するなら、現地で家族に受け取ってもらえばいい。

しっかり処理方法が頭に入っているもんだと、陶子はひとごとのように感心した。当たり前だ、と誰かを叱るように、軽い怒りを覚えながら陶子は思った。ゲートノーショウなんてかぞえきれないほど対応している。

トーキーをもって、サテライト中を走り回った。出国審査場で、お客様の名前を連呼した。お客様の手を引いてゲートまで駆けていった。制服を着て働いている自分の姿が頭に浮かんだ。ここ何年も思いだしたことのない姿だ。

なんだ、ちゃんと働いていたんじゃない、とまたひとごとのように思った。

当たり前のことだった。十二年も働いて、毎日ぼんやりしていたはずがない。けれど、そんなことすらわからないほど、本当に、昔のことを考えることはなかった。

ゲートの担当だけじゃない。チェックインもやった。アライバルでは、毎日のようにお客様に頭を下げていた。いや、頭を下げるばかりではない。機内での忘れ物に対応して、感謝されたこともあった。二十年も前、新人のころの記憶を甦らせた。

陶子は下りのエスカレーターの前で立ち止まっていた。通りかかった制服の女の子に、ぼんやり視線を合わせた。

　大航の制服を着た、大航エアポートサービスの子だ。リボン結びでスカーフを巻いていた。誇らしげに胸を張って歩いている。破綻など、関係ないはずだ。仕事そのものはかわっていない。その仕事が誇らしいのだから。

　自分もかつてはそうだった。大航の制服が、空港の仕事が誇らしかった。接客の仕事だから、いやな思いをすることも多かった。辞めたいなと思うこともあったが、誇りだけは微塵も揺るがなかった。

　それはいまでもかわっていない。サテライトを駆け、お客様に頭を下げ、端末に向かう自分のかつての姿が誇らしい。背筋を伸ばして遠ざかっていく、後輩の姿が眩しかった。

　何もかわっていない。いまも私はここにいる。

　陶子は進むべき方向を探すように顔を振った。ゆっくりと足を踏みだす。上りのエスカレーターに引き返し、三階を目指して駆け上がった。

　空港にいる意味などない。いや、あるとしたら、最初からわかりきったことなのだ。ここで自分は働いてきた。それだけのことだ。

　エアポートサービスを辞めるとき、男を追いかけて、あっさり仕事を捨ててしまったから、これまで働いてきたことをすっかり台なしにしてしまったと考えたのだろう。十二年間が無意味になってしまったと。

その後の七年間は、それを取り返すための時間だったのかもしれない。

とにかく、この二十年が無意味なことだとは思えなかった。オアシスだって覚えていた。とるに足らないことだけれど、それだってここにいた大事な記憶である気がした。

エスカレーターを上がり、出発フロアーを駆けた。

Pカウンターがすぐ近くで助かる。四十歳の体は、もうふらふらだ。

「すみません」

陶子は声をかけた。

カウンターには、先輩と後輩がいた。飛田と森尾が、こちらを向いた。

陶子は立ち止まる。膝に手をつき、喘ぎながら声を絞りだした。「すみません、771便の北川様が……」

「長野さん、どうしたんですか」

森尾の声が聞こえた。

「あら、長野さんって、あの長野さん」

飛田の聞き覚えのある声。

陶子は息を大きく吸い、背筋をしゃんと伸ばした。

「771便のお客様がゲートノーショウです。まだ出発フロアーにいらっしゃいます」

7

八時四十五分。いつもより早い到着の電車で、空港第2ビル駅に着いた。

検問所は空港関係者のレーンに進んだ。よく見かける警備員に通行証を提示したが、なんの反応も示さない。

空港が平和だということだから、まあいいか。

三階に上がった。さらに、エスカレーターを上がり、四階の見学デッキにでた。

金網越しに駐機場を見下ろした。空港で働いているのに、まともに飛行機の姿を見るのは数年ぶりだった。

昨日の北川様は、結局出発できなかった。不調の原因は便秘のせいと、光春は当たりをつけたようだったが、最終的には時間切れになってしまった。ただし、翌日の今日、同じ便で出発できることになった。

イレギュラーの処理方法を覚えているといっても、やはり、ブランクが長い。その手があることをすっかり忘れていた。最初から翌日出発を提案していたら、北川もあんなに焦って出発しようとは思わなかっただろう。

昨日の771便は十五分遅れの出発となってしまった。自分がもっと早くしらせていれば、そんなには遅れなかったはずだ。

その点を反省し、失敗を取り返すために、もうしばらく空港で働いてみようと思っている。

空港の仕事は網の目の神経のように関連しあっている。あるいは、地下水脈のように、とんでもないところで繋がっているかもしれない。マッサージ店でも、飲食店でも、旅客の出発に何かしら関わっているのだ。それを意識しながら、本当にあと少しだけ働いてみようと思う。

それで満足できなければ、またいつか戻ってくればいい。

吹きさらしの風がこたえた。まだ、五分もたっていないが、なかに戻ることにした。雪国育ちだけれど、陶子は寒さに弱い。

こつこつとヒールの音を立てて、出入り口に向かった。

それに今日はスカートがいつにも増して短い。自慢の足に、鳥肌が立っていた。

やまいはちから

1

目が醒める前、僕はみんなの夢を見ていた。

みんな、というのは、みんなとしかいいようがない。空港所のみんなだった気もするけれど、本社の同期がでてきたような記憶もある。空港で働く見ず知らずのひともいたかもしれない。

ベッドに腰かけ、思いだそうと試みるが、夢の記憶は薄ぼんやりとして、はっきりしたものはひとつもない。ただ、みんながんばっているな、という自分の感想だけが胸に残っていた。

仕事関係の夢なのに、嫌な印象が残っていないのを不思議に感じた。ここしばらく、仕事の夢といったら、うなされる類のものと相場がきまっていた。シフトの始まる時間なのに、気づいたらとても遠くの駅に立っていたとか、旅客に渡す航空券をなくしてしまったとか、冷や汗ものの夢ばかりだった。

時計を見たら、午前十一時を回っていた。

午前中に起きられたことに気をよくして、大きく伸びをした。カーテンを開き、窓まで開けた。風はまだ冷たかったけれど、陽差しに春の温かさを感じて、僕は逃げだしたくなるくらいの焦りを感じた。

部屋のドアを開けて階下の様子を窺う。なんの気配も感じられなかったので、部屋をでて階段を下り始めた。とたん、下から、けたたましい笑い声が響いた。

なんだ、きていたのか。

僕は足を止めた。部屋に引き返そうかと思ったが、気をかえて階段に腰を下ろした。女ふたりのかしましい声が聞こえる。鰹節という言葉が聞きとれた。おねしょという言葉も。

きっとふたりは、僕の恥ずかしい昔話で盛り上がっているのだろう。

聞こえてくるのはあくまで断片的な言葉。ラーメン、チャーシューという言葉が聞こえて、大きな笑いが起こった。なんだか、僕は不愉快だった。

鰹節削りが唯一趣味という変わり者の子供で、小学校三年までおねしょが治らず、汚れ物をベッドの下に隠す癖があったのよ。

ああ、だからラーメンを食べるとき、チャーシューを麵の下に隠して最後までとっておくようないじましい大人になってしまったんですね。ケラケラケラ。

僕は断片からふたりの会話を勝手に想像して憤った。それでも部屋には戻らず、ふたりの楽しげな声を、階段から聞いていた。

Wハルコの競演は、最近の我が家では珍しくない。森尾と僕の母親。ふたりとも名前が晴子だった。だから気が合うわけではないだろうが、森尾が初めて僕の実家を訪ねてきたときから、こんな感じで盛り上がっていた。

僕は訪ねてくる森尾と一度も会っていない。母に紹介したことなどなかった。だから、盛り上がるどころか、ふたりが話をしているだけでも、僕にとってはなんとも不思議な感じがした。

母は森尾がきても、僕に顔を見せるように強制したりはしない。帰ったあと、森尾さんがきていたわよと、わざとらしく言うだけだった。森尾も無闇にプレッシャーを与えることなく、僕が顔を見せないとわかると、一時間もしないうちに帰っていく。成田から三時間ほどかけてやってきて、申し訳ないという気持ちは僕にもあった。会いたいという気持ちだってある。

でも、だめだった。会いたいけれど、森尾の顔を見るのが怖い。体が動かない。いまだってそうだ。

とはいえ、それほどの葛藤があるわけではなかった。僕の心のなかは総じて平穏で、とくに仕事をしていたときとかわりはしなかった。暗い顔をしてずっと塞ぎ込んでいるわけではないし、生活も、夜、寝つきが悪く、起きるのが昼を過ぎてしまうこともあるけれど、家に引き籠もっているようなことはない。暇潰しにシネコンにでかけてみたり、美味しいラーメン屋があるのを思いだして厚木まで足を伸ばしたり、案外活動的だった。病欠しているのに、元気に外を出歩くことに対する後ろめたさもあまり感じてはいない。

ただ、ここのところ焦りを感じることがひとつだけあった。二月中に成田空港所に出社しなければ、僕の所属は本社の総務付きになってしまう。今年はオリンピックイヤーの閏年だから、一日だけ時間稼ぎはできるものの、タイムリミットはあと四日。それを過ぎたら、もう僕は成田に戻れなくなってしまう。

絶対に成田に戻る。ひと月前、逃げるように成田を離れるとき、そう心に誓ったのを僕は忘れていなかった。大航ツーリスト成田空港所が消滅してしまう前に、もう一度そこで働き、何かを残したいと思っていた。しかし、体は動いてくれない。

ぐう、と腹が鳴った。お腹が空いたから下へおりてみようかと、ちらっと思う。案外、小さなことで、勇気が湧いてきたりするものだ。

僕は体が動きだすのをじーっと待った。Wハルコの笑い声をぼんやり聞いていた。

2

「元気そうでなによりです」

「食欲もありますしね。この間、『仔猫を誘拐』という、前に一度観て号泣した映画に再チャレンジしてみたんですけど、全然平気でした。なんでこんな糞つまらない映画で泣けたかわからないって感じで、ぽぽろんちゃんに中指立ててやりましたよ。僕の心はだいぶ正常に近づいているのだと思います」

僕は思わず立ててしまった中指を左手で隠し、五味《ごみ》医師に笑いかけた。

五味は強ばったようなわざとらしい笑みを浮かべて、頷いた。

「仕事に関することはいかがですか。心がざわつくことなく、直視できるようになりましたか」

五味の大きな鷲っぱなを見ていた僕は、このひとジョン・レノンに似ているなとふと気づいた。

「ええ。それも平気です。だいぶ直視できるようになりました」

鼻の上に乗った銀縁眼鏡、レンズの奥の垂れた目、薄い上唇、全体的な線の細さ、どれをとってもジョン・レノンだ。ジョンは白衣が似合うな、と意味もなく感心した。

「この間、同僚から届いていた手紙をいっきに読んでみました。ずっと怖くて読めなかったんですけど、平気でした。みんなの励ましに応えて、早くよくならなきゃと思いました」

篠田や柳沢など班の子や、助っ人にきている今泉からも届いた。意外だったのは、同期の須永が書いて寄越したことだ。友情に厚い男を演出するために、心にもないことを書き連ねているのだろうと最初は思ったが、読んでみると、本気で僕に戻ってきて欲しがっているようだった。きっと誰かに、心の弱っているひとにがんばれは禁句だとでも言われたのだろう。前半はひとこともなかった。しかし後半に入ってがまんしきれなくなったのか、がんばれのオンパレードだった。

そんな須永らしさが表われた手紙に僕は癒された。元気になった。もともと僕は元気であったけれど。

「仕事にいってみようという気になりましたか」

「仕事にはいつもいきたいと思っていますが」

僕はぶっきらぼうに言った。

「そうでした、そうでした」

白衣のジョンはなだめるように言った。

「いきたいと思ってるし、いってみようと努力もしました。電車に乗って成田に向かったりもしましたが、東京までいったら、息が苦しくなってきて、引き返すことにしました。先生、どうしたらいいんですかね。あと三日しかないんです。それまでに出社しないと、成田には戻れなくなってしまうんですよ」

僕は抑えた声で訴えた。

五味はあからさまに困った顔をして、腕組みをした。

「それでも東京まではいけたんですね。前は町田までだったから、進歩は見えます」

「ちょっとずつ距離を伸ばしていっても意味はないんです。ほんとに時間がないんです。どうにかなりませんか」

「どうにかといっても、仕事にいけるということは、病が平癒するということですから、なかなかね……」

「先生、僕の病気を治す自信がないというのですか」

「いやいや、そういうわけでは——。ただ、時間はある程度必要なものですから」

「だったら一週間に一回ではなく、もう少し頻度を上げて通院してもよかったんじゃないですかね」

僕は嫌味っぽく言った。

小田原駅の近くにある五味メンタルクリニックに通いだしたのは、実家に戻ってすぐだった。初診のあとの二回は三日おきに通い、その後は週に一回のカウンセリングと経過観察。リミットまであと三日に迫ったいまになって言ってもしょうがないが、もっと頻繁に通院してもよかったのかもしれない。

僕と十歳も年が離れていないだろうクリニックの院長は、頼りなげな顔をして頷いている。見た目だけだったら、僕のほうがずっと健康そうだ。名前のせいで子供のころいじめられたんだろうなと勝手な想像をして、少しばかりの同情を感じた。

「なかなか難しいんですよね。遠藤さんのようなタイプは」

「僕の性格に何か問題があるとでも——」

「いや、失礼。症状が、ということです。遠藤さんの場合、鬱病まではいっていない。最近注目されている、新型鬱とか非定型鬱と呼ばれるものともまた違うんですよ」

五味は、きりっと表情を引き締め、医者らしい歯切れのよい口調で言った。

「仕事から離れると、急に元気になって、まるで仮病だったのではないかと見えるところは非定型鬱に似ています。ただ、非定型とはいっても、症状などはある程度型にはまっていて、一定の傾向を示すものなのですが、遠藤さんの場合、それに当てはまらないんです。内省的で仕事にいかなきゃならないと焦っているのは、従来型の鬱に近い。非定型、あるいは新型だと、復職に対しては消極的であるし、病気になった原因を他者に求める傾向が強いんです。ですから、なんとも診断がつきかねて、診断書では抑鬱状態で加療の必要ありとしたんです。初診のとき、抑鬱状態であったのは間違いないのでね」

五味が祈りを捧げるような、透明感のある表情を見せた。いまにも『イマジン』を歌いだしそうな。

「つまり、僕の病気がよくわからないということですか」

「まあ、はっきり言ってしまえばそうなります。なかなか判断が難しいところで」

五味は顔を曇らせ、肩を落として言った。

ここまで萎《しお》れてしまったら、歌で愛と平和を説くことはもうできないだろう。もちろん、五味がそんなことをしなきゃならない理由はないのだけれど。

「先生、そんなに落ち込むことはないですよ。ひとの心は難しいですから」

「ありがとう。難しいことはよくわかっているんですけどね」

患者に励まされたことを気にした風もなく、薄い笑みを浮かべて言った。

僕も気にしていなかった。むしろ、わからないと言ってもらってうれしいぐらいだった。精神科医の診察を受けるのは、病気を治してもらう期待感ばかりでなく、恐怖感も伴うものだった。頭のなかを、心のなかを覗かれ、すべてを見透かされるような恐怖。自分の心のなかが、そんな簡単に他人にわかるものかという反発もある。わからないと言われ、やはり僕の心はそう単純なものではなかったのだと、少しばかり優越感に浸れた。

「ただ、病気そのものはわからなくても、このあとの経過は、経験上、想像はつくものです。成田のお仕事に戻れないなら、他の部署に異動になるのだと思いますが、環境が変われば症状は軽快していくでしょう。だから私は、それほど心配はしてないのです」

「いや、それじゃあだめなんですよ、先生。成田に戻れないと意味はないんです」

僕は語気を強めて言った。

「最初は辛く感じるとは思いますが、ある程度時間がたてば、異動になったことを受け容れ、気持ちが落ちついてくると思います」

五味の言っていることは当たっている。言われなくても、そういう経過を辿るだろうことは自分でもわかっていた。

僕は仕事にいけないわけではなく、成田空港にいけないのだった。いまもし本社にいって仕事をしろといきなり言われても、たぶん僕は平気で出社できるだろう。だから、五味が言うとおり、タイムリミットを過ぎて、そのうちどこかの部署に異動になったら、僕の病気は自然に治る気がする。しかし、成田に戻らないまま病気が治っても、どこか心に空洞を抱えて仕事を続けることになる。

「それじゃあ、不満なようですね」五味は僕の顔を見つめながら言った。

「いま無理に空港に戻るのは、病気にはよくないと思いますよ」

「それでもかまいません。どっちにしても、あと一ヶ月もすれば、空港所は閉鎖になるんです。働くのはその間だけですから」

「ああ、そうでしたね。なんとか成田に戻れるなら、一ヶ月踏ん張りさえすればいいわけだ。その後異動になるわけだから、結果的には、快方に向かう」

そううまくいくかなと、五味は小声で自分の言葉に懐疑を示した。

「あとのことは、どうでもいいです。タイムリミットまであと三日。その間は空港所に戻ることだけしか考えません」

「まあ、そうだね。三日だけだからね」

どうせその間に快方に向かうことはないのだから、せいぜい考えるだけ考えればいいと言っているように聞こえた。いまさらながら、別の病院を受診すればよかったと後悔した。ジョンではなく、ポール似の医者なら、もっと前向きに僕の話を聞いてくれそうな気がする。

「遠藤さん、実家に戻ってきていちばん遠出したのはどこですか」

突然話がかわった。僕は戸惑いながらも考えた。

「えーと、下北沢がいちばん遠いのかな。好きなカレー屋があるんです」

「町田よりも遠くにいけてたんですね」

「そうですね。先日東京までいって引き返した日よりも前だから、そういうことになります」

五味は眼鏡をつっと上げてから、鼻の下を指でかいた。

「仕事にいくんだと考えず、遊びにいくつもりで、まず成田を目指したらどうかな。それで成田までいけたら、次に空港まで足を伸ばせばいい。仕事ができるかどうかは、わかりませんが、もし空港に身を置くことができたなら、案外なんとかなるかもしれない」

「遊びにいく……、ですか」

「そう思い込むんです。空港にいくときも、見学にきましたと考える。オフィスのドアを潜るときも、近くまできたから立ち寄っただけと考える。とにかくオフィスに入ってしまえば、出社したと会社のひとは考えてくれるんじゃないかな」

遊びにきただけ。成田に向かう。空港に足を伸ばす。ただの見学です。

僕は想像力をフル稼働させて、そのシチュエーションを想像してみた。

「先生、いけそうです。グッドアイデアですよ」

僕は五味の手を握って、声を張り上げた。

「本当にこれでいいのかな」

五味は自信のなさそうな顔でぽつりと言った。なぜか、ジョン・レノンではなくスマップの草彅君に見えてきた。

「いいんです。僕は病気を治すためにここに通っていたんじゃない。空港所に復帰するためなんですから」

3

クリニックをでて、いったん家に向かった。

寝間着にしているスウェットの上に、部屋着のフリースジャケットを羽織っただけででてきたから、着替えをして成田に向かおうと思った。

小田原城を通り過ぎ、海のほうに進むと僕の家が見えてくる。母親の実家で、僕が生まれる前に建てられた古い木造の家だった。

家まで近づいてきたとき、門の蝶番《ちょうつがい》がぎぎっと鈍い音を響かせた。なかから誰かでてくる。

咄嗟《とっさ》にまずいと判断した僕は、ありもしない隠れ場所を探した。すぐに諦めてその場に立ち尽くす。なかからでてきた相手も同じだった。僕に気づいて足を止めた。

森尾晴子が驚いた顔でこちらを見ていた。

ここは男らしくこちらから声をかけるべきだとわかっていた。しかし、それができるくらいならとっくにうちで顔を合わせ、話をしている。階段からWハルコの話を盗み聞きしたりはしなかった。

「こんにちは」と森尾が言った。

僕はそれに答えて言葉を発したのだけれど、自分でもよく聞き取れない、もごもごしたやつが口のなかにこもった。せめてこちらから歩み寄ろうと思い、足を踏みだしてみる。しかし、一歩前にだしただけで固まってしまった。

森尾は僕の彼女だけれどそれだけじゃない。職場の同僚――もっとも頼りになる部下でもあった。

僕の心のなかでは、彼女としての存在より、部下としての存在のほうが大きいのだろう。だから仕事に正面から向き合えないいま、仕事に直結する存在として、森尾を拒否してしまうのだと自己分析していた。

そんなことを知ったら、森尾は傷つくだろう。いや、森尾なら案外当然のこととして受け止めるような気もする。いずれにしても、僕は何も語ることができない。理由もわからないまま避けられている森尾は、間違いなく傷ついているだろう。

門を閉めて森尾がこちらに向かってきた。僕の前で足を止め、視線を向ける。

「晴子さん、まだおうちにいます。もうでかけるようですけど」

なんでそんなことをわざわざ報告するのかわからなかった。母が今日夜勤なのは当然知っている。とはいえ、森尾の心情を深く考えてみることはできない。心臓の鼓動が、あり得ないくらいに速くなっていた。

顔を森尾のほうに向けてはみるが、視線がうまく定まらない。「あっ」と「ああ」の中間みたいな声を、喉の奥のほうから発しただけだった。

森尾が軽く会釈をして横を通り過ぎていく。視界から姿が消えた。

僕は大きく息をついた。とたんに何もかも軽くなる。何かがぱんぱんに詰まっていたように感じた頭も正常に動きだす。

森尾に向かって話す必要はない。ひとりごと――自分に向かって話すんだ。突然浮かんだ妙案を、僕はすぐに実行に移した。

「僕は必ず成田に戻るから」

でていった言葉は本当にひとりごとで、自分だけがかろうじて聞き取れるぐらいのものだった。僕はうちに向かって歩きだした。息を吸って、口を開いた。

「晴子さん、あと三日しかないけど、僕は必ず空港所に出社するからね」

家にいる母に話しかけるつもりで言った。

ぎこちない口調だったけれど、声はでた。半径十五メートル以内にいれば、はっきり聞こえたはずだ。

僕はそのまま歩いた。うちの門の前まできて立ち止まる。門を開きながら、僕はきた道を振り返った。

ゆっくりと遠ざかる森尾の後ろ姿を見た。

4

成田に遊びにいったら何をするか、それは考えるまでもないことだった。そもそも、成田に遊びにやってくるひとのほとんどが、最初からそこを目指してやってくるのだ。僕もそれにならって、京成成田の駅をでたら、真っ直ぐ成田山新勝寺に向かった。五百円玉を長大な賽銭箱に投げ入れ、手を合わせた。お願いごとは曖昧に、何かいいことがありますようにですませた。具体的にお願いすると、色々なことを意識して、すべてを台なしにしてしまう気がした。

お参りをすませ、本堂の階段を下りた。ひとの少ない昼下がりの境内を、ふらふらと歩く。意味もなく大きく伸びをしてみた。

ああ、なんて素敵な休日なんだ。どんよりとした曇り空だったけれど、僕は無理矢理そう考えた。

遊びにいく作戦はいまのところ成功している。成田に遊びにいってくると母に宣言して、朝早くに家をでた。遊び、遊び、今日は空港までいく必要はないと自分に言い聞かせて、なんとか成田まで辿り着いた。

昨日は、森尾とばったりでくわしたあとは、なんだか疲れてしまって、家をでることができなかった。一日遅れで、期限まで残り二日になってしまったが、森尾とでくわたことは結果的に追い風となった。その衝撃が大きかったから、成田にやってくることが、大して心の負担にならなかったような気がする。

とはいえ、空港へいく——空港見学するための、気持ちの整理はまだついていなかった。いや、そんなことを考えるのもよそう。とにかく、しばらくは何も考えず、成田散策を楽しもう。

さて、昼ご飯だ。

やはり参道で鰻だろうか。あるいは、甘味処でシンプルなラーメンを食べて、食後にクリームあんみつも悪くない。僕はそう考えながら、総門へ続く階段に向かった。

「遠藤君」

真正面からそう呼ばれて、僕は泡を食った。

こちらに向かってくるのが田波だとわかり、再度驚いた。

「何？　戻ってきたの」

田波は立ち止まり、とくに驚いた風もなく訊ねてきた。

隠れる場所を探す暇もなく、僕は足を止めてただ立ち尽くした。

「いえ、ちょっと遊びにきただけなんです」

絞りだすように言った。

田波は「ああ、そう」と言っただけで口を閉じた。

ただひとに関心がないだけなのかもしれないが、田波のかまえたところがない態度は、気が落ち着く。森尾とでくわしたときよりも衝撃は少なかった。

「遠藤君、これから用がある？」

何か思いついたとでもいうように、田波は目を見開いて言った。

「いえ、とくには」

「じゃあ、ちょっとつき合ってくれないかな」

田波はいきなり僕の腕を引いて歩き始めた。

本堂の左手、境内の奥へと進んでいく。釈迦堂の前を通り過ぎると、境内の裏手にあたる広場に下りる階段があった。

「なんなんですか。どこへ？」

僕は訊ねた。

とくに不安があったわけではない。田波なら、僕がいやがるところに無理矢理引っ張っていくようなことはしない。

「一緒にいってもらいたいところがあるんだ。ひとりじゃ、不安でね」

声に不安が表われていないのはいつものことだった。

階段を下り、広場に入っていった。境内の裏に、こんな場所があるのを僕は知らなかった。ひとけのない裏手の広場に、食べ物や土産物の屋台がずらっと並んでいるのが不思議だった。

広場の一角に、小屋が並んだ長屋のようなものがあった。そこにだけひとが集まっている。小屋の前に置かれた椅子に、女性ばかりが何人か座っていた。

「ここなんだ」

田波が長屋の前まできて言った。

「なんですか、これ」

「易所だよ。占い。篠田さんから、よくあたる占い師がいると聞いて、観てもらおうと思ってきたんだ」

「これ全部が、占いのブースなんですか」

「そうらしい。くるのは僕も初めてなんだ」

シャッターの下りたブースもあるが、七、八軒ほどの易所が並んでいた。

田波は足を進めた。順番待ちをする女性の前を通り過ぎ、端のほうにあるブースの前で足を止めた。

「占いなんて観てもらうのは初めてで、ちょっと不安だったものでね」

田波がよろしくと言ってなかに入っていく。僕もあとに続いた。

ブースにいたのは、意外にも若い男だった。とはいえ、向こうのほうが意外に思っただろう。男ふたりで訪れる者がそういるとは思えない。占い師はとくに表情を変えることなく、「いらっしゃい。どうぞこちらへ」とデスクの前の椅子を手で指しめした。

おや、と僕は思った。この若い占い師にどこかで会ったことがある。

向こうも気づいたようだ。「あれっ」と声を発して僕に目を向けた。

「もしかして、空港のマッサージ店のひとですよね」

「ええ、そうです。僕も覚えてます。前に何度かいらしていただきましたよね」

「それがなんで、ここに」

「ここは叔父の易所なんですが、ときどき、助っ人で入るんです」

あくまでも本業はマッサージ師のようだ。田波のほうに顔を向けると、知っているという意味か、数度頷いた。

「あなたが代わりに入る日を、事前に確認してきたんですよ」

田波がそう言うと、若い助っ人占い師は、驚いた顔を見せた。

「僕を指名してくるなんて、珍しいですね。——まあ、どうぞおかけください」

デスクの前には、ふたり連れが入ってくると予想していたように、折りたたみの椅子がふたつ用意してあった。

「あの、体調が悪くてお休みされてると、同僚のかたからうかがったんですが、もう大丈夫なんですか」

椅子に座るとマッサージ師兼占い師は、僕のほうを見て訊ねた。

「ええ、まあ」と僕は答えた。

「それはよかった」

占い師はそう言ったが、僕の嘘を見破っているかのように、露骨に心配げな目を向けてきた。

「では、占いのほうをお願いします」僕は言った。

「あ、はい。ではどちらから」

占い師は僕と田波を交互に見た。

「占ってもらいたいのは私です」田波が、背筋を伸ばして言った。「別れた彼女と、関係を修復したいんです。先日、電話をかけたのですがでてくれませんでした。諦めたほうがいいのか、もう少し押してみてもいいのか、アドバイスをいただきたいんです」

田波は僕の存在など忘れたかのように、真っ直ぐ占い師を見ていた。

別れた彼女とは、もちろん馬場のことだろう。同僚の前でも、平気で彼女との関係を相談してしまうのは、自然体の田波らしかった。

占い師は田波自身と別れた彼女の生年月日を訊ねた。他にいくつか質問し、しばらくの沈思黙考を経て口を開いた。

「相性は悪くないんですよね。まあ、時期は少し悪いのかな。彼女が大転換の時期に入っている。それでも、押すなら押してもかまわないと思いますよ。ただ、うまくいくかは、あなたしだい。あなた自身の心の迷いを克服することが、肝心です」

「私の迷いがわかりますか」

田波は前に乗りだして訊いた。

「わかりますよ」と占い師は頷く。

迷っているから占ってもらいにきたのだろうと思うが、僕は何も言わなかった。

田波は、ありがとうございます、がんばりますと、張り切った声で言った。

「それでは、あなたの番ですね。何を占いましょう」

占い師は僕のほうを向いて言った。

「僕はいいです。ただの付添いですから」

「せっかくだから、占ってもらったら？　お金は僕が払うから。なんなら、席を外すよ」

「いえいえ、大丈夫です」

「お仕事のこととか、占ってみましょうか」

占い師のほうからそんなことを言う。

「仕事のことはいいです」

占いの助けは借りたくなかった。仕事のことは、自分自身の力で乗り越えなければ、と思えた。

「それじゃあ、恋愛関係でお願いします」

占いを信じるほうではない僕は、とりあえずと、気楽な気持ちで言った。

「彼女との関係は、これからどう進展していきますかね。結婚とかもありえるのでしょうか」

「遠藤君、彼女がいたんだ」

隣の田波が驚いたように、こちらを振り向いた。表情はあくまでクールだ。

「ええ、五ヶ月ほど前から。みんなには黙っていてください。とくに、今泉さんには」

助っ人の今泉にしられると、面倒臭いことになる。僕は空港所に戻ることを前提に考えた。

占い師に訊かれ、僕は自分と森尾の生年月日を伝えた。

占い師はそれをノートに書き付けると、デスクに置いてあった、表紙が布張りの本をぱらぱらとめくり、何かを確認した。ぱたんと本を閉じたが、もう一度開いて指で文字を追う。デスクに本を戻すと、天井を向いて考えごと。すぐに顔を正面に、僕のほうに向けた。

「あの、そのひとと本当につき合ってるんですか」

占い師は眉をひそめ、疑わしそうに訊ねた。

「僕が嘘をついているとでも」

「いえいえ、もしかしたら、自分だけがつき合っていると勘違いしているとか。そういうことってたまにあるでしょ」

「失礼な。正真正銘、僕と彼女は恋人同士です」

なんでそんなことを疑われなければならないんだ。僕はむっとして言った。

「そうですか。つき合っているんですか。——それは、奇跡かもしれない。あなたと彼女、あり得ないくらい相性が悪いんです」

5

「それじゃあ、ここで」

ＪＲ成田駅の前まできて、田波は言った。田波は西口に抜けて、成田ニュータウンの自宅に戻る。僕は、まだまだ成田散策を続ける予定。昼食もまだとっていなかった。

「遠藤君、占いのこと、あまり気にしないほうがいいよ」

「大丈夫です。そんなに気にしてませんから」

つまり、少しは気にしているということだ。

つき合っているのが不思議なほど相性が悪いと言われれば、そりゃあ、気にしないわけにはいかない。占い師も、そんなことをバカ正直に言わなくてもいいのに。

とくにいまは、時期が悪いそうだ。将来結婚できるかどうかより、いまを乗り切ることのほうが重要だと言われた。

時期が悪い、というのは、会ってまともに話もできないような現在の状況を言い当てている気がした。

そんなに相性が悪いのなら、占い的にいうと、僕たちふたりに未来はないということですか、と僕は突っ込んで訊いてみた。すると、若い占い師は、おかしなことを言った。

「百パーセント当たる占いなんてないんです。なぜなら、決まった未来なんてないからです。うまくいくかどうか、それはすべて、あなたの気持ちしだいです」

あなたしだい。確か、田波にもそんなことを言っていた。マッサージ師兼占い師は、まるで占いを否定しているようだった。あまりに相性が悪いものだから、慰める意味で、そう言っただけなのかもしれない。

とにかく、僕としてはどう言われようと、いま現在、森尾との仲を諦めようか迷っているわけではないので、とくに影響はなかった。ただ、気になることは気になる。

「たぶん、三月に入ったらすぐ、異動の内示がでるね」田波が言った。

三月末で空港所は閉鎖になるから、明日までに出社しようとしまいと、異動先は内示される。

田波と同じ部署に異動になることはまずない。明日までに出社できなければ、田波と一緒に働くことはしばらくない。もっとも、同じ社内にいれば、仕事で関わる可能性はいくらでもあった。

「どこか、希望はありますか」僕は訊ねた。

「とくにはないな。どこにいこうと、僕らの仕事は空港に繋がっている。さらにその先の、旅へもね。当たり前のことだけど、それを実感できる現場で働けたことを、僕は幸せだと思っている」

焦ることはない、と僕に伝えてくれているような気もした。

田波といったん駅の前で別れてから、追いかけるように駅の通路に入った。改札の前までできて立ち止まる。しばらく、そこに立っていたが、やはりまだだめだ。通路を戻り、駅前にでた。

また参道を下り、遅めの昼食をとった。スタミナが必要だなと感じて、鰻を選んだ。食後は参道の土産物屋をひやかし、駅前の本屋に入った。趣味の雑誌の棚の前に立ち、おもむろに「月刊エアライン」を手に取った。ぱらぱらとページをめくり、立ち読みをした。どのページを見ても、飛行機や空港の写真が満載だ。読者が撮影した航空機を掲載する投稿欄までしっかり読み、本を閉じた。

なんだ、ここは成田じゃないか。空港まですぐ近く。雑誌じゃなくて、本物を見ればいいんだ。わざとらしくはあるが、脳内でそんな小芝居を繰り広げ本屋をでた。

駅には向かわなかった。電車で向かうのはまず無理だと心の奥底に問いかけ、答は得ていた。開運橋の下を潜り、市役所のほうへ下りていった。国道五十一号にでて左に曲がる。そのまま二十分ほど進むと、空港通りとの交差点にでた。あとは空港通りを真っ直ぐ進むだけ。たぶん、二時間も歩けば空港につくだろう。

とくにかまえた気持ちはなかった。いつもタクシーで通った道。けっして歩くことはないだろうと思っていた道を、思い立って歩くのは楽しいとさえ感じられた。僕は歩いた。ちょっとやそっと歩いても、空港はなかなか見えてこないのがわかっていたから気は楽だ。気づかぬうちに、引き返すのもままならないくらいの距離まできてしまえば、しめたもの。

しかし、楽な道ではなかった。空港通りはアップダウンを繰り返し、じょじょに登っていく。一時間も歩くと足は重くなり、ペースががくっと落ちた。もともと気合いは敵だとばかりに、のんびり歩いていたからたいした距離を稼げていなかった。東急ホテルのあたりまできて、すっかり日が暮れた。まだ半分も歩いていないだろう。

寒さが厳しくなってきた。ライトを点けた車が通り過ぎるだけで、景色など何もない。通り過ぎるひとなどまず出会うことはなく、とぼとぼとひたすら歩き続ける。足だけでなく体全体が重くなってきた。最初は冷えや疲れのせいだろうと思っていたが、そうではなかった。風もないのに、前から突風が吹きつけるような抵抗感を感じる。なんとかビューホテルが見えるところまできて、足を止めた。僕は道端に座り込み、行き交う車をぼんやり見つめた。

空港見学、空港見学と心のなかで呟いていた。けれど、もともと航空機マニアでもないし、空港おたくでもないから、気分を盛り返すのは難しい。そのうち、空港いかなきゃ、空港いかなきゃと、悲壮な声が聞こえてきて、尻から背筋へと、焦りがじわじわはい上がっていく。

一時間ほど座り込んでいただろうか。僕はようやく腰を上げ、再び空港を目指そうとした。しかし、だめだった。足が一歩も動かなくなっていた。空港いかなきゃ、空港いかなきゃ、と相変わらず聞こえる。それが、足をカチカチに固めていく。

空港に背を向け、足を踏みだしてみると、何ごともなかったように、足は動いた。夜道をとぼとぼと引き返す。歩いて、もときた道を辿る気力も体力もなかったから、東急ホテルからタクシーに乗り、成田市街まで戻った。

ほんの十五分ほどだった。

6

その夜は成田ニュータウンにある自分の部屋に泊まった。

翌朝、タイムリミット当日、僕は早くに部屋をでて、東京へ向かう電車に乗った。成田から直接空港を目指すのは、現在の心の状況では難しい。いったん、東京まで退却し、気を取り直し、計画を練り直してまた空港を目指す。基本路線は〝成田に遊びにいく〟作戦で変更はなかった。

時間がないから、奮発して上野いきの京成モーニングライナーに乗った。今日中にといっても、夜遅くに空港にたどり着いても意味はない。本社の終業時間である六時までにいかなければ、出社した事実を告げることはできず、自動的に総務付きになってしまうだろう。タイムリミットまで、十時間を切っていた。

　本当に諦めてはいなかった。けれど、心のどこかでは、今日中にいくのは難しいと冷静に考えていた。電車が東京に入ると、ますますその思いは強くなる。成田にさえ戻れるか怪しいと思えた。成田山にはいったし、鰻も食べてしまったし、遊びにいくモチベーションをもう一度立て直すのも難しい。日暮里に着いたときには、このまま小田原に帰ろうかと考え始めていた。

　日暮里で降りた。時間は九時を過ぎたところで、通勤客が多い。周りに急かされ、速い足取りでホームを進んだ。上りの階段で流れは滞り、そのままＪＲの乗り換え改札のほうへゆっくりと運ばれる。

　これからどこへいこう。ひとまず、喫茶店にでも入って、朝食をとりながら今後のことを考えるか。それとも、無駄な努力は省き、小田原に戻って本社からの辞令を待つか。まだ決めかねていた。

　改札が近づいてきた。僕はポケットからキップとパスモを取りだし、乗り換えの準備をした。

「ウワッジャー」

　後ろのほうから、大きな声が聞こえた。

　振り返って見ると、改札からホームに向かう流れの途中で、ひとが倒れていた。床から盛り上がって見えるのは、どうやら、倒れたスーツケースの上にのっかっているからのようだ。

たぶん、自分の引くスーツケースにつまずいて転んだのだろう。空港でたまに見かける光景だった。

みんな、そちらを見ていたが、助け起こそうと駆け寄るひとはいなかった。僕は改札に向かう流れから抜けでて、通路を引き返した。

「大丈夫ですか」

駆け寄って声をかけた。

男性は立ち上がっていた。傍らに連れの女性もいた。どちらも七十代くらいの高齢者だった。

「ああ、もう。ちっとも大丈夫じゃないよ」

男性が癇癪《かんしゃく》を起こしたように言った。

僕は倒れたスーツケースを起こした。

「旅行に遅れそうだというのに、なんてこった。電車にも、間に合わん」

「もう、あなた」

奥さんらしき隣の女性が、なだめるように言った。

スーツケースのハンドルに真新しいタグがついていた。僕は一瞬目をそらしたが、確認するようにそれに視線を合わせた。ディータとプリントされた紫色のタグ。うちのツアーだ。

「成田からご出発ですよね。どちらにいかれるんですか」

「プーケットだよ。金婚式のプレゼントに子供たちからもらったもんだが、もうやめるか。面倒になってきた」

「あなた」

たしなめるように言った奥さんは、ボストンバッグをもちかえた。

バンコクいきDJ717便は、十時四十五分発。もう二時間前の集合時間を過ぎている。なんでこんな遠く離れた駅で、悠長に立ち話をしているのか。僕は悪夢でも見ているような気分に襲われた。

改札のほうの天井からぶら下がる掲示板に目をやった。成田空港行きのスカイライナーが九時十四分発だと表示されている。自分の時計を見ると、あと一分しかない。

「九時十四分発のスカイライナーのキップをもってるんですか」僕は問い質した。

「ええ、それでいくつもりだったんですが」

奥さんが、ご主人を窺いながら言った。

「貸してください」

「ちょっと何を……」

僕は奥さんからバッグを奪い取った。

「さあ、急ぎましょう。そのスカイライナーに乗ればまだ間に合う」

細かい時間の計算をしたわけではなかった。ただ感覚的にぎりぎり間に合う可能性があることだけはわかった。僕はボストンバッグを肩に担ぎ上げ、スーツケースを引いて歩きだした。

「ちょっと、勝手に……」

ご主人の尖った声が聞こえた。

「ついてきてください。荷物は僕が運びます。絶対に間に合わせますから」

僕は通路を早足で進んだ。ホームに下りる階段のところまできて、スーツケースを摑み上げた。

「先にいきます。足下に気をつけて下りてきてください」

僕は手を繋いでやってくる老夫婦にそう言って、階段を駆け下り始めた。

階段を半分降りたところで、ホームが見えた。スカイライナーが止まっている。本当にまずい。日暮里は始発駅ではないから、すぐに出発だ。駆け下りるといっても、荷物を抱えていてはたいしてスピードもでない。出発のベルが鳴り始めた。

階段を下りきり、僕は近くのドアに駆け寄った。スーツケースはホームに残したまま、片足を車内に入れた。圧縮空気が抜ける音。閉まったドアが体にぶつかった。思いのほか痛い。

ドアはすぐに開いた。駅員が旗を上げながら、こちらに駆けてくる。

老夫婦の姿が見えた。

「こっち！」

僕は大声で叫び、手招きをした。

階段を下りたふたりが駆けてきた。僕はなかにふたりを入れてから、スーツケースを車内に運び入れた。やってきた駅員は怖い顔で僕を睨んだが、とくに何も言わなかった。ただ旗を振った。

圧縮空気の音が聞こえ、僕は、あっと思ったが、遅かった。

ドアが目の前で閉まった。

窓から駅員が見えたので、ドアを叩いてみたが、何も反応してくれない。気づいているだろうに、完全無視を決め込んでいる。

動き始めた。スカイライナーは空港に向かってゆっくり進む。「動く監獄」という言葉が、頭に浮かんだ。

「ありがとうございます。おかげさまで、乗ることができました」

「ほっとしました。出発できなかったら、旅行をプレゼントしてくれた子供たちに顔向けができませんでした」

ふたりとも落ち着きを取り戻したら、柔和で感じのいいご夫婦だった。

「あの、このスカイライナー、成田には止まらないんですよね」僕は訊ねてみた。

「ええ、たぶん成田空港直行だったと思います。すいません、まずいことになりましたね。どこかにいかれる用事があったんですよね」

ご主人は白い短髪の頭をかきながら、顔をしかめた。

「いえ、大丈夫です。僕は大航ツーリストの空港係員なんです。今日は休日ですが、空港のカウンターまでご案内します。必ずご出発いただきますので」

乗ってしまったのだから、空港までは必ずいける。ただし、体調がどうなるかは、想像もつかなかった。

そんなことより、いま気にするべきは、スーツケースの存在だった。

たぶん、空港第２ビル駅に到着するころには十時を過ぎている。カウンターに着くころには、出発の三十分前近くになっているだろう。果たしてお客様のスーツケースを乗せることができるだろうか。

車内デッキから空港所のオフィスに電話をかけた。でたのは柳沢だった。今日の早番シフトは僕の班だ。

柳沢は僕だとわかると、「遠藤さん！《レイト・ショウ》」と悲鳴のような声を上げた。

僕は手早く状況を説明し、集合遅れの対応をしておいてくれるように頼んだ。とくに、スーツケースがひとつあるので、なんとか積み込めるよう、大航にあらかじめお願いしておくように念を押した。

「遠藤さんが、カウンターまで案内してくれるんですね」

「ああ、少し遅れたけど、今日出社する」

自分に問いかけ続けているが、カウンターまでいけるのかどうか定かではなかった。

想像すると、心臓の鼓動が速くなるのは間違いない。

柳沢の「お待ちしています」という明るい声を聞いて、電話を切った。

車掌に事情を話し、料金を払って席を確保していた。僕はひたひたと空港に近づいていくのを、ほとんど野生動物の勘とでもいえるようなもので感じとりながら、ひとり、席で、冷や汗をかいていた。

成田を過ぎるころ、僕は車両を移って、アメミヤ夫妻のところにいった。正直、ひとりでいるのに耐えられなくなったのだ。夫妻の笑顔を見たら、少し気持ちが落ちついた。

アメミヤ・タツシとサトコ。結婚五十周年を迎えたふたりは、十年ぶりの海外旅行だそうだ。大航が破綻したと聞いたときはちゃんとしたサービスを受けられるか心配で、ツアーをキャンセルにしようかと思ったこともあったが、そのままの出発を決めてよかったですと言ってくれた。もともと大航ファンなのだそうだ。

スカイライナーはトンネルに入り、空港第2ビル駅に向かって突き進む。僕は夫妻からパスポートと搭乗券引換証を預かった。胸の鼓動が知らず知らずのうちに速くなっているのを意識しながら、駅に到着してからの案内をした。

僕はスーツケースとパスポートをもって先にチェックインに向かう。アメミヤ夫妻には、検問をでたところで待っているスタッフと一緒に、カウンターまできてもらう。スーツケースさえ積み込めれば、あとは問題なく出発できるはずだ。つまり、僕がちゃんと動けるかどうかにかかっている。

早めにデッキにでて、ドアの前で待った。ほどなく電車はスピードを落とし、ホームに滑り込んだ。

「慌てる必要はありません。荷物とパスポートが先につけばなんとかなりますので」

緊張した面持ちのふたりを落ちつかせようと思って言ったのに、僕の声も上ずっていた。もう、話すのはやめだ。

電車は停車位置を合わせるように、じりじりと進む。早くという焦りと、止まるなという願いが一瞬交錯し、喉元で息を詰まらせた。エアーの抜ける音が響き、ドアが開いた。

足がすくんだ。誰か背中を押してくれ、と心で必死に叫んでも、何も起きはしない。

「いってきます」と宣言したもののそれだけでは足りず、「んもー」と叫びながらスーツケースを摑み上げた。つんのめるようにデッキから降りた。

ウゴーと叫ぶ。足が動いた。スーツケースを押しながら、ホームを駆け抜ける。勢いをなくしたら進めなくなりそうで、階段も駆け上がる。なんてばか力。自分でも驚くほどだ。

改札を抜けると検問所だった。しかたなしに足を止める。社員証を見せ、簡単に通行許可を得る。「ふうぉー」と小声で叫びながら、スーツケースを押した。

検問所を通過しながら足が止まりそうになった。その先で待っていたのは森尾だった。トーキーを片手にこちらを見ている。

　僕は、ウォーシと叫びながら、森尾に突進する。近くまできて、目を丸くする森尾に言った。

「アメミヤ様は、すぐあとからくる。七十代のご夫婦で、ご主人はベージュのジャンパー、奥さんはメランジカラーのコートを着てる」

　スピードを緩めて森尾の横を通り過ぎる。

「メランジカラーってなんですか」

　声に振り返ると、森尾は眉間に皺を寄せてこちらを睨んでいる。

　僕は、とても相性が悪いと言った占い師の言葉を思いだした。

「なんでもいい。とにかく、ジャンパーとコートのご夫婦。よろしく」

　顔を正面に戻して進む。スピードを上げようとしたとき、また声が追いかけてきた。

「遠藤さん、お帰りなさい」

　僕は振り返った。森尾は口を軽く結び、目を細め、お帰りなさいの顔をしていた。

「――おーっ。ただいま」

　僕は勢いをつけながら、顔を正面に戻した。太い柱が目の前に迫っていた。慌てて進路を変えて難を逃れた。

　ターミナルに入り、エスカレーターを駆け上がる。もう僕の勢いは誰にも止められない。

「すいません、通りまーす」

一階の到着フロアーを駆け抜ける。

二階に上がり、三階の出発フロアーに着いた。エスカレーターを降りると、すぐ正面がPカウンター、大航ツーリストのカウンターだ。そこに目を向けて驚いた。旅客のいないカウンターに、うちの班のスタッフがずらりと並んでいるのだ。柳沢がいる、篠田もいる、飛田の顔もあった。止まりかけた足を無理に動かし、カウンターに駆け寄った。

「班長、お帰りなさい」

綺麗に揃った声の圧力にやられたのだろう。僕は不覚にも、涙をこぼしそうになった。大きく息を吸い、なんとかそれをしのいだ。

「遅刻した班長に、優しい言葉はいらないよ。それより、チケットは？」

はい、と篠田が差しだした。

「浅野さんがSカウンターで待っています。十時二十分までにくれば荷物も載せられると言っていたので、大丈夫です」

僕は了解と答えながら足を踏みだす。

空港で再び仕事をしている、と考えたら、また込み上げるものがあった。僕はウォッシャーと声を上げて、みんなを驚かせた。

7

「えーと、どなた様でしたっけ」

僕はオペセン内のオフィスに入りながら言った。

「どなた様って、忘れたの？」

「今日の早番は僕の班ですよ。どうして今泉さんがいるんですか」

「なんだよ遠藤君、きついな」

今泉は近寄ってきて、僕の肩を叩いた。

「すみません、ぎりぎりになってしまいました。いない間、お世話になりました。ありがとうございました」

僕は今泉に深く頭を下げた。

「ほんとだぞ、遠藤。期限ぎりぎりの出社はやめてくれ。はらはらしたぞ」

荒木所長もやってきて言った。

「もう、すっかりいいのか」

すっかりいいとはいえない。オフィスに入るときは、とくとくと脈拍が上がったし、今泉の顔を見たら、また泣きそうになった。

けれど、僕はここにいる。レイト・ショウの旅客を無事に出発させることができた。

「大丈夫です。長い間、ご迷惑をおかけしました」

荒木は頷くと、傍らのデスクから受話器を取り上げ、ボタンを押した。

「ああ、部長、荒木です。遠藤慶太、空港所に戻りました。——大丈夫です。総務付きにする必要はありませんから」

荒木はさっそく旅客サービス部の関谷《せきや》部長に報告をしてくれたようだ。部長は大航グループ破綻前に替わっていた。大航からの出向者で、直属の上司ながら、まだ一度も顔を合わせたことがなかった。

「このところ、遠藤が出社することはもうないだろうと、しつこく言ってきてたんだ。別に、早く見切りをつけたところで何もメリットはないだろうに。うちの部長はせっかちなようだ」

電話を終えると荒木が言った。

「ありがとうございます。それを所長が押さえてくれてたんですね」

「別に俺は何もしちゃいないよ。月末までといったんだから、待つのは当たり前の話だ。ぎりぎりになってきそうな予感はしたし、そう言い張るやつもいたからな」

荒木は今泉のほうに目を向け、にやりとした。

「ねえ、班のみんなはどうしたんだい」

今泉が話題をそらすようにそう訊いた。

「何かやることがあると、カウンターに残っているようです」

僕が答えると、今泉は口を横ににっと引き、目を見開いた。

「きっと、遠藤君の歓迎会の計画でも練っているんだろう」

「そんなはずないでしょ。ひと月、休んでいただけなんですから。きっと、今泉さんの送別会を計画してるんじゃないですか」

「僕はもう少しいてもいいんだけどね。なんなら、三月末まで」

「そんなわけにはいかないでしょ。僕は戻ってきたし、手配課だって今泉さんがいないと少しは困るんじゃないですか」

今泉がいてくれたら、これほど心強いことはない。しかし、今泉に頼って仕事をしたのでは、空港に戻ってきた意味がないような気がした。

「さあ、僕は何をしましょう。途中からスーパーバイザーを交替するわけにはいかないから、今日は今泉さんの下でかまいません」

「まあまあ遠藤君、初日だから、のんびりいきましょうよ。だいたい、制服あるの？」

「自宅に置いたままです」

「でしょ。遠藤君は、まだ一ヶ月ここで働く。やれることはいっぱいあるはずだから、焦ることはないよ。――そういえば星名さん、ここのところ怪しい動きをしてるんだよな」

僕はその名を聞いて、びくっと背筋を震わせた。

大航エアポートサービスの部長、星名。仕事を休んでいたこのひと月、その名を思いだすことは、なぜかほとんどなかった。ここに戻ってきたら、あの男と戦うことになるんだな、と考えたら心が震えた。きっと、武者震いだ。

「そんなことを含めて、今日は、遠藤君が休んでいた間のことを引き継ぎしようか」

今泉は明るい声で言った。しかし、目はひどく真剣だった。


昼食は今泉も含め、班員全員でいった。

みんな僕の病気については触れることなく、とにかく戻ってきたことを歓迎してくれた。

僕の目から見て、ひと月前と変わったところはないが、今泉の引き継ぎによれば、今泉がきてからの二週間だけでも、ずいぶん彼女たちに変化があったらしい。みんなセンダーとしてたくましくなっていると、今泉は太鼓判を押した。

スーパーバイザーの指示を仰がなくても、自分たちの判断で、かなり動けるようになっている。森尾からの申し出で、シフトに入っているセンダーを余らせて、わざと少ない人数でセンディングをさせて、スキルアップを図ったりもしたそうだ。飛田のスーパーバイザー教育のほうも、今泉がしっかりやってくれていたようだ。

たくましくなった彼女たちと働くのは楽しみだった。同時に、そんな努力が報われるよう、四月からの体制の見直しを、しっかり星名に要求しなければ、と思った。

食事が終わり、僕はメールを一本打とうと、展望デッキにいった。

本文を入力し始めてすぐ、声をかけられた。目を向けると、メールを送ろうと思っていた本人がそこに立っていた。

「どうしてここに。偶然？」

考えることは一緒なのかもしれない。だとしたら、相性は悪くないだろう。

声をかけてきたのは森尾だった。

「いいえ、あとをつけてきたんです。話ができるかなと思って」

森尾は少し硬い表情で言った。

「もちろんできるよ、話。——ごめん。これまでできなかったよね」

森尾は大きく横に首を振った。

「いいんです。遠藤さんが普通の状態ではないことはわかっていたし、苦しんでることも。会いにいかないほうがいいんじゃないかとも思ったんですけど、晴子さんが、少しくらいプレッシャーをかけてやったほうがいいと言うので、通ってたんです」

「そうだったの」

初めて聞く話だった。

「森尾さんに会いたくなかったわけじゃないんだ。ただ、仕事から逃げようとなると、なぜか森尾さんとも向き合えなくなってしまった。たぶん、僕にとって森尾さんは、かけがえのない同僚なんだ。残念だけど、彼女である以上に、そっちの意味のほうが大きいのかもしれない」

「なんで残念なんですか。私はそれでかまいません。私と遠藤さんがつき合っているのは確かですけど、彼とか彼女とか恋人って呼ぶのは、なんだかちょっと……。私も、遠藤さんのことを、彼とか考えたくないです。私にとって遠藤さんはあくまでスーパーバイザーで班長です。つき合ってはいますけど」

「そうなの?」

僕はそう聞いて、ちょっとショックだった。

「まずいですかね」

「うーん、僕は森尾さんのことを彼女と考えているよ」

「だったら、ふたりのとき、森尾さんと呼ぶのはやめてください」

森尾は咎める目つきで言った。

「いや、それは……」

思ってもいない攻撃に、僕はたじろいだ。

「晴子と呼ぶのは母親みたいでなんかね……。どう呼んだらいいんだろ。はーちゃん、なんてどうなの。そうする?」

「やめてください。気持ち悪いです。――嘘です。私は森尾さんと呼ばれるのがしっくりきます。もし別の呼び方をするとしたら、空港所が閉鎖になったあとにしてください」

「そうだね」と僕はすぐに同意を示した。

あとひと月もすれば、森尾は同僚ではなくなるし、僕はスーパーバイザーでも班長でもなくなる。それを考えると、これまで話してきたことはあまり意味がなかった。

あとひと月だけ。森尾と仕事ができるのはそれだけしかないのかと気づくと、ひどく寂しく思えた。これまで考えてもいなかったが、もし今日出社していなければ、森尾と机を並べて仕事をすることは、もうなかったのだ。

「飛田さん、遠藤さんが戻ってきてよかったって喜んでましたよ。ちょっと涙ぐんでいました」

「へえー、飛田さんが？　意外だな。僕に対して、何も思い入れはないだろうに」

「飛田さん、たぶん、遠藤さんの病気に、責任を感じてたんだと思います。何かしら自分のしたことが原因になったんじゃないかと」

何が原因になったのか、自分でもはっきりわからなかった。ただ、星名一派という意味では、原因の一端になった可能性もなくはなかった。

「責任を感じて、僕の味方になってくれたりはしないかな。——それは無理か」

星名エンジェルスは星名にしか微笑まない。

「私はいつでも遠藤さんの味方ですよ」

森尾が真顔でそう言った。

わかりきったことだけれど、僕はなんだかとてもうれしかった。

「泣かないでください」

「泣いてないよ」

8

翌日から僕は、ちゃんと出社し、シフトに入って仕事をした。仕事の面でとくに問題はなかった。アサインはできるし、飛田のＯＪＴもしっかりこなした。ただ、オフィスからカウンターに向かうときに、まだ少し緊張はする。

普通の仕事だけしていたら、僕が戻ってきた意味はないと思い、四月からのことを話し合おうと星名のところへいった。しかし、出張にいっているらしく、会うこともできなかった。

様子見で、しばらく残ってくれることになった今泉は、三日目で早々見切りをつけ、本社に帰ることになった。

そんなことで、僕がシフトに入ってから三日目、早番シフトの最終日に、急遽、今泉の送別会が開かれた。一次会は定番の鳥半、二次会はいつものパブ・スナック東洋、三次会は今泉が泊まる大航ホテルの部屋だった。

三次会までついてくるもの好きは僕のほかに枝元しかいない。そのメンツに今泉は多少の不満があったようだけれど、一次会、二次会と変わらずはしゃいでいた。

「今泉さん、次にくるときはもう少し長い時間いてくださいね」

買ってきたビールがそろそろ尽きかけてきたとき、枝元がそんなことを言った。

「枝元さん、酔っぱらったの。次なんてあるわけないでしょ。三月いっぱいで空港所はなくなるんだよ」

僕は当然のことを指摘したつもりだったが、枝元はにやりと嫌な笑みを見せた。

「今泉さんの年齢なら、所長で赴任もあるでしょ。遠藤さん、考えが足りないな」

枝元はしてやったりとでもいうように、すました顔をした。

「今泉さん、そんな話があるんですか」

「ないよ。まだ異動したばかりだしね」

ベッドによりかかった今泉は、飲みすぎたのか、半分目が塞がっていた。僕らは床にあぐらをかいて、酒盛りをしていた。

「そうか、その手があったのか。今泉さんが所長をやりながらシフトのヘルプをすれば、センダー三人分くらいの力になるから、なんとか四月からの体制でもやっていけるかもしれない」

「やめてよ、遠藤君まで。荒木所長にもそんなことを言われたけど、いまはそんな気はないんだ。ちょっと興味はあるけどね」

「ちょっと、というのは思わせぶりだな。やったらいいのにな」

枝元は体を揺らし、夢見るような顔で言った。

確かに今泉は異動したばかりだし、その気になったとしても、当分先のことになる。いずれにしても、四月からのことは考えなければならない。

「今泉さん、そろそろ聞かせてくださいよ。星名さんの怪しい動きというのを。結局、この間は、教えてくれなかったじゃないですか」

僕は思いだして訊ねた。

今泉は「ああ、あれね」と言って、大きくあくびをした。急に立ち上がる。そのまま話すかと思ったら、ベッドに腰を下ろした。

「星名部長、ここのところ出張が多いんだよ」

「そういえば、いまもいってますね。一昨日会いにいったけど、だめだった」

「おかしいでしょ。大航エアポートサービスの仕事で、出張なんてあまり考えられない。しかも海外にいっているようなんだ」

「確かに、そう言われてみると、どんな仕事で出張にいったか、想像もつかないな」

「海外の空港に社員を派遣する仕事を請け負おうとしているのかもしれない」

得意げな顔をして枝元が言った。

「それ大航内では、もうやってるよ。共同運航便の乗り継ぎ案内とかね。それを他社まで広げるとは思えないな」

僕はそう言ったが、発想としては悪くないなと思った。

「そうだね、違う気がする」今泉が言った。「とにかく、目的はわからない。ちょっとつついてみたけど、どこへいったか、どんな目的か、誰も教えてくれないんだ。ますます怪しく思えてね」

「その怪しい出張と四月からの体制が何か関係してると今泉さん考えているんですか」

確かに海外出張は不思議だが、いま自分たちが思い煩っていることにどう絡んでくるのか、よくわからない。

「行動が怪しいってだけで、繋がりがあるのか、まったく確信はないんだけどね」だはははとだらしなく笑った。

「前に話したと思うんだけど、少人数体制でセンディングするのは星名部長にとってもリスクなんだ。仕事を請け負ってできなかったら、責任問題だから。けれど、いまのところ、これっていう対応策もないようだし、何か裏の事情があるんじゃないかとも思えたんだ。だから、怪しい行動が気になってね」

パスポートチェックの際、名前しか確認しないというあの禁じ手を、星名は四月以降、実施するつもりなのだろうか。飛田からその話を聞き出したあとに、僕はおかしくなってしまったため、まだ誰にも話していない。その前に星名と話がしたかった。

「鍵になるのは飛田さん、という気がする」

「飛田さんが？」僕と枝元が声を合わせて言った。

今泉は大きな口を右上にひん曲げ、妙にハードボイルドな顔で頷いた。

「エアポートサービスからきている三人は、きっと何かを知っていると思う。僕は飛田さんを昔からよく知っているけど、もともとハートの熱いひとなんだよ。仕事には厳しいし、旅客に対して愛情をもって接するし、真っ直ぐな心をもったひとだった。きっとね、僕らの思いが彼女の心に響けば、味方になってくれると思うんだ」

「どうですかね」

僕は溜息をつきながら言った。

飛田の熱いハートは、いまや家族にのみ向けられているような気がした。

「そんなに言うなら、今泉さんが、彼女の心を開かせればいいじゃないですか。もともと知り合いなんだし」

「いやー、よく知ってるからこそ、難しかったりするんだよ。照れちゃったりして」

「照れてる場合ですか。というより、照れとかあるひとでしたっけ」

「ひどいな」と言って、頬を膨らます。

中年男のふくれっ面は、何度見ても気色悪い。

「遠藤君に、いいところを残してあげたんだよ。僕が全部解決したら、面白くないでしょ」

面白いとか面白くないとかの問題ではないと思うが、この難題がすべて解決していたら、僕はたぶん、空港に戻ろうと必死になりはしなかっただろう。ふくれっ面の中年男が、そこまで考えていたとは思えないが。

「そうだ、せっかくだから、僕と飛田さんの昔話を聞かせてあげよう。切ない話なんだけどね」

せっかくが何にかかっているのか、僕にはさっぱりわからなかった。

「わあ、聞きたいです」と何も考えていない枝元の言葉を受けて、今泉は話し始めた。

結局、若き日の今泉の失恋話を、朝まで聞くはめになった。最後は、今泉がおっちょこちょいだったというオチで、意外性もなかった。ましてや、切なさなど皆無。

僕は明日が休日だから、なんでもかまわなかったが、遅番の枝元は、朝までつき合わされた挙げ句にそんなオチでは、やるせなかっただろう。話が終わると、すぐに床に伸びた。

枝元君、おやすみなさい。

9

今泉が成田から去った二日後、遅番の初日に僕は出張から戻った星名に会いにいった。

「復帰してたのか」

パソコンに向かっていた星名は驚いた顔で言った。

「元気になって何よりだ」

立ち上がった星名は、爽やかな顔をして手を差しだした。大航の社員は何かというと握手をする。僕は断る理由もなく、その手を握った。

「ちょっと、でようか」

星名はそう言って、カスタマー事業部の部屋をでた。僕はあとに続いた。

「本当によかったよ」

星名はひとつ下のフロアーにある喫煙ルームに入るとまた言った。

喫煙ルームに社員がいることはあまりなかった。喫煙はサボリと同じという風潮が、破綻後、より強まり、昼休みでもないとひとの姿を見かけることはなくなった。

「休んでいる人間に給料を払い続けるのは、旧株主や債権者に申し訳ないからな。かといって放りだすわけにもいかない」

星名は真剣な顔。嫌味で言っているようでもなかった。

「いまの大航グループに弱いやつはいらない。ツーカウントでどうにかフォール負けを逃れた遠藤君は、まだ少しだけ望みがあるのかもしれないな」

先ほど僕を見て驚いた顔をしたが、ぎりぎりになって出社したのを知っているようだ。

「弱くても僕は居続けます。自分で自分がこの会社に必要ではないと判断したら、さっさと辞めます」

　僕は弱い。逃げだしはしないけれど、この男と対峙しているだけで息苦しくなってきた。

「甘い人間の判断だからな、きっといつまでも必要だと思い続けるんだろう。——で、話はなんだ。何か用があったんだろ」

　僕はゆっくり頷いた。

「星名さん、率直に伺います。飛田さんたちに、パスポートチェックの際、名前だけチェックするように指示をだしていたそうですが、そのやり方を四月以降うちのセンディングで実施するつもりですか」

　星名の眉間に皺が寄った。首を捻る。

「なんの話をしてるんだ。そんな指示をだすわけがないだろ」

　星名は穏やかな口調で言った。僕に信じてもらおうなどとは端から思っていない。星名はゲームを始めたのだなと僕は理解した。

「とぼけるんですか」

「失礼なことを言うな。指示などだしていないと言ってるんだ。まあ、だから、四月以降にそんなことをする気も当然ないがな」

　これはメッセージだろうか。四月以降やらないから、事を荒立てるなと伝えている。ただとぼけているだけの可能性もあるが、駆け引きに慣れていない僕には、判断できない。次の言葉が浮かばなかった。

「なあ、遠藤君、そんなことをやったやつがいるのか。有効期限も見ないで旅客を出発させたのならそれは問題だ。やった人間を厳しく処分しなければならない。詳しく教えてくれないか」

星名の表情と声がとたんに厳しいものに変わった。本気だと伝えている。

星名は僕が弱い人間だと見透かしている。僕はゲームに負けたことを悟った。

「すみません、どうやら勘違いだったようです」

「どういう勘違いだ」

「ひとからデマを吹き込まれたようです」

「そんなデマを流したのは誰だ。抗議するから教えてくれ」

星名は不快げに歪めた顔を近づけてきた。

ねちねちと責められるのは予想外だった。僕は口をつぐむしか術がない。

「まあ、いい。そんなデマを流すのは取るに足りないやつだろう。──話はそれだけか」

星名は目をつむり、こめかみを押さえた。すぐに目をこちらに向ける。血走った目だと初めて気づいた。

僕は大きく息をつき、口を開いた。

「提案がひとつあります。四月以降、繁忙期など手が足りないときは、うちの会社からヘルプの人間をだすというのはどうでしょう。受け容れてもらえますか。僕でも誰でもいいのですが、空港勤務経験者がくれば、ずいぶん助けになると思います。もちろん、かかる費用はうちの会社でもつことになると思います」

　今泉が所長になってヘルプすればどうにかなる、という話がヒントになって、浮かんだ対応策だ。普段、集客が多いときは、自分たちでしのいでもらわなければならないが、より集客の多い繁忙期は大航ツーリストからのヘルプで、なんとか旅客をさばけるようになるだろう。

「それは、そちらの旅客サービス部で検討されてることなのか」

「いいえ、星名さんの意見を聞いてから、本社のほうに提案するつもりでした」

「そうか」

　星名は考え込むように腕を組んだ。

「その案は呑めないいな」

「どうしてですか。エアポートサービスにとって、何も不都合はないと思います」

「少なくとも、最初の夏のピークまでは遠慮してもらいたい。まだ、チームワークがしっかりできていないから、よその人間に入って欲しくないんだ。きっと、最初のゴールデンウィークやお盆休みのピークを経ることによって、本物のチームになっていくと思うんだ」

　僕は強く首を振った。

「星名さん、それは逆です。チームワークができていないからこそ、ヘルプが必要なんです。このままでいったら、繁忙期のカウンターは破綻しますよ。出発できないひとが必ずでてきます」

「考えかたの違いだな」

星名はそう言って横を向いた。

「いえ、僕が正解なんです。間違いだというなら、論破してください」

「間違いとは言ってない。考えかたが違う。話してもしかたがないだろう」

「わかりました、旅客サービス部に提案し、そちらから、正式にお願いします」

「どうぞ、好きなように。うちとしては、断るだけだ」

本来、うちの会社がクライアントで、立場が上だ。果たしてそれを断れるのか。しかし、問題はそこではない。なんのデメリットもないはずの僕の提案を星名は断った。むしろ、星名サイドにとってもありがたいはずなのに。おかしい。まるで星名はカウンターが破綻するのを望んでいるようだ。自分の責任問題になるというのに。

何かある。今泉が考えたように、何か裏の事情があるに違いない。

「近いうちに、旅客サービス部から連絡があると思います」

星名は落ちついた顔で頷いた。

僕が頭を下げて立ち去ろうとしたとき、星名はパンツのポケットから煙草を取りだした。

口にくわえて火をつける。気持ちよさそうに吐きだした。

星名が煙草を吸うのを初めて見た。

10

「飛田さん、話があります」

遅番シフトの三日目、スーパーバイザーＯＪＴでカウンターに向かおうとした飛田に、僕は声をかけた。

「給湯室ですね」

飛田はスイーツにでも誘われたかのように、ぱっと顔を明るくして言った。

オフィスをでて給湯室にいくと、入れ替わるようにエアポートサービスの女の子が頭を下げてでていった。

「あらまあ、あっちゃ、こっちゃ、水が飛びはねてる」

飛田は流しの前に立つと、台ふきんで流し台を拭いた。

「あたし小姑みたいですよね」

「若いひとの粗は見過ごせないものです」

「そうね。目上のひとの粗って、見いつけちゃったみたいな、お得感がありますもんね。まあ、許せないこともありますけど」

先日の星名の喫煙はそれに近いものかもしれない。ずっとやめていたのに、最近また始めたと言い訳していた。弱味をちらっと見せるのも真のリーダーの条件かと、あのとき皮肉なことを考えた。

「さあ、遠藤班長、どんな密談ですか」

飛田は流しに腰を預け、聞く体勢を整えた。

「密談ではなく、お願いです。飛田さんに教えていただきたいことがあるんです」

「私、また何か尻尾をつかまれましたか」

僕は薄い笑みを浮かべ、首を横に振った。

「だからお願いしたいんです」

「話せることはないと思います」

飛田は目を閉じて頭を下げた。

「話だけでも聞いてください」

僕はそう言って、先日、星名に提案したことを話した。

「どう考えてもおかしいんです。星名さんはまるで、カウンターが混乱するのを期待しているようだ。少人数でセンディングをしなければならない理由を何かもってるはずなんだ。きっと飛田さんもそれを知ってる。どうか教えて欲しい。それがわかれば、四月以降の対応策を整えられる。星名さんになんらかの方策を呑ませることができると思うんだ」

「ごめんなさい」

　おどけたような抑揚をつけて言った。知らないとは言わなかった。

「僕の気持ちは、わかってますよね。エアポートサービスに移る子たちを辛い目に遭わせたくないし、何よりお客様に迷惑をかけたくない。みんな笑顔で出発してもらいたいんです」

　僕は抑えながらも、言葉の圧力を少し強めた。

　飛田は半分目を閉じ、うつむき加減で頷いていた。

「飛田さんも、お客様を大切にするチェックインスタッフだったと聞いています。情熱的で真っ直ぐで」

　飛田は顔を上げ、笑った。きっと、誰から聞いたかわかったのだろう。

「僕は信じてます。飛田さんがいまも接客が好きで、お客様を大切に思っていることを」

　信じたいと思った。同じ空港で働く仲間として、そんな基本的なものをなくしてしまうはずがないと――。

「自分でもわからないんですよ、総務が長かったから。年のせいもあるのかしら、昔のように、なんでも感動したりはできない。でも、きっとなくしてないと思います、そんな大事なものを。たぶん、半年も現場で働いていたら、復活するのかな」

　飛田の言葉には、自分自身そうあって欲しいという期待が表われている気がした。

「いまは、お客様より、家族が大切だということですか。――いや、家族が大切なのは、当たり前だ。気持ちはわかります。星名さんには、飛田さんが話したとはわからないようにアプローチしますので、だから、そのへんの心配はしないで大丈夫です」

「わからないと思います、私の気持ちは」

頑なな言い方ではなかった。僕との間に深い溝があると信じているようだった。それを埋めるにはどうしたらいいのだろう。

「ごめんなさい、本当に話すことはありません」

飛田は流しから腰を離し、真っ直ぐ立った。

「そろそろ、カウンターにいかないと」

そう言って頭を下げ、給湯室をでていく。

「あとで追いかけます」と背中に声をかけ、僕はオフィスに向かった。ゆっくりと歩いた。体が重く感じるのは気のせいだろうか。

飛田との話を思い返していた。

飛田はけっして、知らないとは言わなかった。知らないと言ってもどうせ信じないと思ったのかもしれないが、嘘をつきたくなかったからという気もした。しかし、旅客への思いがあるかないかわからないというのは嘘だろう。もう、ひと月以上ＯＪＴをやっていて、わからないわけはない。

そんなことを考えているうち、僕はあることに気づいた。

半年。

飛田は半年も働けば旅客への思いが復活すると言った。半年というのは適当に、ただそれぐらいで、というつもりで言っているのだと僕は思っていた。しかし、そうではなく、意味のある期間なのかもしれない。

星名は先日、夏の繁忙期以降ならヘルプを受け容れてもいいようなことを言っていた。飛田は夏の繁忙期のあと、年末年始の前には旅客への思いが復活するかもしれないと言っている。さらにかみ砕けば、夏の繁忙期までは旅客にとっていいサービスはできないと、両者とも同じことを言っているのだ。

それまで、ヘルプを受け容れられない理由が何かあるということだ。飛田は僕にメッセージを送っていた。もしかしたら、それほど溝は深くないのかもしれない。

「戻りました」

僕はオフィスに入っていった。スーパーバイザーデスクに向かおうとしたら、通りかかった柳沢が僕の顔を見て、あれっと言った。

「何？」

「なんか、疲れた顔をしてます。顔色も悪いような」

確かに少し疲れたかもしれないが、仕事をしていれば当たり前のことだ。

「おい遠藤、無理するな。少し休んどけ」

早番のスーパーバイザー、堀之内が言った。

「大丈夫ですよ。仕事をするにしたって座ってるんですから」

デスクに戻り、椅子に座った。

みんな気をつかいすぎるな、と思った。仕事に復帰してから何度も感じたことだ。きっと、心の病というものは得体が知れず、距離のとりかたがわからなくなってしまうのだろう。僕の行動のひとつひとつを、病気と結びつけて考えがちでもある。

べつに鬱陶しいと思うわけではない。ただ、自分も不安になることがある。

「遠藤さん、動きすぎなんですよ」篠田が僕のデスクにコーヒーを置いて言った。

「復帰してまだ一週間なんですから、もっとのんびりやっていていいんですよ。たいがいのことは私たちができますから」

篠田は老人を慈しむような目をしていた。

「篠田さん、僕は思い出づくりのためにここにいるんじゃない。自分がやるべきことがあるから戻ってきた。時間だって、ひと月もないんだ」

僕の硬い声が、オフィスに響いた。あとには静けさが残った。

奥にいる森尾と目があった。椅子を引いて腰を上げようとする。

「ああ、ごめん、ごめん。やっぱり疲れてるのかな。つい、まじになっちゃった」僕は立ち上がって言った。

「すいません。遠藤さんの気持ちも考えずに……」

「いやいや、僕のことを考えたから言ってくれたんだよな。いかん、いかん」

「そうそう、やっぱ疲れてんだよ。遠藤、休んどけ」

　わざとらしさ全開の堀之内に頷きかけて僕は腰を下ろした。森尾のほうを見ると顔を伏せてチケットを確認していた。

「おい遠藤、ちょっといいか」

　そう呼んだのは、所長の荒木だった。このオフィスで唯一、僕に気をつかわないひとだ。

「はい、はい」と僕はオフィスのいちばん奥にある所長のデスクに向かった。

「お前、何やったんだ。関谷部長が明日、うちのオフィスにくるそうだ」

「えっ、もうくるんですか」

「ちょっと腹をたててたぞ」

「僕は部長には何も言ってませんよ。課補の五嶋《ごしま》さんに、新部長は会社が破綻しても、説明にも労《ねぎら》いにもこないと愚痴っただけです。まさか、空港所が閉鎖になる前に一度もこないつもりではないですよねと、言ってみたんですが、そのまま伝えてくれたんですかね」

「それと、俺の頭を飛び越して、本社に何か提案したんだってな」

「オフィシャルに提案したわけではないです。四月からのセンディングで、こういうやり方もありますよと現場から情報提供をしただけです」

　昨日、新部長の愚痴とともに、繁忙期に本社からヘルプ要員をだす案を五嶋に伝えた。それをやらないと、出発できない旅客が続出し、クレームの嵐になると脅した。

五嶋は旅客サービス部でクレーム対応をしていた。

「部長はそのへんのことを、お前から聞きたいそうだ。遅番が始まるころにくるそうだから、頼むぞ。明日までに機嫌が直ってればいいがな」

「了解です。楽しみにしています」

所長は怪訝な顔をして僕を見た。心配げな顔ではなかった。

11

翌日、僕は早くに空港に着いた。早番のピークのころ、なんと八時台にはカウンターのあたりをうろうろしていた。

早番のスーパーバイザー堀之内に見つかり、心配そうな目で見られた。

「こんな時間に、何やってんだ」

「早く目が醒めちゃったんですよ」

そう答えたら、堀之内の顔は、痛ましげ、とでも呼べる表情になった。

「でも遠藤、なんか今日は顔色いいな」

「そうですか？」

自分ではわからないが、そうであっても不思議でないくらい体調がいい。カウンターにいて心が落ちつくのだ。

十時ごろカウンターに立っていたら、白衣の若者に声をかけられた。

「本当にお仕事に復帰されたんですね」

先日の占い師だった。

「この間のは嘘だとわかってたんですか」

「まあ、なんとなく」

「さすが占い師ですね」

「いえ、占いとは関係ないんですけど」

占い師兼マッサージ師は言った。

「すっかり体調がよさそうだ」

「顔色、いいですか」

「いいですね。きっとうまくいきますよ」

僕は思わず、「えっ」と声を上げた。

「わかるんですか」

「さっき、見てたら、何か決意したような顔で、ぶつぶつひとりごとを言っていたので、そう言ってみただけです」

占いではなくても、やはり勘がいいのだと感心した。

「どうして空港でマッサージをやろうと思ったんですか」

なんとなく訊いてみた。彼なら、ただもうかりそうだったから、というようなつまらない答はしない気がした。

「海外旅行って、いいですよね」

はぐらかそうというわけでもないだろうが、マッサージ師はそう言った。

「ディズニーランドにいくより何より、非日常の体験ができますからね。風景も言葉も匂いも、普段暮らしている世界とはまるで違うからそう思えるんでしょう。国が違うから当たり前なのかもしれないけど、僕にはそれ以上の別世界に思える。時間を飛び越して、過去にも未来にもいけるような気すらすることがあるんです」

僕は同意するように、大きく頷いた。

旅行というものの捉えかたはお客さまそれぞれ、十人十色でいいと思っている。それでも彼の旅行観は好きだなと思う。そういう気持ちでいたら、きっとわくわくしながら旅ができるだろうなと。

「僕は時々、癌患者のグループの海外ツアーに同行することがあるんです。なかには末期のひともいて、いわば、未来が閉ざされたひとたちなんですけれど、彼らも同じように感じているようなんです。別世界にくることで、病気であることを忘れられる。あるいは、閉ざされた未来を補完することができる」

「未来を補完する、ですか？」

僕はよくイメージできなくて、訊ねた。

「技術の進歩の早いいまの時代、十年後の未来なんて想像できないですよね。きっと別世界のようになっている。その未来を見ることができないかわりに、海外旅行にいって別世界に触れることで、未知なるものへの好奇心をいくらか穴埋めすることができる。そう思うことで、自分を慰めているところもあるんでしょうけど、旅行中の彼らを見ていると、本当に目をきらきら輝かせている。なんてことないことに、驚いたり、感激したり、いきいきしてるんですよね。旅行って、ほんとにすばらしいなと思うんです」

僕は自分が褒められたような気になり、恐縮して、肩をすくめながらお辞儀をした。

「――だから、そんな旅にでかけるひとの役に立てればなと思ったんです。現地で楽しめるよう、体調を整えてあげたいって。まあ、来院するひとの半分は空港勤務者ですけど、それもまた旅行者へのサービスに繋がるわけですしね」

僕は頷くように、再び頭を下げた。

「それじゃあ、僕は店をあけますので――」マッサージ師は時計に目をやり、言った。

「がんばってください」

「ありがとう。今度またいきます」

「いや、くる必要はないと思いますよ」

マッサージ師は明るい声でそう言うと、店へと向かった。

昼は森尾と待ち合わせし、ランチデートをした。森尾との仲は公言していなかったけれど、これまでもこそこそ隠れて会ってはいなかった。ただ、誰にも見られなかっただけだ。さすがに空港はやばいだろうと思ったが、意外に見つからなかった。同じレストランで、四十代くらいのビジネスマンと食事をとる星名をみかけたが、向こうは気づいていなかった。親しげな笑みを浮かべて、話に夢中だった。

食事中森尾に、はーちゃんと呼びかけ、怖い目で睨まれた。その後十分くらい口をきいてもらえなかった。

「今日の遠藤さん、なんだか気力が溢れてる。すごい元気そう——いえ、普通に戻っただけか」

別れ際、森尾はそんなことを言った。

さすが森尾、鋭いな、と思った。今日の僕は、特別体調がいいわけではなかった。病気になる以前の状態に戻っただけだと自分でも感じていた。

一時過ぎにオフィスに入り、のんびりコーヒーを飲んだ。飛田が一時半にやってきた。ＯＪＴでツアーのアサインをやらせた。今日のシフトは集客もそれほど多くなく、これなら飛田ひとりに任せても大丈夫かもしれなかった。

二時、遅番のシフトが始まった。早番と遅番が重なり、オフィスにはひとが溢れて、一日でいちばん活気づく時間帯だ。

ひとの動きが入り乱れ、わけもなく、いらいらしたり、そわそわしたり、落ち着かなかったのは昨日までで、今日の僕はのんびりその光景を眺めていた。

　オフィスのドアが開いた。最初に姿を見せたのは星名だった。続いて現れたのは、先ほどレストランで一緒に食事をしていたビジネスマンだった。

　所長がふたりに駆け寄り、頭を下げた。「部長、空港までご足労いただきありがとうございます」とビジネスマンに向かって言った。

　僕はもたれていた椅子から背を離し、背筋を伸ばして見た。

　あれが関谷部長だ。

　星名と食事をしていた。親しげな笑みを浮かべる星名の顔。いやな予感がした。

「おい遠藤」

　所長の呼ぶ声に、僕は立ち上がった。三人のところへ向かう。こちらを見る星名の顔に、笑みが浮かんでいた。

「遠藤です」

　所長の紹介に続いて、僕は名乗りながら頭を下げた。

「きみが遠藤君か。早速きたよ」

　細身で長身の関谷は、星名と似たエリート臭がした。現場を知らなさそうなタイプだ。

「ありがとうございます。お待ちしておりました」と僕は応じた。

　荒木が怖い目でこちらを見た。

「きみの提案してくれた繁忙期のヘルプの件だが、前向きにやる方向で考えてる」

僕は驚いて、思わず口を開けた。

「ここへくる前、星名と意見を交わしてね、最初は様子を見て、必要なら、年末年始の繁忙期からヘルプをだそうかと考えている」

僕は目を剝いた。

「なぜ、最初は様子見なんですか。移行してすぐの繁忙期が、いちばん危ないんです。だいたい、どうして、星名さんと意見を交わすのですか。私の意見を聞きにきたんじゃなかったのですか」

「おいおい」

関谷は不快げに顔を歪めた。

「遠藤」と荒木が僕の腕を摑んだ。

「まあまあ」と関谷はなだめるように荒木に言った。

「星名とは本社の調達部にいたときに一緒で、気心が知れているんだ。それで話を聞いてみたら、星名のほうでも対応策を考えていたんだ。繁忙期とお盆休みのころは、ちょうどOJT中の新人がいるから、うちのセンディングのヘルプにきてくれるよう手配したそうだ」

関谷が星名のほうに目をやる。星名は冷ややかな目で僕を見ていた。

繁忙期中、OJTは中止になる。OJTを受けていた新人は、荷物を預かったり、案内係をしたり、ヘルプに回ることになる。

「部長、いまごろのこのこやってきて、何やってんですか」僕はオフィスの喧噪を上回る大声で言った。

「星名さんにいいように騙されてますよ。いいですか、ヘルプに必要なのは、カウンターに入って旅客をさばける人間です。荷物しか預かれない新人を百人、二百人集めても、なんの足しにもならない。カウンターが混乱するだけです」

「おい遠藤、やめろ」

荒木が言った。僕の口を塞ぎはしない。

「うちから、センディング経験者を送るしかないのに、それを受け入れないのは、カウンターを混乱させたいんですよね、星名さん。いったいあなたは、何を企んでるんですか。やめてくれませんかね、うちの会社を食い物にするのは」

「遠藤さん、やめましょう」

その声に思わず反応し、僕は横を向いた。森尾が立っていた。

「やめましょう」

森尾は目を覗き込むようにしてゆっくり言う。

僕は正面に顔を戻した。

「おいお前、どういうつもりだ」星名が言った。

「この男は嘘つきです」僕は真っ直ぐ星名を指さし、関谷を見て言った。

「こんなやつに騙されちゃいけない。騙されたらあなたがあほで――」

「やめろ遠藤。はい、やめやめ」

後ろから抱きつかれ、口を塞がれた。堀之内だ。

「こいつ病気なんです。勘弁してやってください」

「病気じゃない」

僕は口の手を払いのけて言った。

「病気の人間は、自分は病気じゃないというものでして」

また口を塞がれた。

「治ってないんだったら現場にだすんじゃない」

関谷が吐き捨てるように言った。

「処遇はおって伝える。それまで表にだすな」

関谷はドアを開け、でていった。星名がそれに続く。荒木があとを追った。

「放してください」

僕は堀之内の手を振り払った。

「落ち着け、遠藤」

「僕は落ち着いてますよ」

安心させるように、明るいトーンで言った。

しかし、僕を見る目は森尾も、堀之内も心配げだった。

僕は背後を振り返った。スタッフはみんな立ち上がってこちらを見ていた。僕は視線を走らせ、飛田に焦点を合わせた。

　みんな心配そうだったり、憐れむような顔をしているなか、飛田だけは、痛みに耐えるような顔で、僕と視線を合わせた。

12

　空港へはなかなかこなかったくせに処遇の発表は見事なくらい早かった。本社に帰った部長はすぐに動いたようで、五時過ぎ、週明けには総務付きにするので、すぐに成田を引き払うように言ってきた。今日は木曜日だ。

　僕は平癒の診断書をだしていなかったので、以前にだした診断書のまま休職となる。ひとまず休職だから、四月以降の異動先はまだ決まらないようだ。僕の処遇のついでのように、田波にだけ異動の内示があった。グアム支店だった。

　所長から内示をもらった田波は、喜んではいなかったが、がっかりした様子もない。何か決意を固めたような厳しい顔をしていた。

「せっかく戻ってきたのに、一週間でゲームオーバーか」

　早番が終わっても堀之内は残っていた。

「僕は本当のことを言っただけなんですけどね」

「子供じゃないんだ。本当のことだからってなあ――」

夕食前の早い便のセンディングを終えたスタッフたちが、カウンターから帰ってきた。スーパーバイザーを任せた飛田が、前を通り過ぎる。

「飛田さん、さっき僕は間違ったことを言っていませんよね」僕は言った。

飛田はすまなそうに目を伏せ、無言で通り過ぎていった。

「で、なんで堀之内さん、まだいるんです」

「お前が表にでれないから、俺がスーパーバイザーを代わりにやろうかと思ってな」

「表、っていうのは、お客様と接するところ——カウンターのことでしょ。カウンターから少し離れたところから指示をだしますので大丈夫です」

退場になった監督みたいで、ちょっとかっこいいと僕は思った。

「お前案外普通だな。顔色もいいし」

「普通ってなんです。まあ、元気ですよ」

「ていうか、総務付きになったのに、あまり落ち込んでねえな」

「やるべきことをやりましたから」

「かっこいいな」

まだ結果がでてないから、かっこをつけていられる。

「さあ、夕飯にいこうか」

僕は立ち上がって呼びかけた。

お通夜の席みたいな夕食だった。

僕のシフトが今日で最後であることが知れ渡ったため、みんな口が重い。森尾は観察するような目を時々僕に向けた。

最後に僕は、別れの挨拶をした。しゃくり上げる音がいくつか聞こえた。

センディングが始まると、僕はカウンターから離れたベンチのあたりに立って、カウンターを見守った。食事のあとどこかにいっていた飛田が、少し遅れてやってきたので、僕は軽く注意を与えた。冴えない表情だったが、カウンターにいったら、しっかり笑みを作っていた。

七時ごろ、うちのカウンターに星名が現れた。飛田に何か話しかけ、飛田は森尾と話し、それを星名に報告したようだった。誰も僕には報告にこないから、なんだったのかわからない。伝えるような用事でもなかったのだろう。

七時半にはカウンターの列は消え、センダーたちは帰り支度を始めた。これで僕の空港の仕事もほぼ終わりかもしれない。そう考えて、初めて寂しさみたいなものを感じた。

飛田がカウンターからこちらに歩いてきた。

「カウンター全員、集合《シヨウアップ》です。あとは森尾さんのユニットのチケット渡しが残っているだけです。072便、ハワイいきです」

「それじゃあ、森尾さんだけ残ってもらって、みんな撤収しましょう」

飛田が森尾に伝えて、僕は飛田とふたりでオペセンへ戻った。

オフィスのある五階でエレベーターを降りた。僕はあえてここまで何も話さないできた。飛田も同様だったが、廊下を歩き始めたとき、ふいに口を開いた。

「遠藤さん、給湯室にいきましょう」

僕は一回転しそうな勢いで首を振り向けた。

「いきましょう」と即答した。

オフィスの手前にある給湯室に入っていった。先客はだれもいない。もう少し時間がたつと、若手が洗いものにやってくる。

「遠藤さん、先ほどの部長への暴言、怒っていたわけでも、興奮していたわけでもないんですよね。わざと処分されるためにやったんでしょ」

飛田は先日と同じように、流しに腰をもたせかけ、斜めに立った。

「そうです、演技です。気持ちよかったですけどね。どうしてわかったんですか」

「そりゃあ、わかります。あれでプレッシャーがかかりましたから。私にプレッシャーをかけるためにやったんだと悟りました」

「すみません、あれしか方法がなかったものですから」

「謝ることはないです。遠藤さんも会社を辞めさせられるかもしれないんですから」

「大丈夫。診断書もだしてありますし、病のため興奮したといえば、会社も辞めさせることはできない」

そう計算した上での行動だった。

「でも、経歴に傷がつくだろうし、成田を離れなければならない。私が事実を話せば、まだ成田を離れなくてもよくなるかもしれないいんですよね」

「その可能性はあると思います。ただ、それより僕が気にしているのは、四月以降のことですが」

「偉いですね、男のひとって。そこまで仕事のことを思えるんですね」

言葉とは裏腹に、飛田は呆れたような顔を見せた。

「前に、飛田さんに言われたように、家族がいないからできるのかもしれない」

「でも、恋人はいるでしょ。森尾さん」

「えっ」と僕は首を前に突きだした。

「今日の昼、見かけたんです。私、そういうの見破る勘が鋭いと自負してたんですけど、おふたりのこと全然わからなかった。ふたりとも意識し合っている程度に思ってたんですよね。ふたりでいるときの森尾さん、かわいかったですよ」

「ああ……、それはどうも」

照れもあったが、ひとに知られることになって案外うれしかった。

「遠藤さんがいなくなると知って、みんな泣いていましたね。遠藤さんがみんなのことを真剣に考えていたから、それだけ思われるんですよね」

泣いていたのは少数。けれど、あえて訂正はしなかった。

「私の負けです。すべてお話しします」

「いいんですか」

「いいです。家族のためって言ったって、ローンがあるだけのことですから。次のリストラで真っ先に首を切られるかもしれないですけど、いまのところ、予定はないですし。仕事は他にもあります」

今度は僕がプレッシャーを受けているが、それをはねのけ、言葉を促すように頷きかけた。

「遠藤さん、LCCってご存じですか」

「ええ、いちおう業界の人間ですから」

LCCはローコスト・キャリアの略で、格安料金を売りものにした、ベンチャー型の航空会社だった。日本ではまだ馴染みがないが、海外ではすでに既存の航空会社のシェアを食うまでになっている。各社とも日本の市場を狙っているとも言われ、参入間近という話もあった。

「星名さん、LCCの地上業務のハンドリングを請け負おうと、いま動いているんです。LCCはコストを嫌うため、少ない人数で多くの旅客をできるだけ早くチェックインすることが求められます。他社が三人でやるところを、うちがふたりでやれば、それだけ人件費が抑えられます。短い時間でチェックインができるなら、駐機料が抑えられます。星名さんは、そういうスキルを生むための実験を、四月からのセンディングチームで行うつもりなんです」

「なんだって。彼女たちは、契約をとるための実験台にされるのか」

「ええ。ゴールデンウィークと夏の二回の繁忙期で、なんとか結果をだそうと考えています」

13

オペセンからターミナルに向けて走った。

三階に向かうエスカレーターに乗ろうとしたとき、上から森尾が降りてきた。星名の所在を確認すると、カウンター前のベンチにいるとのことだった。僕は詳しい話はせず、そのまま三階に上がった。

べつに急いで星名と話す必要はなかった。それでも、あなたの目的がわかったと早く伝えたかった。センダーたちやお客様の心がすでに星名によって踏みにじられていると僕には思えた。一刻も早くその状態を解消したかったのだ。

三階に上がると、星名の姿が見えた。ベンチの前に立っていた。ベンチに座る家族連れと話をしているようだった。

僕が近づいていくと、三人家族が立ち上がった。五十絡みの父親と母親。中学生くらいの女の子。みな笑顔だった。森尾のチケット渡しの客がこの三人だった。星名の知り合いだと飛田に聞いてきた。

「それじゃあ、いってきます」という声が聞こえた。僕はどうしようかと迷ったが、そのまま歩き、星名の横に並んだ。

問いかけるような顔をした父親に「大航ツーリストの者です」と断り、いってらっしゃいませと腰を折った。「ご苦労さん」と返ってきた。

家族三人、星名に手を振って出国審査場へ向かった。星名も笑顔で手を振っていた。

「あのひと、俺が入社当時の先輩なんだ。仕事を手取り足取り教えてもらった。娘さんもそのころ生まれて、よく知っている。十四年後、俺はあのひとの首を切ったんだ」

星名の横顔を見た。遠ざかる三人を目で追い、まだうっすらと笑みが残っていた。

「ここへくる前、本社の総務にいて、人員削減がらみのことをやっていた。経営計画室からこれだけ削減しろと数字を渡され、それに従って、ひとを選んでいく。そして、あなたは必要ではありませんと告げるところまできっちりやる。何もあのひとが特別じゃない。他にも知ってる社員、世話になった社員を切ってるよ」

三人が出国審査場に消えると星名は僕に向き直った。

「何か用か。もう飛田さんから聞いたのか」

「どうして？」

僕は言葉を濁して言った。

「さっきカウンターで話したとき、彼女、すみません、とひとこと謝ったんだ。遠藤君のやったことと考え併せて、話す気だなと思った」

「僕はあなたを許しませんよ」

「それこそ、考えかたの違いだな。俺は利益優先、君はサービス優先」

「考えかたの違いだけならいいです。僕は利益を優先するひとの存在を認めます。僕みたいな人間ばかりだったら、会社は潰れるでしょうし。だから、いろんな考えのひとがいて、意見を戦わせて、よりよい答を見つける必要があるんだと思います。だけど、星名さんの場合、道を踏み外しています。会話もなりたちません」

　釈迦に説法なのだろうな、と虚しく思いながら僕は言った。

「遠藤君、どうするつもりだ」

「ＬＣＣの実験は必ず潰します。もし関谷部長が動かないなら、マスコミにでも流します。うちのツアーに参加するひともいなくなるでしょうが、それでもかまいません」

「大丈夫だよ。関谷さんとは知り合いだが、なああではない。あのひとは、もともと自分の部署の利益を守ることに執念を燃やすタイプだ。真相を知ったら、俺のところに怒鳴りこんでくるだろう」

「星名さんはどうしますか。繁忙期のヘルプは受け入れますか」

「関谷さんがやりたいというなら、受け入れない理由はない」

僕は頷いた。

「遠藤君、ひとつだけ言っておこう。サービス優先という考えかたはあってもいいと俺も思う。だけど、絶対に会社は潰しちゃいけない。復活させなきゃならない、という気持ちを忘れるな」

星名は額から一筋汗を垂らしながら言った。

僕は自信をもって大きく首を横に振った。

「絶対ではないです。まともなサービスもできない会社なら、必要はない。潰れたっていいと思っています」

14

「これなんですか」

森尾が汚いものでも摘むように、指の先から何かをぶら下げていた。

「ああ、それ捨てちゃっていいよ」

僕は首を伸ばし、目を凝らして言った。

「それ、前の彼女のタイツだ」

森尾はぽいとゴミ袋に捨て、眉をひそめて睨んだ。

「しかたないだろ。ここに越してきたときは、まだつき合っていたんだから」

まだ二年もたっていないのに、ずいぶん昔のような気がする。

「前の彼女に古賀《こが》さんに私。考えてみると、遠藤さん、恋多きひとですね」

「そんな自覚はないいんだけど」

僕は段ボールに本を詰めながら言った。

「もてもての人生は楽しいですか」

森尾はひとりごとのように言った。

アルコールが入っているわけでもないのに、今日の森尾はいやにからむ。さっきもイギリスのガイドブックがでてきて、古賀さんに会いにいくつもりかとからまれた。彼女がイギリス留学に出発した当時、実際にそんなつもりで買ったものだった。それもなんだか遠いできごとのような気がした。

「さあさあ、手を動かそう。今夜中に詰め込まないと。引っ越しは明日、午前中だからさ」

今日の早番が僕の最後のシフトだった。大航ツーリスト成田空港所の営業は明後日まで。残り二日間は枝元と堀之内のシフトだった。

昨日が送別会で、すでに田波は成田を去っている。いちおう、三十一日の最後の遅番には、顔をだそうと思っていた。今泉も、本社から駆けつけるそうだ。

それで本当に終わり、と考えてもあまり寂しいとは感じなかった。それは、空港所移行に向けて、できるかぎりのことをやりきったという思いがあるからだろう。

星名のＬＣＣ請負にからむ謀議を本社に伝え、本社から星名に確認すると、星名はあっさり認めたそうだ。関谷部長は星名を更迭するよう大航エアポートサービスに求めたが、大航本体を含めた社内事情で、星名はそのままカスタマー事業部の部長に留まった。もちろん、〝実験計画〟は引っ込めたし、繁忙期のヘルプの受け入れは認めたようだ。

僕の人事は、星名の悪事を暴いたからといって、すんなり元の路線に戻してはくれなかった。荒木所長が、スーパーバイザーが欠けるのは困ると部長に頼みこんで、どうにかそのまま成田に残留を決めた。だから四月以降の部署もなかなか内示がでなかった。三月の半ばを過ぎてようやく僕の元へ届いた。

「四月から所長、ほんとにセンディングやるんですかね」

「現場仕事は好きそうじゃないからね。でも若い女の子が苦手だから、彼女たちに手伝って、って強く言われれば断れないよ。たぶん」

少しでも人手を増やそうと、最後のほうで、所長にセンディングのイロハていどではあるが、教えておいた。

「今度のオフィス、女子だけだからね。所長大丈夫かな」

「そういうのを喜ぶひともいるでしょうにね」

森尾はそう言って僕を見た。

「なんかさ、僕たちってこの期に及んでも仕事の話が多いよね」

森尾は黙って頷いた。

「四月からさ、何を話すんだろう、僕たち」

話すことがないと言ってるわけではなかった。何を話すか僕は楽しみにしていた。

「何話すって、話すことなんてできないじゃないですか。遠藤さん、遠いところにいってしまうんだから」

森尾はふくれっ面をして、洋服を詰めた段ボールに粘着テープを貼った。

「じゃあさ、一緒にいく？　シンガポール」

僕は手を止め、息を止めて言った。

「何を言うんですか、藪から棒に」

森尾は語気を強くして言った。

「藪から棒じゃない。僕は、仕事の話が多いと言った時点から、そこにもってこうって決めてた」

森尾は黙った。

「驚いたよ。藪から棒って言葉、初めて生で聞いた」

「私だって言うの初めてです」

「ねえ、どうする。いこうよ」

「ちょっと考えさせてください」

森尾は胸に手を当てて言った。

「さっき、いかないかって言われたとき、未来が見えた気がしたんです。答を保留にしていたら、未来ばっかり見られるような気がして」

「そうだね、僕たち、現在ばかり見てきたから、未来を見るのは新鮮だよな」

実をいえば、僕も未来を見ていた。

それは空港の先に開けている未来だ。

これから向かう旅に期待するように、何が待ち受けているか楽しみでしょうがなかった。

僕らはいつも、いってらっしゃいませと見送ってばかりだったから、今度は僕らがその先に進もう。

しかも、ふたりそろっていけるのならば、怖いものなしだ。たぶん。

解説

大矢博子

ちょっと、嘘でしょ！

第一話を読み終わったときに思わず悲鳴をあげてしまった。

が、それは後にして、まずは紹介すべきことをきちんと紹介しておこう。本書『迷える空港　あぽやん3』（単行本原題『あぽわずらい』）は、『あぽやん』『恋する空港あぽやん2』に続くシリーズ三作目である。

舞台は旅行会社・大航ツーリストの成田空港所。ツアー客のチェックイン業務を担当する部署だ。主人公の遠藤慶太は、センダーと呼ばれる接客業務を行う女性スタッフの取りまとめ役（スーパーバイザー）である。

タイトルにもなっている〈あぽやん〉は、空港を意味する略語ＡＰＯに由来し、様々なトラブルを排し旅客を無事に送り出す空港のエキスパートのことだ。だが現実には、旅行会社にあって金を生まない部署であることから軽視され、現場スタッフは契約社員の女性ばかり。社員がここに赴任するのは決して出世コースではない、という位置付けにある。

第一作『あぽやん』は、遠藤が新人スーパーバイザーとして、発券ミスや予約重複、はたまた密航未遂などいろいろなトラブルに遭いながらも、次第に本来の意味での〈あぽやん〉として成長する姿をユーモラスに描き、直木賞候補にも選ばれた。空港カウンターの内側という業界情報の興味深さや、お客様と直接顔を合わせる現場と本社の乖離・対立というどの業界にもある問題を描いたのも、人気を得た理由のひとつだろう。第二作と合わせてドラマ化され、人気を呼んだ。

その第二作『恋する空港』は、前作同様に空港所内の人間関係や恋愛模様などを入れつつ、独り立ちした遠藤のさらなる奮闘を描きながら、台風や航空機事故、テロといった空港業務が直面するよりシビアな状況を取り入れたのが特徴。『あぽやん』が遠藤をはじめとするあぽやんたちの物語であるとするなら、『恋する空港』は空港という場所の物語と言っていい。

では本書は何か。空港で働く人々の物語、である。

既刊二冊で少しずつ触れられてきたのが、親会社である大日本航空の経営悪化だ。『恋する空港』の最後で、将来的に空港所は閉鎖され、センダーの業務は他社に委託することが決まる。そこで遠藤はこう言っている。

「これまで培ってきたノウハウや、僕たちの働く思いまで、次に引き継ごうと思う。

自分が携わることがないのは寂しいけど、空港所が閉鎖になるなら、せめてそうやってここの仕事を残したいんだ」

さあ、そして本書だ。第一話「空港こわい」は、四月一日の空港所閉鎖と業務委託まであと三ヶ月を切った、というところから物語が始まる。業務委託先の大航エアポートサービスに現在のスタッフの半分が移り、半分は辞めることになった。

そのタイミングで、大日本航空がついに会社更正法の適用を申請。大航ツーリストは存続が決まっているものの、世間の批判の中（二〇一〇年の日本航空の会社更生法申請時の騒ぎを思い出されたい）、遠藤たちは粛々と業務に向き合う。

だが、大事なスタッフたちを預ける委託先の姿勢に、遠藤は次第に疑問を持ち始める。「僕たちの働く思いまで、次に引き継ごう」と思っていたのに、それが砕かれるような事態が発生するのだ。溜まるストレスを空元気でごまかしながら勤務する遠藤。だがある日、出勤しなければと思いつつも、足が動かなくなってしまい……。

遠藤の視点で紡がれる第一話は、途中までは従来通りの〈トラブルに立ち向かうあぽやん〉の物語だ。奮闘があり、恋愛があり、ユーモアもいつも通り。だがその中に、遠藤がほんの少しずつ壊れ始める様子が混ぜ込まれる。そして終盤、ついに空港に行けなくなる遠藤の描写がたまらない。あのあぽやんが、こんなことになるなんて。

遠藤の出社拒否に伴い、第二話から物語の視点人物が変わる。センダーのいちばん下っ端で、これまで人に頼ってばかりだった篠田が主人公の

「妹ざかり」、これまで空港所にけっこう迷惑をかけてきたにもかかわらず、なぜか自分はデキル営業マンだと思い込んでいる須永の「天然営業」、遠藤の代わりに空港所のヘルプに入った元上司・今泉の過去が語られる「かりそめハードボイルド」、元グランドホステスで退職した今は空港内のマッサージルームに勤務している陶子を描いた「あぽがらみ」。

職種のみならず、仕事に対する考え方も熱意もバラバラの四人の物語である。求められていることが重すぎる篠田、自分が〈デキない〉ことを自覚できない須永、仲間が人員整理に遭う中で自分の働き方を考え直す今泉、なぜここで働いているのかわからない陶子。

しかも、篠田は今までの職場がなくなり、須永と今泉は親会社の破綻で同僚が人員整理の対象となり、陶子は将来のビジョンに迷うという状態。出社拒否になってしまった遠藤も含め、ここに描かれているのは、職場がなくなったり人がいなくなったりして初めて、自分にとって仕事とは何なのかを強く意識するようになった人々の姿である。その意識の変化も、職種や性格や性別や年齢によって大きく異なる。遠藤の視点のみに絞った従来の形式では書けない物語ばかりだ。

ひとりひとりが何を通じて、何に気づき、どう変わるかをじっくり読まれたい。勇気づけられる。篠田のとっさの決意に、自分が旅行会社に入った動機を思い出す須永に、引き継ごうとする今泉の述懐に、蘇った陶子の誇りに、勇気づけられる。

そして最終話「やまいはちから」で、再び遠藤の物語に還っていくわけだが、もう読者も心配はしていない。周囲の人たちがこれだけのことを考え、これだけの変貌を成し遂げたのだから、きっと遠藤も大丈夫だと安心して読めるのである。

優しい物語だ。力強い物語だ。著者の新野剛志の前職が〈あぽやん〉だったことは有名だし、新野自身がある日突然職場放棄して失踪してしまったこともインタビューなどで語られている。もちろん、だからといって遠藤＝著者と考えるのは浅薄に過ぎる。それはわかっている。しかし本書が〈立ち止まってしまった人〉〈進めない人〉に対してとても優しく、励ますような物語なのは、自身の体験や思いが無関係ではないように感じられるのだが、どうだろう。

不景気が続いて企業はコストカットに余念がなく、非正規雇用や長時間労働、ブラック企業が社会問題となっている現代。本書に描かれる世界は、とてもリアルで身近だ。そんな身近な物語で、持ち回り主人公の最後を担うのがレギュラーメンバーではなく初登場の陶子だったのには意味がある。この中で唯一〈辞めた人〉だからだ。陶子を通して語られるのは、たとえ職場がなくなってしまっても自分が働いていた事実は変わらないし、働いた中で培ってきたものはその場所と自分の中にちゃんと残り続ける、という強いメッセージなのである。

本書を「空港で働く人々の物語」だと書いたのは、この五人だけの話ではない。本書には、大航ツーリストやエアポートツーリストの社員のみならず、グランドホステス、空港駐車場の警備員、受託荷物のソーティングを行う仕事、清掃、空港内の飲食店やサービス店で働く者、整備士など、実にさまざまな空港内の仕事が登場する。これほど多くの人々が空港を支え、旅客を支えているのだとあらためて驚かされる。

単行本原題の「あぽわずらい」の「わずらい」を「患い」ととれば遠藤の心の病気のことを指しているととれる。だがそれだけではなく、恋煩いと同じ「あぽ煩い」だとするなら、空港が好きで好きでたまらない、好きだからこそ悩んだりあがいたりしてしまうという意味になる。ここではもちろん後者の意味だ。遠藤の患いから始まった本書は、空港に対する愛情へと帰着するのである。

空港にはいろいろな人が働いている。職種はもちろん、何を最も大事に考えているか、何を目指して働いているかも、それぞれ異なる。会社の利益を第一に考える人もいれば、旅客サービスに全てを注ぐ者もいる。利害が対立してぶつかることもあるし、分かり合えないこともある。時には立ち止まってしまうことも、進めなくなることも、揺らぐことも、泣くこともある。そんなたくさんの人たちが、それでも、飛行機にお客様を乗せ、見送り、出迎えるためにそこにいる。みんな、あぽわずらいなのだ。

それはきっと空港だけのことではない。きっと、あなたが働く場所も同じなのである。

（書評家）

文庫化に際し、『あぽわずらい　あぽやん3』を改題しました。

初出　別冊文藝春秋二〇一三年一月号〜十一月号
単行本　二〇一四年五月刊
本文DTP制作　エヴリ・シンク

本書の無断複写は著作権法上での例外を除き禁じられています。
また、私的使用以外のいかなる電子的複製行為も一切認められておりません。

文春文庫

迷《まよ》える空《くう》港《こう》

あぽやん3

定価はカバーに
表示してあります

2017年5月10日　第1刷

著　者　新《しん》野《の》剛《たけ》志《し》
発行者　飯窪成幸
発行所　株式会社 文藝春秋

東京都千代田区紀尾井町3-23　〒102-8008
TEL 03・3265・1211
文藝春秋ホームページ　http://www.bunshun.co.jp

落丁、乱丁本は、お手数ですが小社製作部宛お送り下さい。送料小社負担でお取替致します。

印刷製本・凸版印刷

Printed in Japan
ISBN978-4-16-790847-8

（　）内は解説者。品切の節はご容赦下さい。

新野剛志
あぽやん
遠藤慶太は29歳。旅行会社の本社から成田空港所に「飛ばされて」きた。返り咲きを誓う遠藤だが、仕事に奮闘するうちに空港勤務のエキスパート「あぽやん」へと成長していく。（北上次郎）
し-45-2

新野剛志
恋する空港　あぽやん2
大航ツーリストの空港所勤務二年目の遠藤は、新人教育やテロリスト騒動に今日も右往左往。更に空港所閉鎖の噂が浮上する中、恋のライバル登場でまさに大ピンチ!?（池井戸　潤）
し-45-3

白石一文
どれくらいの愛情
結婚を目前に最愛の女性・晶に裏切られた正平は、苦しみの中、家業に打ち込み成功を収めていた。そんな彼に晶から電話が。再会した男と女。明らかにされる別離の理由。
し-48-1

白石一文
永遠のとなり
妻子と別れて故郷博多に戻った精一郎。癌に冒されながら結婚と離婚を繰り返す敦。小学校以来の親友同士、やるせない人生を助けあいながら生きていく二人の姿を描く感動の再生物語。
し-48-2

白石一文
幻影の星
見つかるはずのない場所で見つかった「僕のコート」の謎を追う武夫は、やがてこの世界の秘密に触れる。3・11後の白石文学の新境地を示す、時間と生命の物語。（榎本正樹）
し-48-3

小路幸也
ブロードアレイ・ミュージアム
二〇年代NY。裏通りの博物館に住む、不思議な未来予知の力をもつ少女フェイが、ワケありな仲間と一緒にラリックの硝子やベーブのボールなど奇妙な展示品を巡る事件を解決！
し-52-1

小路幸也
キサトア
色が判らない少年芸術家のアーチ、一日の真逆の時間に寝起きする双子の妹キサとトア。父の仕事が原因で一家は少し困ったことに……。風変わりな一家と町の人々の一年を描く。
し-52-2

（　）内は解説者。品切の節はご容赦下さい。

小路幸也
蜂蜜秘密
〈奇跡の蜂蜜〉を作るポロウ村にレオが転校してきた。蜂蜜の秘密に関わる旧家の娘サリーは、それから次々と不思議な出来事に出会う。美しい山間の村を舞台に描く傑作ファンタジー。
し-52-3

瀬尾まいこ
強運の持ち主
元OLが〝ルイーズ吉田〟という名の占い師に転身！　ショッピングセンターの片隅で、小学生から大人まで、悩める背中をちょっとだけ押してくれる。ほっこり気分になる連作短篇。
せ-8-1

瀬尾まいこ
戸村飯店　青春100連発
大阪下町の中華料理店で育った兄弟は見た目も違えば性格も全く違う。人生の岐路にたつ二人が東京と大阪で自分を見つめ直す。温かな笑いに満ちた坪田譲治文学賞受賞の傑作青春小説。
せ-8-2

田辺聖子
ダンスと空想
仕事と恋を謳歌するアラフォー女性たちの青春を描く長編小説。頭の固い男たちをいなして仕事を進め、存分に議論し、女子会で旨いものと本音の会話を堪能する。これぞ人生賛歌！
た-3-46

高嶋哲夫
サザンクロスの翼
第二次大戦終結間近の南太平洋。特攻で死にそびれた男が小さな孤島で偶然に出くわした仲間とともに、オンボロ輸送機で大空を駆ける。南アジアの自由のために！　書き下ろし大活劇。
た-50-8

高嶋哲夫
フライ・トラップ
JWAT・小松原雪野巡査部長の捜査日記
O県警生安部に設けられた特別チームJWAT。その一員、小松原雪野は、保護した少年の証言に不信感を抱く。それが〝ハーブ〟やオヤジ狩り、更なる深い闇へとつながる入り口だった。
た-50-9

平　安寿子
くうねるところすむところ
負け犬人生を歩む梨央は、一目ぼれしたトビ職を追って工務店に飛び込み就職するが、そこは亭主に逃げられた女社長がキレる寸前で大混乱中だった。女ふたりの行く末はいかに!?
た-57-2

（　）内は解説者。品切の節はご容赦下さい。

平　安寿子
ぬるい男と浮いてる女
信じられるのは自分とお金だけという六十過ぎの独身女、小さく生きて自己満足の草食男子……。見てるだけなら面白い、でも近くにいるとちょっと困るヘンな男女を描く。（藤田香織）
た-57-3

田口ランディ
被爆のマリア
結婚式のキャンドルサービスに「原爆の火」を使えって？　戦後六十年を経てなお日本人の心を重く揺さぶる闇を、被爆者ではない四つの視点から見つめる渾身の問題作。（伏見憲明）
た-61-3

高野和明
幽霊人命救助隊
神様から天国行きを条件に、自殺志願者百人の命を救えと命令された男女四人の幽霊たち。地上に戻った彼らが繰り広げる怒濤の救助作戦。タイムリミット迄あと四十九日——。（養老孟司）
た-65-1

高杉　良
炎の経営者
戦時中の大阪で町工場を興し、財界重鎮を口説き、旧満鉄技術者をスカウトするなど、持ち前の大胆さと粘り腰で世界的な石油化学工業会社を築いた伝説の経営者を描く実名経済小説。
た-72-1

高杉　良
烈風
小説通商産業省
「局長を罷めさせろ」と書かれた怪文書を契機に官僚、永田町、財界、マスコミを巻き込んだ権力闘争が勃発した。かつて通産省で起こった「四人組」事件を基にした経済小説の傑作。（山内昌之）
た-72-3

竹本健治
キララ、探偵す。
オタク大学生・乙島侑平の下宿に、美少女メイドロボット・キララがやって来た！　普段はどじっ娘だがスイッチが入れば女王様キャラに大変身して難事件もズバリ解決!?（蔓葉信博）
た-75-1

橘　玲《あきら》
亜玖夢《あくむ》博士の経済入門
己の学識で悩める衆生の救済を志す亜玖夢博士。多重債務もいじめもすべて経済学で解決できるというが!?　爆笑の一話一理論でノーベル賞級経済理論が身につきます。（吉本佳生）
た-77-1

（　）内は解説者。品切の節はご容赦下さい。

橘　玲
亜玖夢博士のマインドサイエンス入門
ひきこもりもパワハラも詐欺も、依頼人の悩みはすべて脳で解決!?　経済に続き今度は、脳科学の最新トピックが学べる、ブラックユーモア小説第二弾。　（茂木健一郎）
た-77-2

滝本竜彦
僕のエア
友人も恋人も定職も貯金も生きがいも根性も何もないダメダメ24歳男子。ある事故から、希望や夢を俺に与えようとするヤツが現れた。自虐的笑いで抱腹絶倒の青春小説。　（海猫沢めろん）
た-86-1

筒井康隆
壊れかた指南
猫が、タヌキが、妻が、編集者が壊れ続ける！　ラストが絶対読めない、天才作家の悪魔的なストーリーテリングが堪能できる短篇集。　（福田和也）
つ-1-15

筒井康隆
巨船ベラス・レトラス
人気作家を狙った爆弾テロが勃発！　虚実の境界を自在に行き来しながら、現代の文学を取り巻く状況を痛烈に風刺。『大いなる助走』から三十年、再び文壇が震撼する。　（市川真人）
つ-1-16

辻原　登
闇の奥
太平洋戦争末期に北ボルネオで姿を消した民族学者、三上隆。彼の生存を信じる捜索隊は、ジャングルの奥地で妖しい世界に迷い込む――。小人伝説をめぐる冒険ロマン。　（鴻巣友季子）
つ-8-8

塚本哲也
エリザベート
ハプスブルク家最後の皇女（上下）
世紀末ウィーンのハプスブルク王家の嫡流に生まれ、王家崩壊と二度の大戦を経て、社民党闘士と再婚した美しき大公女の波瀾の人生。二十世紀中欧の動乱と悲劇を描く一大叙事詩。
つ-9-3

辻　仁成
永遠者
19世紀末パリ、若き日本人外交官コウヤは踊り子カミーユと激しい恋に落ちる。〈儀式〉を経て永遠の命を手にいれた二人は激動の歴史の渦に呑み込まれていく。渾身の長篇。　（野崎　歓）
つ-12-7

文春文庫　最新刊

魔法使いと刑事たちの夏　東川篤哉
魔法少女&ドM刑事が大活躍するユーモアミステリー

スポットライトをぼくらに　あさのあつこ
地方都市の中二生三人の戸惑いと成長を描く青春小説

荒野　桜庭一樹
まだ恋を知らぬ少女の四年間の成長。合本新装版で登場

モモンガの件はおまかせを　似鳥鶏
密室から消えた謎の大型生物。好評の動物園ミステリー

迷える空港　あぽやん3　新野剛志
航空業界に不況の嵐が吹き荒れ、あの遠藤が出社拒否に!?

エヴリシング・フロウズ　津村記久子
唯一の取り柄の絵も自信喪失中の中学生ヒロシの一年

舫《もやい》鬼九郎　高橋克彦
謎の剣士・鬼九郎と柳生十兵衛たちが怪事件に挑む

人工知能の見る夢は　AIショートショート集　新井素子　宮内悠介ほか　人工知能学会編
SF作家と研究者がコラボ。AIの最前線がわかる本

恋愛仮免中　奥田英朗　窪美澄　荻原浩　原田マハ　中江有里
人気作家がそろい踏み！　贅沢な恋愛アンソロジー

寅右衛門どの　江戸日記　**大名花火**　井川香四郎
寅右衛門の碁仇となった謎の老人。彼の目論みは何か

杜若《とじゃく》艶姿　酔いどれ小籐次（十二）決定版　佐伯泰英
当代きっての立女形・岩井半四郎と小籐次が競演

鬼平犯科帳　決定版（十）（十一）　池波正太郎
より読みやすい決定版「鬼平」、毎月二巻ずつ刊行中

三国志読本　宮城谷昌光
中国歴史小説を書き続けてきた著者が語る創作の秘密

きみは赤ちゃん　川上未映子
出産の現実を率直に描いて話題をよんだベストセラー

降り積もる光の粒　角田光代
「旅好きだけど、旅慣れない」。珠玉の旅エッセイ集

老いてこそ上機嫌　田辺聖子
老後を楽しく生きるための名言を二〇〇作品から厳選

学びなおし太平洋戦争1　徹底検証「真珠湾作戦」　半藤一利・監修　秋永芳郎　棟田博
半藤氏曰く、「唯一の通史による太平洋戦争史」